エネアス物語

原野　昇　村上勝也
太古隆治　中川正弘
前田弘隆　今田良信
訳

溪水社

目次

エネアス物語……1
訳注……255
あとがき……257
固有名詞一覧……i

エネアス物語

トロイを攻めたメネラウスは
町を攻め落とすまで引きあげず
妻を奪われた報復として
王国全土を蹂躙《じゅうりん》した。
奇策を巡らせ、城をとり
塔も天守も打ち壊し
国中を焼き払い、城壁を壊した。
城下に安泰な者は一人もなく、
都を根こそぎにし
火と炎に包み込んだ。
襲いかかるギリシア人の手から
逃れる住民は一人もなく
恥辱のうちに皆死んだ。
侯も伯も容赦せず
家柄や血筋の良さも役に立たず
武勇、勇気の甲斐もなく
防ぐ機会のないまま
都はすべて灰塵《かいじん》に帰した。
ここに王プリアムスも
その妻も子もともども殺された。

これほどの殺戮《りく》はかつてなかった。
復讐を遂げたメネラウスは
城壁すべてを打ち壊し
妻への無法の仇を討った。
　その都の一角
城下に広い土地を
エネアスは有していた。
この騒ぎを耳にして、天守に目をやり
大崩壊を見た彼が
戦慄《りつ》したのも
不思議ではない。
愛の女神
エネアスの母ヴェヌスが彼に告げた、
トロイ人は総崩れで
神々が自らの恨みを晴らしたと。
さらに命じて言った、ギリシア人らが
来る前に直ちにここを立ち去れと。
また、神々のお告げに従って
はるかな異国を求めて
トロイの都の創建者

ダルダヌスの故郷へ行くように。
エネアスは安心できなかった。
館のある所から
ギリシア人が火を放っている所まで
二里と少しはあったのだが、
敵が寄せて来れば
防ぎきれないのは明らかだった。
財産すべてを持ち出す余裕はあったので
家の子郎党を呼び集め
財宝を運び出させた。
山のような財貨、財宝
巨万の富を携えて
三千人の兵を引き連れ
小門を抜けて脱出した。
高齢の父アンキセスを
自ら背負い、さらには
息子の手を引いて
流浪の旅に出た。
大勢が付き従い、
逃げていく彼の後を追った。

城下を逃れて

はるかな木立の下まで来たとき
配下の者を呼び集め
皆に尋ねて言った、
自分とともに逃げて
苦楽をともにしたいか、
それとも城下に引き返して
親兄弟の弔い合戦がしたいか、
逃げる、戻るのどちらでも
皆の望みどおりにしようと。
皆は口々に答えた、
戻って戦うべきではない、
我が軍はそれほど多くなく
ギリシア人にたちまち殲滅《せんめつ》されてしまう、
城下に戻って死ぬより
エネアスとともに逃げ延びる方を望むと。
そこで皆は彼を主君と仰いだ。
その時左手を眺めると
天に星が一つ見え
進むべき道を示していた、

哀れな民が逃がれいく所は
前方、海辺の方だと。
エネアスが浜辺を探すと
ギリシア人が乗り捨てた
船が二十隻残っており、
しかも装備万端整っていた。
一同がそろって乗船すると
飲み水、ぶどう酒、小麦粉が
船内にたっぷりとあった。
直ちに岸を離れて
沖合遠くこぎ出した。
一刻の猶予も許されなかった。
天の女神ジュノーは
ひどく意地悪で、
トロイの民を
何かにつけて嫌っていた。
パリスが行った裁きのために
この民をひどく憎んでいたのだ。
その審判の経緯を
手短に語って聞かそう。

ある日パラスとジュノーが
愛の女神ヴェヌスと
語らい合っていたとき、
不和の女神が突然現れ、
黄金のりんごを三人の間に投げ出して
その場を立ち去った。
そこにはギリシア語で、これは
三人のうちで最も美しい者への
贈り物だ、と書かれていた。
彼女らはたちまち大喧嘩を始め、
各々がそれを欲しがり、
りんごは誰が所有すべきか
誰かに審判を仰ぐことにした。
正しい裁きを下せる者は
森の住人パリスを除いて
誰一人いなかった。
三者のうちの一番の美女に
りんごは与えられるべし、
という例の文字を彼に見せた。
道理をわきまえた彼のもとに

三人は判断を仰ぎにやって来た。
彼女らをよく知るパリスは
一人一人に目を凝らし
穴のあくほど顔を見た。
思慮なく急いで
判断してはならないと
心に思い、
三日後に戻って来るように、
そうすればよくよく考え、誰が
一番の美女か審判を下そうと伝えた。
パリスは秘策を巡らして
この期限を定めたのだ。
この間に彼女らが贈り物をもって
やって来るだろう、
それによって実入りもあろうと考えた。
彼女らはひとまず引き下がったが、
彼の見越したとおりだった。
まずジュノーがやって来て、
そなたの父よりも多くの財産を与え、
大富豪にしてあげると約束した。
ただしあのりんごは
この自分のもの、
自分が一番の美人だと
間違いなく宣して欲しいと言った。
彼女が立ち去った後
直ちに戦《いくさ》の女神
パラスが現れ
頼んだ、必ず自分に
有利な裁きをするように、
それと引き換えに剛毅と
騎士の誉《ほまれ》を授けよう、
そうすればそなたを越える武将を
見ることはなく
そなたに勝てる者もなかろうと。
パラスが去るとヴェヌスがやって来た。
彼女は愛の戦をつかさどる
女神であった。
彼女は約束した、
裁きで自分に味方をしてくれるなら
この世で一番の美女を

すぐにでも与えようと。
彼女の去った後、パリスは
三人のうちの誰にしようかと
申し出を色々思案した。
富も欲しいし
武勇も欲しい、
しかし一番欲しいのは女であった。
それはヴェヌスの誓った贈り物。
女神たちは三人とも
期限どおり戻って来て
パリスの裁きを求めた。
パリスはためらいながらも
黄金のりんごをヴェヌスに与えて
言った、彼女の美貌は
他の二人に勝っていると。
彼は大いに報われ、
絶世の美女
貴婦人ヘレナを手に入れた。
パラスとジュノーは憤慨して
トロイの民を激しく嫌った。
パリスのたった一言で
トロイ全土を憎むようになったのだ。
　海上にエネアスを見つけたジュノーは
なりふり構わず、まる七年
彼を痛めつけ
海から海へと引き回し
一族を憎み抜いた。
彼女はある日大嵐を起こし
海面を激しくかき立てたので
船団はたちまち漂流し始めた。
雷雨に暴風、稲光、
大しけとなり
雷鳴もいよいよ激しさを増し
海はますます荒れ狂った。
闇の中で何も見えず
航路もうまく定まらない。
太陽はおろか、光ひとつなかった。
なすすべはなく、眼を凝らしても
停泊地の影さえ見えず
空も海も死を予告していた。

月も星も影さえ見えず
綱は切れ、帆は落ちてずたずたになり
帆柱も舵も飛び散って
恥辱と苦悶《もん》にまみれ漂流した。
水夫も舵手も船の行方に
確信をもてる者はなく
とるべき方位も定まらず
行きつ戻りつしながら
運命に己が命をゆだねていた。
エネアスは絶叫した。
「ああ、何という幸せ者か、
トロイの町で首をはねられ
殺された者たちは。
この自分はなぜ惨めにも逃げたのか。
多くの伯たちと同様に
アキレスかティティデスに
討たれてしまえばよかった、
今ここで、恥辱にまみれて死ぬよりは。
ギリシア人はなぜ私を殺さなかったのか、
神々が私を憎み、そのために
自分は大地にとどまれず、
海ではさらに過酷な目にあい
このように長く痛めつけられている。
神々に慈悲の心はないのか。
私に約束された領地は
どこに求めればよいのか。
海の彼方に、多くの島が見えたが
そこが私の領土だとは言われなかった。
運命に操られるまま、これほど
難儀をして求めているのに」
　悲しみにくれるエネアスは
身の不運を嘆いた、
陸地を逃れ、海の上で
これほどの辛酸をなめるより、
一族や友らとともに
トロイで死ねばよかったと。
ヘクトルもプリアムスも他の武将も
そこで討ち死にしたのだ。
部下の者も恐れおののき
死のみを願うが、それさえ

なかなかやって来ない。
そのとき王の前を行く船の
舵が打ち砕け、
帆柱は折れて海中に没し、
あっという間に三回転した。
たちまち大波が襲いかかり
舷側に強く打ちつけて
船べりを粉々に壊した。
木釘もくさびも折れて飛び、
継ぎ目から水が入り
たちまち船中一杯になり、
またたく間に沈没した。
その船にいた者たちの試練は終わった。
これで嵐も怖くなく、
国を攻めたり、城を焼いて
塔を攻めることももはやない。
暴風雨は他の船も襲い
帆柱、帆げたを粉々にし、
何隻かが海上に砕け散った。
エネアスはぼう然と見つめるばかり。

〔二五〇〕

〔二六〇〕

港にたどり着く当てもなく、
空も海も死を約束している。
トロイから逃げ出した者たちは
三日間このような苦難にあった。
四日目の夜明けとともに
風はなぎ、すべては止んだ。
日が昇り、雨もあがり
海はふたたび穏やかになり、
嵐はすっかりおさまった。
そこでエネアスが顔を上げて
前方はるか眺めたとき
見えたのはリビアの地であった。
エネアスが配下の者を鼓舞すると、
皆は力いっぱいこぎ出した。
帆をいっぱいに張り、櫂《かい》を使い
リビアの港に乗り入れた。
二十隻のうち着いたのは七隻だけだったが、
先を競って外に出て
船を岸に係留した。
ここは未開の土地らしく、

〔二七〇〕

〔二八〇〕

樹林のほかには、町や村も
家や小屋もなかったが、
何はともあれ満足できた。
エネアスは若者を一人従えて
森の中に入っていった。
二人とも弓を携えていき
雄鹿、雌鹿を仕留めた。
家来たちもたっぷりと
獲物を持ち帰り、砂浜で火をたき
食事の支度をして
木々の下で楽しく食べた。
しばしば海を眺めては、
嵐に運び去られた僚船の
影でも見えはしないかと
仲間のことを気遣った。
断腸の思いにかられはしたが
目の前で海にのまれた者たちに
また会う望みはない。
死者を当てにはできないので
生きている仲間に期待するしかない。

断崖に登って遠くを眺めても
海の彼方に船の影さえ見えないので、
深海にのみ込まれたものと
胸を痛めた。
そこでエネアスは
ともに着いた仲間たちを集めた。
もとの三分の一に
減ってしまっていたが、
彼らを励まして、海で耐えた
あの苦難の労をねぎらった。
「お前たち、気高き戦士たちよ、
もう心配はない。
あの海上の生き地獄で
恐ろしい思いをしたが、
将来思い出すときには
それも喜びとなろう。
海上でのあの難儀を語るのが
楽しい時が来るだろう。
異国を目指して出発し
その地を征服しようとする者は皆

苦難なくしては
決して栄光をつかみえない。
欲望が常に遂げられ
一度も辛酸をなめたことのない者は
安楽の意味さえ
分からないだろう。
しかるに、難儀に耐えた者は
すぐに満足できなくても、
後で思いを果たせば
その価値を大いに認めるだろう。
今や我らはさまざまな苦難に耐え
数々の海を巡って
七年余も苦しみ飢えて
寝ずの夜を過ごした。
だから少しの安息でもあれば
我らの喜びは大きかろう。
運命の導くまま
苦しみあえぐ我々を
かの約束の地
大ロンバルディアまで
神々は連れていってくれるだろう。
その地から我らの祖先は出たのだ。
人数の割には
手持ちの食糧はごく僅かしかない。
備えをしなければならないが
ここは見知らぬ国、
畑や村や町や城郭が
あるとも思えない。
これほど何もない地は見たことがない。
もし食糧が得られなければ
ここでの長居は無用、
直ちに海に乗り出して
他の地を目ざそう、
食べ物の豊かな土地を。
からくも生きている馬のための
水や干し草や燕麦《えんばく》もある所を」
　そこでエネアスは十人の
勇猛果敢な騎士を選び、
周りの様子や
ここがいかなる土地なのか、

人が住んでいるのか、小麦はあるか
探索せよと命令した。
使者はこの地の情勢を探るために
直ちに出発した。
山や谷を越えて進み
森や原野をさまよったが
人影ひとつ見えず、
話を聞こうにも
生きているものは獣すらいなかった。
樹間をさまよい
とある小径に入ったが
そのうち大きな道に出た。
さらにその広い道を進むと
ついにカルタゴが見えてきた。
ディドーがその城塞を
守っている町である。
女王ディドーは
侯や伯でさえ及ばない采配《さい》で治めていたが、
女によるこれほど見事な
統治はかつてなかった。

〔三七〇〕

〔三八〇〕

彼女はこの地の者ではなく
ティールの国の生まれであった。
夫の名前はシケウスと言ったが、
その王国を奪うために
弟が彼を謀殺し
姉を国外に追放した。
彼女は多くの供を連れ
衣類に絹布、金や銀の財宝を
多量に携えて
海上に逃れていった。
この地に着いたディドーは
土地の君主のもとに行き
秘策を胸にして、言った。
金、銀を払うので
土地を少々、雄牛の皮で覆えるだけ
売って欲しいと。
君主はその策略に気づかず
これに同意した。
ディドーは牛皮を切り裂いて
極めて細い紐を作り、

〔三九〇〕

〔四〇〇〕

その紐で広大な土地を囲いこみ、
そこに町を一つ建てた。
彼女は財力、才能、抜け目なさを
駆使して、さらに征服し
ついに全土を手に入れて
その領主らを従わせた。
カルタゴという名のこの都は
リビアの岸に建てられていた。
波が打ち寄せる海を背にしており
攻撃を受ける恐れはなかった。
反対側には
広大な池や湿地が広がり、
外堡《ほう》のついた大きなリビア式の
壕や柵も備わっており、
障壁、囲い、はね橋が
巡らされていた。
カルタゴに至るまでには、
なお多くの難所、隘路《あいろ》が控えている。
海岸の一隅には
巨大な岩山がそびえ
その上に城壁が築かれている。
用いられた石は大理石で
白、青、赤や灰色を
巧みに組み合わせて
測ったようにはめ込まれ、
すべてが磁石《じしゃく》と大理石でできていた。
城壁は種々の柱で支えられており、
その壁龕《へきがん》には
鳥や花、獣の像が施され、
その外壁を覆っているのは
朱と紺を除く
百色の大理石であった。
壁を取り巻いて
入念にはめ込まれているのは
磁気を帯びた三列の硬い石だった。
その石は磁力があるため
武装した武者が近づけば
引きつけてしまう。
鎧をまとって近寄れば
たちまち壁に引きつけられる。

厚い壁がそびえ立ち
襲撃を恐れることはなかった。
周りには、主塔を除いて
五百もの塔が数えられた。
城下を囲っている防壁は
柱廊、回廊、穹窿《きゅうりゅう》が
大理石で造られていた。
そこには道路が通っており
連日、大きな市が立つ。
売られる品は
毛皮や絹布、掛け布団、
緋色の布地、宝石類、
香辛料や食器などであった。
豪華な商品を
絶えず目にする人々は
世の中にここにあふれているほどの
豊かさがほかにあることなど
思いもつかなかった。
城下には大通りが走っており
大邸宅も数多く
大商人たちは大広間や
塔、回廊、集会場を持っており、
豪奢な館が
城下にあふれていた。
主な城門が七つあり
それぞれに伯一人がとどまり
封《ほう》土を授かっていた。
カルタゴに戦が起これば
七百の戦士を引き連れて
はせ参ずるのである。
　カルタゴの近くの海で
採れる一種の貝がある。
大きさはさほどではなく
むしろ小ぶりで、
その身の先を切れば
赤い血が滴るが、
これは緋色の貴重な染料であった。
この種の貝は珍しく
名はムラサキガイといい
この地で豊富に採れる。

この貝の血から
真紅の染料を抽出する。
他方、カルタゴの黒色は、
大きな水蛇の一種で
ワニというものの血を用いる。
この蛇は近くの島に繁殖し
図体が大きくて
奇妙な習性をもっている。
獲物を食べた後
大口をあけて眠りこけるが、
腸管などは持っておらず
鳥が入って体内にある
先ほど蛇が食べた残り物を
寝ている間についばむのである。
この主は肛門を持っていないので
他の方法による排泄はできないのだ。
　ディドーが都の一隅に
建てた城は
堅固な塔と見事な天守があり、
落雷の恐れを除けば
何びとも侵害することができず、
空から降りてでも来ないかぎり
飛び道具、あるいは機略を
仕掛けても無駄だった。
塔の下の宮殿は
いかなる王や皇帝にも
比べるものがなかった。
大樽一杯分もの
天然の宝石を壁にはめ込み
その上に琺瑯《ほうろう》七千を
柱や上部の台輪に、
扉の枠組、穹窿《きゅうりゅう》部や
梁《はり》、根太など、さらに
窓や枠に散りばめてあった。
ディドーは近くに神殿を建て
ジュノーをあがめていた。
並外れた豪華さで、
その造りのすべてを
語り尽くすのは至難のわざ。
女神ジュノーが望むのは

カルタゴが世界の首都になり
すべての王国を
従えることであったが、
それも見果てぬ夢に終わるだろう。
運命はそうは巡らず
その地位はローマがとるべきと
神々が決めたのだ。
城の外の一隅、
右手に建っているのはカピトールで、
皆の意見で選ばれた元老が
過ちを正し
正義を守るため
ここで評定を開く。
巧みな技を駆使した、
広々とした内部を飾る
アーチ類が二百もあり、
この場所では、いかに小声で話しても
直ちにカピトールの
端々にまで聞こえた。
二十四人の元老制が
すでにとられていた。
ところがその後、ディドーがカルタゴに望んだ
その覇権はローマが握り
長く保持することとなった。
当時、この町はまだ完成しておらず、
ディドーはさらに
工事を進め
城壁の補強に努めていた。
　使者たちは道を急ぎ、
ついにカルタゴに入ると
この町を治めているのは誰かと
尋ねてまわった。
人々は答えて言う、王国を
統治しているのは女だと。
彼女の居場所を聞き出して
教えられたとおりに進んでいった。
塔の下の城郭の
上手にある集会場に
女王や諸侯らがいるのを見て、
彼らは進んでいった。

切り出したのは、勇気ある
頭のよい武将イリオネスであった。
彼は敬意を表して言った。
「女王よ、お聞き下さい。
ご存知のとおり、しばらく前
ギリシアがトロイを攻撃し
都は焼かれ、崩壊しました。
ギリシア人は誰彼かまわず殺しまくり、
彼らに捕らえられた者は
一人も死を免れず、
城下一円が踏みにじられました。
トロイの町に、神の血を引く
一人の有力な武将がいました。
ギリシア人がこの殺戮《りく》を
なしたその夜、神々は
彼を保護してその身を守り
城外遠くへと導きました。
多くの者が彼に従い
神々が命ずるはるかな地、
イタリアを目指して旅立ちました。
その地を求めて七年間海をさまよいましたが、
未だに見つけることができません。
先ごろ大嵐にあい
我らの船の一隻が沈んで
仲間が溺れるのを目にし、
さらに他の多くの船も失いました。
彼らも溺れてしまったのかどうか
今なお分かりません。
ほんのごく一部の船が
あなたの国のこの近くに着きました。
エネアスはそこにとどまり
他の船が来るのを待ちながら、
我らをここに遣わされたのです。
貴国の民から身を保障され
危害を受けないためにです。
それも良い風を得るまで、
嵐で傷んだ船団の修理をする
わずかの間だけのことです」
ディドーは使者に答えて言った。
「あの大惨事はよく知っている、

トロイ人が破滅したことは
だいぶ前に聞き知った。
脱出を図ったそなたたちは
報いをたっぷり受けたはず、
苦悩のない日はなかっただろう。
今は休息をとられるがいい。
ここにとどまって
船の修理を望むなら
誓って言うが、この国の
誰にも懸念は無用、
恐れずに安心されるがいい。
エネアスが望んでここに
来るなら、世話をするし
我が財を与えてもいい。
私もこの地に着いたとき
彼以上に途方に暮れたが、それは
私もこの地の生まれでなかったからだ。
私は身にしみてよく知っている、
寄る辺のない身と見たら
その人をあわれむべきだということを。
エネアスがこの地に停泊し
骨休めをしたいと言うなら
一文の出費も無用、
必要な物はすべて我が財でまかない、
船出の際には
たっぷりと贈り物をし、さらに
それ以上のことも考えよう。
いやむしろ、その地を求めて行くという
そのような愚行はやめて
ここにこのまま居続けてくれるなら、
我が領土の一部を
彼ら主従に譲ってもよい。
我が民と彼の民とが一つになって
ともに暮らすのを望むなら、
ティール人もトロイ人も
分け隔てなく慈しもう。
すぐに岸辺の彼のもとに
戻って告げるがいい、
カルタゴの我が館に来て泊まるよう、
航海で疲れたその体を休めるようにと」

暇《いとま》ごいした使者たちは
主君のもとに意気揚々と引き上げた。
エネアスは遠くから彼らに気づき
出迎えて尋ねた。
「どうだった」「首尾は上々」「何」
「カルタゴです」「王とは話をしたか」
「いいえ」「なぜ」「王はいません」
「何と」「国は女王ディドーが治めています」
「女王と話はしたか」「しました」
「脅しを受けたか」「受けません」
「それでは何と」「我らに良い約束を。
ご安心下さい、心配ご無用。
ティールの女王が言うには、
もしも殿がリビアの地にとどまり
休んで船団の修理と
補強を望むなら、
何の懸念もありません。
女王が保証してくれます。
我らを介して勧めました、
女王の館にとどまり
いたれりつくせりの世話を
思う存分受けるようにと」
他方、使者たちがこの土地の
探索をしている間に、
失ったとばかり思っていた
かの船団が港に入り、
それぞれ錨を降ろして
勢ぞろいしていた。嵐にやられ、
この世では会える見込みのない
一隻だけは別にして。
知らせを聞いたエネアスは大喜びした。
彼の船団が、一隻を除いて
無事に着いたと聞いたからだった。
運命が今や好転し
彼を勇気づけた。これまでは
彼を苦しめ抜いていたあの運命が。
それゆえ、たとえ不運にあっても
決して絶望してはならない。
また、たとえ思いどおりに事が運んでも
喜びすぎてはいけない。

不幸にあっても悲しまず、
幸が巡ってきても、有頂天は禁物。
いずれにしても、ほどほどがいい、
運、不運は永久に続きはしないのだ。
運命は瞬時に変わるもの、
朝笑っていた者が夕べに泣き、
ゆうべの凶はあしたの吉。
女神が回す輪のように
ある時上にいたかと思えば
次は下の位置。
高さが増せば増すほど
落下の幅も大きくなる。
　エネアスは諸侯に伝えた、
女王からの返事と申し出によれば、
彼に城に来るように
ということだったと。
早速そこに行くべきと
皆口をそろえて進言する。
エネアスは躊躇《ちゅうちょ》なく出発した。
見事な衣装で儀仗馬にまたがり
部下百四十人を
同様に騎馬させて
一路カルタゴを目指した。
先にそこに行った
使者たちが先導して
*九時課前に城下に着いた。
エネアスの前を行く臣下は
二人ずつ、隊列を組んで騎行する。
市民も騎士も貴婦人も
通りに出たり、階上に登り
驚いて眺めている。
一団の長は誰かと
尋ねるまでもない。
誰がそれか聞かなくても
誰もが王を見極めて
互いに指でさし示した。
見るからに優雅な騎士姿で
威風堂々、偉丈夫で
誰の目にも一等の者と映った。
城館まで来てエネアスが下馬すると

ディドーが歩み寄った。
彼も近づいて挨拶を返す。
ディドーは彼の右手をとり
皆と離れて窓際に誘い
腰掛けて、これまでのことを尋ねた。
エネアスは放浪の様子と
ここに至った経緯を
長々と語った。
語り終えたエネアスは
侍従を呼んで命じた、
船に残っている
我が息子を
急いで連れて来るようにと。
その際、家伝の三つの服飾品を
携えて来るようにとも。
それをカルタゴの女王に
もてなしの礼として
贈りたいと思っていると。
一つは見事なブローチで
他に類のない貴重品。

次はたいそう高価なマントで
内側は百色の毛をもつ動物の毛皮製、
柄は格子のしま模様。その上
このマントは、さらに優れた豪華な毛皮で
前側全面と裾《すそ》の部分に
縁取りが施されている。
裏地も同じように高価だが
もっとすばらしいのは縁飾りであった。
表にはくまなく金が打たれ
留め具、金具、
ボタンやふさ飾りだけでも
城三つの値打ちに勝っていた。
残る一つは緋のドレスで、
女王にふさわしく
金がちりばめてある。
これらの衣装は宝物として
プリアムス王の戴冠のために
保管させていたもので、
妻のエクバが冠を戴くときに
身に着けたものである。

侍従長はとって返し
主人が命じたことを
すぐさま果たした。
エネアスの母は
息子がカルタゴへ到着したと知り、
野蛮な輩《やから》とかかわって
ひどい仕打ちを受けはしないかと
心のうちで懸念した。
愛の支配者である彼女は
エネアスが息子を呼び寄せたと知ると
孫を両腕に優しく抱きしめて
強く口づけした。
この口づけで与えたものは
恋愛の大魔力、
これより後彼に口づけする者は
恋の虜になる定めであった。
ヴェヌスは使者たちに命じた、
エネアスと女王を除いて、いかなる男女も
この孫に口づけさせてはならないと。
一行は直ちに出発した。

　アスカニウスとその供の者は
父のいるカルタゴに到着し、
エネアスが運ばせた
進物をディドーに献呈した。
彼女はこの豪華な贈り物を
感謝を込めて受け取った。
贈られた物の価値よりも
贈った人物を重くみた。
彼女も供のティール人たちも
このトロイ人の贈り物を目にして
並外れて貴重な品だと
言い合った。
彼らはどの品が最上か
見極めかねた。
マントを眺めて、この上もなく
賞賛したが、その次に
ドレスを見ると、マントは
色あせてしまう。それから
ブローチを見ると、先の二つなど
卵一つの値打ちもなかった。

女王はこれらの贈り物を
自分の部屋に運ばせて、
父のもとに来た息子を呼んで
優しく抱擁し
情熱を込めて口づけした。
彼女の振る舞いは危険であった。
彼の顔や口に触れるとは
何とも愚かなことをしたもの、
そこはヴェヌスが情炎を置いた所。
彼を抱き締めて猛毒を
飲んだディドーに火がついたが、〔八一〇〕
その大いなる苦しみにはいまだ気づかない。
口づけで愛の激情を呼び込んだ
彼女の体は火と燃える。
エネアスが息子に口づけした直後に
ディドーも彼に口づけしたので、
愛が二人を急襲し、各々が
たっぷり愛の毒を飲み込んだのだ。
口づけすればするほど、飲む量は当然多くなる。
ことにディドーは狂おしく〔八二〇〕
その酩酊《めいてい》ぶりはすさまじく
恋の苦悩に陥った。
こうして女王が熱烈に
口づけを続けるうち、日も落ちて
今や食事の時となり、
角笛が鳴り、洗い水が運ばれ
一同は食卓についた。
次々出て来る多くの料理を
すべて数えあげたり
ぶどう酒、薬酒などの名前を〔八三〇〕
挙げるのも面倒なほど
たっぷりと出されて
かぎりなく歓待された。
食事が終わると給仕たちが
直ちに卓布を取り除いた。
無数のろうそくの火がともり
光り輝く大広間は
昼の明るさを上まわっていた。
　主卓に座るディドーの周りには
高家の者ばかりが残り、〔八四〇〕

他の家臣らは退席した。
彼女はエネアスに請うた、
トロイを破滅に導いた顛《てん》末を
聞かせて欲しいと。
静まりかえった大広間で
皆は静かに耳を傾けた。
エネアスは少し間をおいて
おもむろに口を開いた。
「あなたは私に煉獄《れんごく》の苦悩と
悲しみを呼び覚ましました。
深い悲しみを覚え、
心をひどく痛めずに
その時の話をすることはできません。
進んで語りたくはありませんが
あなたのお気に召すというのなら
じっくり話して聞かせましょう。
私自身がそこで見た
ありのままをお聞かせします。
　かつてのトロイの町は壮麗で
威風堂々とそびえ立ち、
広い都を横切るのに
優に一日は要したものでした。
メネラウスがパリスの悪行を根に持って
我らを包囲しましたが、気づいたことは
我が軍の勇猛果敢な戦いぶり。
我らは多くの精鋭を擁していました。
しばしば交戦し
彼は多くの兵を失いました。
折りを見て、三か月より長い
休戦を結び、その間は
我らも十分休息をとりました。
幾度となく繰り返された戦闘を
どうして語る必要がありましょう。
それらについては、これまでに
お聞き及びのことでしょう。
とはいえ我らの破滅の顛末は、
皆さん聞いてはおられない。
お聞き下さい、その奇策の次第を。
十年に及ぶ激しい城攻めを
かけてきたメネラウスも

力ずくでは落とせないと分かり
軍を引こうとしていました。
正にその時ウリクセスが
約束して言いました、
何か策を練って
突破口を開いて見せよう、
それでもなお攻略できなければ
これ以上待つことはないと。
彼は巨大な木馬を作らせて、
それを動かせるように
五十対の車輪の上に据えつけました。
内部をうまく空洞にして
そこに大きな階をつけ
五つの部屋を作らせました。
最も小さいものでも
騎士百人が入れました。
今や木馬は完全武装の
勇猛果敢な騎士で
満たされました。
他の者たちはそこを去り

〔八九〇〕

〔九〇〇〕

幕舎や天幕を取り払い
船に乗り込んで海上に出、
岸から遠くない
とある島陰に軍船をこぎ寄せて
全軍残らず身を隠しました。
敵が撤退した朝
トロイの町は至るところで
歓喜の渦に包まれました。
市民も騎士も
城門に駆け寄って
押し開けると外に出ました。
プリアムス王も
我らもそろって
喜びいっぱいに城外に出て
ギリシアのかつての幕舎跡や
あたりを見て回りました。
互いに指さしながら、
『あそこが王の幕舎跡、
あちらはアキレスがいたところ、
ここはアイアウス、そこにウリクセス、

〔九一〇〕

〔九二〇〕

ここは激戦があった所』と言いながら
どこもかしこもくまなく見て回りました。
城壁と敵との間には防護物、
大きな壕や柵の類がありました。
王は木馬を見つけましたが、ギリシア人が
城壁近くになぜ造ったのか、
いいものか悪いものか
皆目見当がつきません。
多くの者が話題にして
あたりをくまなく調べ
各々推測を巡らせましたが
ほんとうの理由は分かりませんでした。
もしも木馬の腹の中を
しっかり見抜いてさえいたら
事態はまったく違っていたでしょう。
出て来る者は残らず首をはね、
皆を殺し、一人も生かしては
おかなかったはず。
ところが我がほうは欺かれたのです。
中に隠れた敵兵を察知し

〔九三〇〕

〔九四〇〕

馬ごと焼き払っていれば、
トロイの災いも
我らの破滅も無かったものを。
我らは策謀で滅びたのです。
こうして我らが東門の前で
木馬をよく調べ
辺りをうかがっていたところ、
堀のそばで、縛られた
裸の男を見つけて
牧童たちが連行して来ました。
この男はギリシア人が残して行った者で、
我らはころりと騙されました。
王のほうから話しかけ
順を追って尋ねました、
名前や素性、そしてまた誰が
そのような手荒い扱いをしたのかと。
我らは皆すっかり信用して
男の話に耳を傾けました。
早く話すようにせき立てる我らに
彼は泣く素振りを見せました。

〔九五〇〕

〔九六〇〕

この男は命をもかえりみず
我らを欺くために
死を覚悟してそのような企てに
身を投じていたのです。
豪胆さをその身に奮い起こしながら
ため息をついて、王に言いました。
『陛下、私はギリシア人です。
恨みを晴らして下さらなければ
私にとってはつらいことです。
なぜなら私は生きる望みも持てず
今はただ死を待つばかりですから。〔九七〇〕
まさにこれこそ
私を憎み、辱め、不当に侮辱した
ウリクセスが
大いに望んでいることです。
叔父が彼に殺されたために
私と彼は仲たがいし、
もしも故国に帰って
仇を討たなければ、安らぎの日は
来ないだろうと言ったためです。〔九八〇〕

ウリクセスは権勢家で
私を捕らえさせ、保釈金を
積んでも釈放する気はなく、
長く獄につながれ
悲惨な日々が続きました。
ある時王のメネラウスが評定を開いて
ギリシアに帰れない
苦しみを訴えました。
いくら滞在を延ばしても
順風が得られないと。〔九九〇〕
彼らをギリシアに運ぶ風が
時折吹いても、軍船に
乗ろうとすれば、その途端に
風が落ちて凪《なぎ》となるのだと。
すでに十度も試みて、
その都度、風に裏切られたと。
このように逆らう風について
王が助言を求めたところ
皆はこぞって勧めました、
掟に通じた神官を使い〔一〇〇〇〕

祖国に帰るすべを
すべての神々に問わせればよいと。
そこで畏敬されている予言者の
カルカスが召し出され
ことの次第が伝えられました。
彼は袈裟《けさ》を着、笏杖《しゃくじょう》を携えて、
生贄《いけにえ》をたっぷり神々に供えて
一心に祈祷したところ、
神々がそれに応えて
なすべきことをこまごまと示しました。
翌朝再び予言者のもとに
皆で押しかけて
何をなすべきか問うと、
この者は神に代わって答えました、
発ってもまったく無駄。それより
ギリシア人を一人ささげて
風の神オレウスを
なだめ、鎮めよと。
出立したいなら
一人は必ず死ぬ定めだと。

これを聞いた者たちは
死の宣告が自分に
下るのを恐れて戦慄《りつ》しました。
誰かにこの不運が当たれば、
その結果、他の者は晴れて放免される。
それをくじで決めるべきところなのに、
ウリクセスは私を呼びつけて
お前は大罪を犯したのだからと
死罪を言い渡しました。
反対する者は一人もおらず
自分の身が心配な面々は
私の処分を快諾しました。
捕らえられた私は
裸にされ、後ろ手に縛られて
ご覧のとおり
屈辱的な仕打ちを受けました。
神官がこぞって
私に呪文をかけた後
祭壇へ引き立てました。
頭に塩と酒、油、

灰や小麦粉をふりかけられ
いよいよ首を伸ばし、
そばには首をはねる役が立ちました。
死が目前に
迫ったとき
遠く離れた陣営で、二人の武将が
争いを引き起こしたのです。
直ちに王はそこに駆けつけ
他の者も皆ついて行きました。
私は一人捨て置かれたので
逆方向に逃げ出して
離れた森に身を隠しました。
私になそうとしたことは
他の誰かにしたに違いありません。
彼らは神と和解して
順風を与えられ
祖国に帰って行きました。
私は僅かに命を長らえていますが、
惨めにとらわれて
死は目前に迫っており
敵陣で死ぬのは目に見えています。
今すぐ殺して下さい。
もしも死を免れるようなことになれば
私にとってまことに不本意です』
こう語った卑劣漢は
それからしばらく黙りました。
哀れな彼を見て
我らはこぞって同情し
直ちに縄を解いてやりました。
王は命じて、衣服を与え、
その身を許してやりました。
害する気はないので
恐れることはないと言い添えて
木馬について尋ねました。
なぜそれは作られたのか、
しかもこれほど大仕掛けに。
悪人シノンは答えました。
『ギリシアの輩《やから》の秘密を
すべてお話しいたします。
もし皆さまのもとで安穏に

暮らせるなら、ギリシア人を慕って
彼らのもとに帰る気はありません。
彼らは皆、神々が
定めた真実を知っていたのです。
パラスの像が立っているかぎり
トロイは決して滅びないと。
戦の女神のパラスは
トロイをしっかり支えました。
そしてその像はあがめられ
皆に大いに畏敬され、
お陰で皆様は安堵《あんど》を得たのです。
ある夜ウリクセスがティティデスと
城壁の裂け目を登り、
二人してトロイのパラス像を盗み
こちらの陣営に運んで
それを粉々に
打ち壊してしまいました。
彼らに怒ったパラスは
多くの難儀を引き起こしました。
あらゆる予言者や神官や
我らの理法の学匠らが
口をそろえて王に進言しました、
女神パラスとの和睦《ぼく》を
早急に求めるようにと。
そこで王はこの木馬を造らせ、
さらにパラスの像を造って
その像に剣や槍、
盾を帯びさせて
供えるつもりでしたが、
少し前にその匠《たくみ》を
失いました。
この馬を見ても誰にも分からないでしょう、
これほど巨大なものを
なぜ造ったのか。
そのわけをお話しします。
不実な輩のギリシア人が
造ったわけとその魂胆を。
城内に引き込むことを不可能に
するために巨大にしたのです。
卑怯《ひきょう》なギリシア人の知ることですが、

木馬には神性が宿っており、
それが座す所には
災いは決して生ぜず、
幸運を大いに期待できるのです。
盗まれたパラス像でさえ
城内で、この木馬に勝る霊験を
持ったことはなく、
この馬が中に入れば
大いなる力と勇気が皆さまに加わり
あらゆる災いを逃れさせることを
卑劣なやつらはよく知っていたので、
彼らは大いに悩みました』
この話を信じた我々は
木馬を中に入れるよう
誰も彼もが進言したのです。
城壁を百ピエ*ほど壊しましたが、
それも、城門の入り口が狭いので
巨大なものを通すのに必要な
大きな道をつけるためにです。
綱をつないで、三千人が
前で引っ張り、同じ数の者が
梃子《てこ》と素手で後ろから
押したり突いたりして懸命に
喜び勇んで働きました。
木馬は歓呼のなか
城内に引き入れられました。
前では娘たちが歌い
ハープやヴィエル*が鳴り響き、
我らは歓喜にわき立って
トロイに悲しみの種を導き入れたのです。
木馬は神殿の前に据えられ
シノンはその下に隠れました。
我らが去った後
真夜中近く、皆が眠っている間に
馬の仕掛けを知り抜いたこの男が
窓や出入り口を開くと、
木馬の腹の中にいた
兵士全員が飛び出しました。
ギリシア風の鬨《とき》の声をあげた後、
彼らは城下一円に火を放ちました。

前日去って行く振りをした
他の者たちも全員が
夜には港に戻って来て、
城下の火災を目にすると
その方角に押し寄せて
一気に町に攻め入りました。
抵抗する者は見当たらず
誰かれかまわず出会いがしらに
打ち倒し、その首以外に
身代金など受け取らず、
前代未聞の殺戮《りく》を行ったのです。
私にはその十分の一も語れませんが、
王もそこで殺され、
破壊し尽くしたギリシア人は
塔からヘレナを連れ出して
夫のもとへ戻したのです。
すさまじい破壊を目にした私は
多くの臣下を呼び集め
必死に城下を目指しました。
妻のクレウサが私を制止しようと
後を追って来ました。
私は打ち合いに夢中で
雑踏の中で彼女を見失い、つらいことながら
再び姿を見ることはありませんでした。
ギリシア人が殺戮に疲れたころ
母ヴェヌスが現れて
神々に代わって私に告げました、
引き返して、我らの先祖ダルダヌスの
故郷へ行くようにと。
他になすすべはないと分かり、
母の指示どおり、とって返して
二十隻の船を仕立てて海上へ出たのです。
その後は苦難の連続で
あまたの不運に見舞われました。
一年近く前、我が父親の
アンキセスがシカニアの港で死にました」
　エネアスが語っている間
女王は、彼が耐えた数々の
不幸や死別の苦しみに
驚きながらも、他方では

愛に駆り立てられ
優しく彼を見つめていた。
愛の刺激でたびたび顔色が変わり、
ため息を何度も漏らした。
やがて就寝の時となったので
寝台の準備をさせて
自ら彼を寝室に案内した。
見事な敷布に掛け布団で
寝床はすでに整えられていた。
疲れ切ったエネアスが
布団に入るのを見届けたが
女王はなかなか立ち去れず、
四人の伯に促されて
ようやく自分の部屋に入って行った。
そこには百人の高貴で
皆そろって若い
王家や伯の息女らがいて、
女王の寝所の世話に当たっていた。
寝室に静寂が戻ると
ディドーは愛の神のせいで
胸の高ぶりを覚え
かの人を忘れることができなかった。
まずまぶたに浮かび、
心に思い巡らしたのは
彼の顔や体つき、
言葉や仕種や話し方、
語ってくれた戦の話など。
寝つくことなどできず
寝返りを何度も打ちながら
うとうとしたかと思えば
身を伸ばして、
ため息やあくびを繰り返し、
もだえ、のたうち、身震いし、
気が遠くなって失神した。
余りに激しい錯乱のために
意識は朦朧《もうろう》として、
彼と一緒に床に伏し
裸の彼を腕の中に
抱いている様を思い描いた。
愛を偽り隠すことはできず

布団を抱きしめた。
そこには愛も慰めもなかったが
愛する騎士のために
枕に千回も口づけした。
居もしないその人が寝床にいるものと
彼女は思っても、現実には
彼はそこにはおらず別の部屋にいた。
睦言《むつごと》を聞くかのように話しかけ
夜具の中で手探りしても、
彼に触れることはできない。　〔一二五〇〕
拳《こぶし》で我が身をたたき、すすり泣き
心痛あらわに涙はあふれ、
敷布をぬらして、伏せてみたり
あるいはあおむけにと身をよじる。
鎮まることなくもだえ続け
夜のしじまに煽《あお》られて
千々に乱れてもがいていた。
誰が自分を襲ったのか、
子供を抱き寄せて
口づけした時に飲んだ猛毒が　〔一二六〇〕
激情を与えたことに
彼女は気づいていなかった。
夜のとばりが続くかぎり
この苦しみは和らがず、
夜明けは来ないのかと思われた。
空の白むのを目にすると
早々に寝床を起き出したが
部屋付きも他の侍女も
呼ばなかった彼女は
死ぬほどの熱に浮かされて　〔一二七〇〕
恋の炎に身を焼かれ
妹のもとに急いで行った。
「アンナ、私死にそうよ。生きてゆけないわ」
「一体どうしたの」「張り裂けそうなの、心の臓が」
「具合が悪いの」「とても元気よ」　〔一二七四ａ〕
「それじゃなぜ」「ふぬけになったの。　〔一二七四ｂ〕
もう隠しておけないわ。私愛してるの」「一体誰を」
「言うわ、あなたには。ほんとうよ、あの人…」
名前を言おうとした彼女は
気が遠くなり、口も利けなくなった。

意識が戻ると
再び話を始めた。
「あれほどの不運に耐えた人、
トロイの勇者で
運命が試練にあわせ
この国に昨日連れて来た人よ。
私思うの、あの人は家柄が
良くて、神の系譜に連なっている。
どこから見ても気高くて
息子も礼儀正しいわ。
昨晩私はその子を抱き寄せて
飽きることなく口づけしたわ。
ティールを出てから今日まで
夫シケウスが亡くなってから
恋することなど露ほども
思ったことがなかったわ。
どんなに賢く、勇ましい
権勢家に対しても、これまで
年齢を問わず、少しも素振りを
見せたことはないわ。

でも、運命が私の国に連れて来た
あの人だけは別。
私の心に火がつけられ
頭をおかしくされ
今にも死にそうよ。
もしも夫に生涯の
愛を誓っていなければ
彼を恋人にしたいけど、
夫への誓いを
破るわけにはいかないわ。
夫を欺き、他の男を愛するくらいなら
死んだほうがまし。
誓いは守り通したいの。
足もとの大地が裂けて
生きたまま私をのみ込んでしまえばいい。
天の火が私を焼き尽くせば満足よ、
夫に誓った愛を
他の人に向けるくらいなら。
愛をささげ、受け入れてもらったのに
背くわけにはいかないわ。

他の人を愛してはいけない、
どんなにそれがつらくても。
あの人のことはもういいの、
会ったことも見たこともなかった人だし、
人の話に聞いただけ、
彼の名前がエネアスと…」
彼への思いがよみがえり、その名を
口にしたとたんに失神し、顔色が変わり
死んだも同然になった。
妹アンナは励まして言う。
「姉上、なぜ恥じ入って
死のうとするの。
夫への愛が何なの、亡くなって
すでに久しい人なのに。
悩んで若さを無駄にしないことよ。
死んでしまった夫には希望もないし、
彼からは、子供も甘い愛情も、
優しい顔や後ろ盾を
もう期待することはできないじゃない。
ばかげてるわよ、そんな愛。
幸せにすることなどできない
夫のために、なぜそんなに苦しむの。
死人から幸福をもらえはしない。
生者と楽しむものよ。
死人は頼りにできないわ、
喜びは生きてる人と持つべきよ。
死人のために禁欲するなんてばかげているわ。
ほんとうよ、よく聞くわ、死人は死人と、
生者は生者とつきあえと。
それが慰めというものよ。
あなたの町や土地、領土、
いったい誰が治めるの。
王国や領地は、女が長い間うまく
治めることなど無理なのよ。
他の人の支えが無かったら
命令を聞く人もほとんどないわ。
戦をやるとき
重圧に耐えることもできないわ。
見知らぬ土地のよそ者で、
至るところ、戦を仕掛けられているのよ。

この国の諸侯をことごとく
あなたが敵にしたからよ。
王国中の誰一人
夫にしようとなさらずに
彼らを軽蔑したからよ。
恨んだ彼らは、あちこちで
攻撃を仕掛けてきているし、
そのうちあなたを滅ぼすわ。
あの人を愛しているのなら、
夫にすべきよ。そうすれば
立派にあなたを支えてくれるわ、
彼は優れた人だから。
誓って言うけど、神様が彼を
この土地に導いたのよ。
あなたは愛に襲われて
それに勝てるとでも思うの。
愛には逆らえないのよ。
彼を夫に迎えれば
あなたの権勢も高まって
カルタゴはますます栄えるわ。
本心を隠して言えばいいのよ、
冬の間はここにいて
船の修理をするように、
航海の季節ではないからと。
うまくあの人を引き止めたら
後は好きなようにできるわ」
　すでに恋に夢中の女王を
妹がますます刺激して
恋の炎に身を焦がす彼女を
さらに煽った。
とんだ励ましをしたもの。
妹が賢明な忠告をしていたら
女王は彼を愛したり
恋することもなかったろう。
女王は恋に狂乱し
鎮まり治まることがなかった。
トロイ人の思いは分からないながら、
彼の手を取り
城下に連れ出して
自らの豊かさ示し

宮殿や城などを見せて歩いた。
一刻も平静にしておれず
彼にとっては戯言《ざれごと》を
次から次へとしゃべりまくった。
話すきっかけ以外には
何も求めていないので、
一つのことを千回も繰り返し
休むことなく話し続け
自分が何を言っているかも分からずに
話の途中でやめもした。
言葉も理性も失って
愛が賢女を愚女にした。
かつては国を良く治め
戦もうまく指揮したが、
今ではすべてを放り出し
何も分からず忘れていた。
治め守るべき領地のことも
愛が忘れさせていた。
敵が領土を荒らしても
平和も戦もどうでもよく
我が身を攻める愛以外は
一切気にならなかった。
臣下は皆
ろくな支援も得られず
彼女の助けも励ましも無いので
塔にも壁にも誰も登らず、
修理などされないため
城壁は上も下も至るところ
壊れたまま崩れかかっている。
エネアスのためにすべてを失った。
彼女が王国を顧みないので
不平を言わない者はいなかった、
あのトロイ人をとどめたために
ティール人は地に落ちたと。
領土を治めてきた女が
愛のためにすべてを捨てたのだ。
女王は一週間も
ひどい責め苦に苛《さいな》まれ、
昼も夜も安らぎを得られず
目を閉じて眠ることもなく

つらい思いをしながらも、
勇者には何も言えなかった。
他のことを考えなければ
彼女の病は癒《い》えることはない。
死ぬかあるいはその愛を
勇者に告白するかだが、
それをきっぱりとは言えず
その苦悶《もん》を長く味わった。

　ある朝、無性《むしょう》に、
森に行き、狩りでもして
苦しみを追い払い、
愛のことなど忘れたいと思った。
無為に過ごせば恋心や
痛みはさらに増すので、
それから解放されたければ
ぼんやり過ごすのは禁物だから。
それを避けたければ
他の事に熱中すべきで、
気持ちを他にそらせば
思いは先送りされる。
猟兵を呼び、狩猟馬に
鞍を置くように命じると、
彼らは弓や角笛を携え
猟犬を連れてはせ参じた。
狩りの支度で町が騒然となり、
犬の吠え声や混雑の中を
若武者が四方から
弓矢と箙《えびら》を携え
高揚して集まって来た。
女王の着衣は高価な緋の衣、
見事な金の縞《しま》模様が
腰までの上半身と
さらに袖《そで》口まで
びっしりと編み込まれていた。
その上に羽織るマントも上質で、
金の斑点が細やかに施され
金の飾り紐がついていた。
頭には金のバンドを締め
宝物蔵より取り出した
金の箙を運ばせた。

中にはナナカマドの矢が百本あり
矢じりは純金でできていた。
エニシダ製の弓を手に
塔を降りて行き、三人の
侯を広間から伴って行けば、
多くの臣下も従った。
恋人のエネアスが
石段の下で待ちうけていた。
ティールの貴婦人を目にすると
ディアーヌ女神と
見まがうばかりの
女狩人をそこに見た。
いとしの彼を見たとたん、
女王の顔色は一変した。
石段を降りると、宝石と
黄金でびっしり覆われた
愛馬が寄せられ、恋人が
彼女を馬上に乗せた。
　これから森に行く
このトロイ人の装備はすばらしかった。
首に角笛、手には弓、
野暮なところはまるでなく、
*フェブスのようないでたちであった。
直ちに馬にまたがって
恋に悩む貴婦人の
手綱を取って先導する。
彼女の方も喜々として、彼の護衛で
進んでいき、やがて二人は森に入った。
狩りは上々、たっぷりと
獲物をしとめたが、昼近く
突然風が立ち、大嵐となった。
雨が降り、雷鳴がとどろいて、
突然あたりが暗闇となり、
不安に駆られない者はいなかった。
彼らは四方に逃げ散った。
豪胆な者も肝をつぶし
猛者も恐怖におののいた。
女王とエネアス二人を除いては
とどまる者はいなかった。
二人ははぐれることなく

互いに相手を見捨てずに
一緒に逃げて行き、そのうち
とある洞穴に至ると
そこに落ち着いた。
二人きりとなり
彼は無理強いなどせず
その思いを遂げた。
彼女の方も抵抗せず
彼が望むままに許したが、
久しく望んでいたことだった。
秘められていた愛が明かされた。
夫の死後は恥ずかしい行いは
したことのない彼女であったが。
こうして二人はカルタゴに戻った。
彼女は上機嫌で
少しもそのことを隠さず
陽気に悦び、
夫婦になったと言って
背徳の行為をごまかした。
他人が何と言おうと気にせず
人目もはばからずに
彼と欲望を満たすのだった。
　エネアスが彼女の名誉を汚した
という噂が国中を駆け巡った。
噂とは不思議なもので、
止りも休みもしない。
しゃべる口を千も持ち
眼も千個なら、飛ぶための翼も千、
耳も千個、
これらをそばだて、面白いことを
聞きつけては告げ口する。
常に獲物をつけ狙い、
少しでも何かを耳にすれば
小さなことでも大げさに、
噂の行くところ、あちこちで
ますますそれを大きくする。
また噂は嘘の話を
ほんとうのことと思わせて
些細なことにも尾ひれをつけ
行く先々で大きくなる。

わずかの真実が大嘘になり
夢のように変わり
ますますそれは拡大し
もはやそこに真実はない。
噂は初めはやんわりと
隠れてひそかに話されるが、
そのうちに話はかさ上げされ、
それにつれて、大声になる。
少しでもあらわになれば、その後は
包み隠さず公然となる。
　この種の噂が女王の裏切りを告げて
リビア中を駆け巡った。
一人の男がトロイからカルタゴに
やって来たのを、ディドーが
自分のそばに留めおいて、
ふしだらな生活におぼれたと。
二人はこの冬中淫欲にふけり
他のことを顧みなかった。
女王は自分の仕事を放り出し
他のことを一切考えず、
男も旅を断念し
二人とも遊びほうけていると。
彼女はリビア一円で
中傷され、人々は
彼女をあしざまに言った。
この行状を聞きつけた
諸侯は大いに体面を汚された。
侯、伯、首領たちを
夫にすることを望まず
すべてを退けた理由はと言えば、
王でも伯でもない最低の男の
ためだと知ったからだった。
彼らの言い分には道理がある。
女を信ずるものは愚か者、
女は約束を守ろうとしない。
愚かな女が賢女と見なされる。
亡くなった夫に誓った愛を
生涯破る気はないと言いながら、
今や他の男の
思うがまま。

貞節は汚され
前夫への誓いは
破られてしまった。
女を信ずるものは愚か者、
死んだ者はすぐに忘れ去られ
愛し続けられたためしはない。
生ある者と快楽をむさぼり
死んだ者には無関心。
望みをかなえたディドーは
自分の思いと欲望を
トロイ人に率直に話せば、
彼も公然と彼女を受け入れ
使命を忘れて
旅を放棄した。
彼女も別れるなどまっぴらと、
彼を長くとどめることばかり考える。
エネアスは領地と女を手に入れて
悪行にふけり込む。
　カルタゴにとどまる彼のもとに
ある日使いがやって来て

〔一六〇〇〕

〔一六一〇〕

神々の命令を伝えた、
今の考えを捨て
ロンバルディアに行くように、
船隊をすぐに整えさせ、
ティールの女とリビアの地を
あきらめるように、
この領地はお前のものではない、
神の定めたものは他にあると。
使者が伝えた言葉に
エネアスは大いに狼狽《ろうばい》し、
ここにはもはやとどまれず
立ち去らねばならないと思ったが、
女王を捨てて去って行くのは
何よりつらいこと。
考え込んでは消沈し
二つのことに頭を痛めた。
何はともあれ神の命令は
無視などできるはずはなく、
他方、彼女から離れれば
彼女が自ら命を絶つ恐れがあった。

〔一六二〇〕

〔一六三〇〕

不吉なことが起こりはしないかと
彼女に恐れは抱いたが、
神々の命じたことはどうにもならず
エネアスは大いに迷い悩んだ、
彼女にこのことを知らせようか、
あるいはこっそり去ろうかと。
彼女に言えば手間取られ
出帆が遅れる恐れがあった。
エネアスは船を整えさせ
ひそかに去ろうと考えた。
部下にもしっかりと言い聞かせた、
次に良い風を得たら
船隊はここを去ると。
一同は歓喜に沸き返った。
居心地の良いただ一人を除いて、
皆は長逗留《とうりゅう》にうんざりし
旅立ちを待ちわびていたので
それも当然のこと。
エネアスは居続けたかったが
しかたなく出帆する、

神々が決めたことなので。
必要なあらゆる物を
こっそりと船に積み込み
女王をだましおおせたと
思ったが、彼女は気がついた。
恋する者は猜疑《さいぎ》心が強くて
いつもびくびくし、恐れている、
昼も夜も安心できないからだ。
噂が時を移さず
ことを暴いて、女王に
恋人の裏切り行為を知らせた。
勇士が準備を着々と整え
船に荷を積み、こっそり
逃げ去ろうとしていると。
これを知った女王は
彼の裏切りだと分かり
心安らぐことがなかった、
その理由を聞くまでは。
彼のそばに座ってため息をつきながら、
涙ながらに尋ねた。

「ねえあなた、殺されるほどの悪いことを
私は何かしたかしら」「何のこと」
「船に色々積み込んでいるでしょう」
「私が」「そうよ、逃げたいのでしょう、私から」
「私は行きます、堂々と」
「何で私をだましたの。
こうして私を捨てるのね」
「ここには居れなくなった」
「なぜ」「神々が望まれないから」
「ああ悲しい、何ということ、
どうして私を殺してくれないの。
不幸の種はカルタゴで
あなたに示した歓待と
心を尽くしたもてなしよ。
言わないではいられない、
よくもまあ、そんなひどいことを考えたわね、
とんでもない裏切りを、
私と別れて、こそ泥のように
こっそりここを去るなんて。
私のことを不憫《びん》にも思わず直ちに
ここを発とうなど、どうしてそんなことを
考えつかれたのでしょう。
すぐ聞かせてはいただけないかしら。
トロイ人は何と信用できないのでしょう。
あなたにしてあげてきたことの、これが
お礼だとおっしゃるのですか。
私の愛と誓いも
心からのお仕えも
あなたを引き止められないのなら、
私は死んでしまいます。それにしても
このような嵐の中を海に乗り出すような
無謀なことをなぜなさろうとするのです。
それに今は冬の厳しい気節です。こんなときに
船を出すなど、正気の沙汰とは思えません。
冬が過ぎてからにしてください。
そうすれば海も少しは穏やかになります。
神々は私に対して過酷ですが
神かけてお願いします、
あなたと交わした約束、
私たちの愛にかけてお願いします、

この私を哀れと思ってください。
何の慰めの言葉もかけてくださらない。
あなたのせいで私が死ねば、
あなたに大きな罪がかかります。
あなたを愛した私を皆は憎んでいますし
私も彼らの誰とも結婚しようとは思いません。
私があなたを愛しているため、この国では
私の敵とならない者はいませんし、
私を玉座から追い落とそうとしています。
かくも多くの敵におびやかされ
どこにも救いを求められないというのに、
私を見捨てて行くとおっしゃるのですか。
彼らはきっと戦をしかけてくるでしょうし
私を追放するに違いありません。
そのことこそ恐ろしい。
けれどもますます募るあなたへの愛は
私を不幸へと追い込みます。
今のこの気持ちが変わらないかぎり
これ以上生きていくことはできないでしょう。
別れはつらいのですが
一刻の猶予も求めません、
私を慰めてくれる人はもういないのですから。
どこかあなたに似ている
あなたの子がもしあって、
あなたの身代わりと思って口づけし
胸に抱きしめることができるのなら、またその子が
あなたに代わって慰めてでもくれるのなら
まだましでしょうが、
私を少しでも慰めようとする人は
一人もいません。
あなたに去られたら
私は必ず死んでしまいます。
なのに、どうして私を裏切るのですか」
「いとしい女よ、裏切ってはいない」
「私があなたに何か悪いことをしましたか」
「あなたはいいことばかりしてくれた」
「私がトロイを破壊しましたか」「いや、ギリシア人だ」
「私のせいでしょうか」「神々のお心だ」
「私があなたの父を殺しましたか」
「いや、決してそんなことはない」

「ではなぜ私から去るのですか」
「私の意志ではないのだ」「誰のせいなのですか」
「神々が命じておられるのだ。
神々が占いによって運命を定め
ロンバルディアに行き
トロイを再建せよと言われたのだ。
そのように神々が定められたのだ。
もし私の思いどおりになるのなら、
もし神々の命令ではなく
私の意思だけで決められるのなら、
今自分から進んでこの国を
後にするようなことはしないだろう。
ギリシア人の殺戮《りく》を生き延びた者たちの
指揮をとり、トロイの城を
再建せよとの仰せなのだ。
もしそうでなく、
私の意のままになるのなら
暇《いとま》をこうたりはしないだろう。
心ならずも出発するのであり、
自ら進んでではないことは信じてほしい。

〔一七六〇〕

〔一七七〇〕

悲嘆に暮れている私を見て
不憫《びん》に思い
温かく迎えてくれたことは
感謝している。
その礼が今できないとしても
この恩は決して忘れない。
生きているかぎり忘れることなく
誰よりもそなたを愛し続けよう。
誓って言うが、私がこの国を去るのは
私の意志ではない。
そのように嘆くのはやめられよ。
嘆いたとて無駄なのだ。
私まで動揺させ、そのうえ
そなた自身を苦しめるだけだ」
　ディドーは彼を横目に見るが
その顔は怒りに青ざめ
愛の情念に押しつぶされている。
顔面は何度も色を変え
恋の炎が燃え上がり
気でも狂ったかのように言う。

〔一七八〇〕

〔一七九〇〕

「あなたは神の血を引く者などではない、
これほど不実で残酷なのだから。
人からではなく
石から生まれた者でしょう。
野性の虎か、さもなければ
森の獣があなたを育てたのでしょう。
〔一八〇〇〕
この人非人、
私を不憫に思わないなんて。
冷酷非情、
あわれみのかけらもない。
ああ情けない、これ以上何を言うことがあろう、
引き止められない人なら放すしかない。
聞いてもらえないのなら何を言っても無駄、
何にも答えてくれない。
〔一八一〇〕
死の時が近づいて来るだけ。
私の涙も、ため息も、言葉も
この方の気持ちを変えることができなかった。
これ以上何を言うことがあろう、愚かだった。
いくら嘆き悲しんでも聞く耳は持たず
涙を流すこともなく
まなざしさえ向けてくれなかった。
私の悲嘆などどうでもよく、
私を大事に思っている素振り
一つ見せてくれなかった。
〔一八二〇〕
あの方の慰めがもらえないのなら
ああ、生きていて何になろう。
二人の気持ちは何と離れていることか、
私が恋に死ぬというのに、あの方は無頓着。
あの方は平穏なのに、私は苦しんでいる。
私には愛が公平とは思えない、
二人の気持ちがこれほど離れているのだから。
あの方が私と同じように感じ
同じように私を愛してくれていたら、
離れ離れになることは決してないでしょう。
〔一八三〇〕
託宣とやらのせいにして
嘘八百を並べたて、
自分は神々に召し出され
命じられたのだと言い張る。
進むべき道を神々から示され
ロンバルディアに行けと言われたという。

神々がこのことに執心し
他のことはさておき
何としても実行せよ、ぐずぐずするなと
攻めたてられていると言っている。
あの方がとどまるか行ってしまうかは
神々のあずかり知らぬこと。
神意がなければ何もしないというほど
神々にとって大事な人なら、
どうしてこれまであの方を、海でも陸でも
つらい目にあわせられたのか。
この地に来るまで
神々との戦いの止む日はなく、
この地に着いたときには疲れ果てていた。
私のもとに迎え入れたのも
今となっては愚かなことをしたと
悔やまれる。そんなことをすべきではなかった。
さんざん私をもてあそんでおきながら、
いくら頼んでも残ってはくれない。
引き止めることができないのなら、あの人なんか
行くがいい、私は死ぬしかない」

彼女は涙ながらに嘆き、うめく。
さらに言葉を続けようとしたが
そのとき意識を失って
ものも言えなくなった。
侍女が彼女を、敷石を施した
寝室まで運んで行った。
エネアスはさめざめと涙を流し
王妃を慰めたが、
何を言っても無駄だった。
これ以上ぐずぐずするわけにはいかず、
誰が反対しようと神々の命を
実行しなければならない。
トロイ人たちはカルタゴを離れ、
船をつないだ浜辺へとやって来て
船出の仕度を整える。
風もうまい具合に追い風、
錨を上げ、帆を張って
船を沖へと進める。
　ディドーは部屋へ上って行き
一番高い窓から見下ろす。

船出の準備が整っているのを見て
悲しんだのも当然だ。
いとしの人が去り行くのを見て
涙を流して、うめき、叫び、わめく。
彼女は命も惜しくはない、
恋に目がくらみ、我を忘れている。　〔一八八〇〕
哀願すれば何とかなりはしないか
なおも試してみたいと思い、
妹を呼んで言う。
「アンナ、私は悲しくて死にそう。
あの船をご覧、出て行こうとしているわ。
エネアスが指図しているの。
何を言ってもとどまってくれないの。
行って私が呼んでいると伝えておくれ。　〔一八九〇〕
私はあの方の国を破壊しもしなければ
父君を殺してもいないし、
良いこと以外にした覚えがないわ。
一つだけ聞いてほしいの、
ロンバルディアに行くのをすっかり
あきらめてほしいとは言わない。
ほんの少しの間でもとどまってもらえれば
私の気持ちは安まると思うの」
妹は彼のところに行って頼んだが、
エネアスは何を聞いても
気持ちを変えなかった。　〔一九〇〇〕
一行は沖へとこぎ出した。
ディドーの顔は青ざめ、気を失い
死を覚悟して言う。
「アンナ、いいことを
思いついたわ。
この近くに魔法使いの女がいるの。
彼女にとってはどんな難題もたやすいこと。
死人を生き返らせたり、
くじを引いて占いをし、　〔一九一〇〕
真っ昼間に太陽を隠したり
東のほうへと
後戻りさせる。
月についても同様に
満ち欠けを週に
三度も四度も起こさせるわ。

鳥たちに言葉をしゃべらせ
水の流れを逆行させるの。
鳥占いをする復讐の女神たちを
地獄から引き上げ、
樫の木を山から下ろし
蛇を手なずけて捕まえるわ。
足もとの大地をうならせるし
さまざまな占いや魔法を知っているの。
人を愛させるのも憎ませるのも
彼女の思いのまま。
彼女が私に言ったわ。
あの若者を引き返させることも、
また私にあの人のことを忘れさせ
愛する気持ちをなくさせることもできると。

〔一九二〇〕

それで私に命じたの。
大きな薪《まき》の山を作り
あの方が私に贈ってくれた
衣服をすべてその上に置き、
私に残した剣も
私を辱めたベッドも

〔一九三〇〕

全部そこで燃やしてしまうようにと。
彼女が占いによって得た
不思議な魔法の力で
あの方への愛を消してくれると思うわ。
私のために奥の寝室に
薪の山を作っておくれ。
トロイ人にもらった服は部屋の中にあるから
それを全部その上に置いておくれ。
剣も、二人で睦《むつ》み合った
ベッドも一緒にお願い、

〔一九四〇〕

あの方のものは何も残したくないの。
あの魔法使いの女をここに呼んで来ておくれ、
そしてこのお清めに必要な
生贄《いけにえ》を用意しておくれ」
姉に請われて
妹は薪の山を用意しに行った。
姉が何のためにそんなことを命じるのか
少しも気がついていなかった。
　ディドーは部屋にとどまり
窓から見ると、すでに

〔一九五〇〕

若武者は沖にこぎ出していた。
愛が募り苦しくなる。
恋ゆえに気を失い、
汗をかき、体が冷たくなる。
拳《こぶし》を握りしめ、髪をかきむしり、
白貂《てん》の袖を百回も二百回も振って
合図を送るが
何の役にも立たない。
彼が引き返すことはない、
神々の言いつけに背くことはできないのだから。
彼女は大声で呼んで合図する。
愛がますます募り、苦しくなり、
押しつぶされるまで
止むとは思えない。
恋人が遠ざかったのを見ると
彼への愛には死しかないと思い、
再びため息をつき
嘆き始めた。
「ああ、あの人はあのように行ってしまう。
死ぬ以外に何ができよう。
あの人にひどい仕打ちをされて
我が生を憎まずにいられようか。
港からあんなに遠くまで行ってしまった。
もうあの方の慰めを受けることはできない。
この国に二度と帰って来ることはなかろうし
再び会うこともできないだろう。
あの人の愛が受けられない今となっては
なぜ出会い、知り合ったのか悔やまれる。
なぜあの人はこの岸辺に着いたのだろう、
なぜカルタゴに受け入れたりしたのだろう、
なぜあの人を私の床に入れたのだろう。
夫と交わした誓いを
なぜ破ったりしたのだろう。
恋に溺れてしまった。
夫との誓いを破ったあげく
恋人からも見捨てられてしまった。
こんなつまらないことのために
あんなにも固く守ってきた操を捨ててしまった。
つまらないことであろうとなかろうと
私にとっては同じこと。

あの人が一生愛してくれると思って
夫を裏切ってしまったのだから。
あの人が私と結婚してくれないからといって、
結婚したくもない人たちに
哀願したりするような、そんな
恥知らずなことができるだろうか。
彼らが申し込んできたとき断ったのに
今さらお願いなどできるはずがない。
そんなことをするくらいなら死んだほうがまし、
ほかに生きる道などないのだから」〔二〇〇〇〕
　彼女がこのように嘆き続けている間
トロイ人たちの船は沖へ出てしまい、
もはや一隻も見えなくなった。
彼女は悲しみのあまり死なんばかり、
胸をたたき、髪をかきむしった。〔二〇一〇〕
これを見て供の者も大いに嘆いたが
彼女を慰めることはできず
話しかけようとする者もいなかった。
彼女は気が狂ったように
寝室へ駆け込んだ。
そこには、言われたとおりに
妹が積み上げた薪の山があった。
あらかじめ妹は魔法使いを呼びに行かせ
部屋は無人にしておいた。
妹にはそこにいてほしくなかった。〔二〇二〇〕
自分がもくろんでいることを
妹に反対され、邪魔されては
いけないと思ったからだ。
一人部屋に入ると、
彼女の愚かな行いを
止める者はいなかった。
彼女はトロイ人にもらった剣を抜いた。
この剣を贈ったとき、エネアスはこれで彼女が
命を失うことになるとは思いもしなかった。〔二〇三〇〕
抜き身の剣をつかむと
乳房の下に突き刺した。
そしてすぐさま妹の積み上げた
薪の山に飛び乗り、そこに載せてあった
トロイ人のベッドと服の上に
うつ伏せになり、

血の海の中でのたうち回りながら
息も絶え絶えに言った。
「何といとおしんだ衣よ、
神に許されていた間は大事にしてきた。
もうこれ以上生きていけないのなら
この敷布の上で死を迎えたい。
これらの衣を目にしたのが運の尽き、
私にとっては死と破滅の
始まりだった。これを贈ってくれた人に
出会ったことこそ不幸の始まり。
我を忘れてかくも愛したのに
真反対の結果になろうとは。
辱められたこのベッドの上、
この敷布の上で命を終えたい。
領土や家臣をここに残し
世継ぎも残さずカルタゴを捨て
私の名声も栄光もこれで終り。
しかし忘れ去られるのでは死にきれない、
いつまでも覚えていてほしい、
少なくともトロイ人たちには。
愛に狂ってしまうまでは
私は賢い淑女だったと。
私を裏切るあのトロイ人が
この国に来ていなければ、
私も幸せだっただろうに。
あの方への愛のために私は死ぬ。
あの方は不当にも私の命を奪った。
あの方に私の死をささげよう。
和解と融和の名において
あの方のベッドの上の衣に口づけします。
エネアス様、私はあなたを許します」
こう言ってディドーはベッドや衣に口づけする。
血がすっかり流れ出て
もはやものを言う力もなく
あえぎながらむせび泣く。
死の苦しみが彼女を襲い
息も絶え絶えとなり
ついにこと切れようとしていた。
そのとき妹が帰って来て、姉を見るや
事の次第を理解した。

姉の胸に剣が突き刺さり
血が流れ出ているのを見て、
自分もと我が身を刺そうとしたが
侍女たちが引き止めた。
彼女は泣き叫び、わめき、
髪をかきむしって言った。
「ああ、何と不幸な巡り合わせ、
姉上が自ら選んだ死の
お膳立てをこの私がしたのだわ。
姉上、私に準備するように言った
生贄《いけにえ》とはこれだったのね、
このようなことのためだったのね。
私があなたを死なせてしまったのだわ、
でも私は知らなかった。
ただあなたに言われたとおりにしただけ、
あなたにだまされたんだわ。
悔やんでももう遅すぎる。
愛の苦しみが軽くなるようにと
姉上はこのようなことを
思いついて
考えを巡らしたのね。
魔法使いの女はいったいどこにいるのよ、
魔法が巧みで
愛を忘れさせるはずだったのに。
ひどいお仕えをしたものだわ、
私のしたことであなたが命を落としたのだから。
魔法使いがその技で
愛を忘れさせるはずだったのに。
誰が見ても
これはとんでもない魔法。
あの男を忘れようと思って
あなたは死の毒を飲んでしまったのね。
トロイ人との愛を
思い出すことは二度とないでしょう」
妹の苦しみは大きく
心臓が張り裂けそうだった。
ディドーは自らの胸を刺し
息も絶え絶えであった。
そのとき炎が迫り
全身を焼き焦がそうとしていた。

言葉を発することもできなかったが
かろうじて「エネアス様」とだけ漏らした。
さらに炎に襲われて
ついに魂は肉体を離れて行った。
彼女の白くてきれいな柔肌は
燃え盛る炎の前になすすべもなく、
体は黒く焼け焦げ
見る見るうちに崩れてしまった。
周りにいた侍女や家来たちの
悲しみは大きく、
彼女の高潔、聡明、
栄光を嘆き悔やんだ。
彼女の体が灰となったとき
妹はそれを集めさせた。
人々はティールの奥方ディドーの灰を
小さな壺に入れて
神殿に運び
ていねいに埋葬した。
そして立派な墓を建てたが
それは七宝と黒金象眼がされており、
いまだかつてこれほどの墓は見たことがない。
銘が刻まれ、次のように
書かれていた。「ここに、愛のために
自ら命を絶ったディドー眠る。
報われない恋に溺れさえしなければ
これほど立派な女はいなかったのに、
哀れ、恋に狂い、
分別も何の役にも立たなかった」
　エネアスは今やはるか沖にあり
引き返そうなど思いもしない。
見渡すかぎり陸地は見えず、
ひたすらロンバルディアを目指す。
帆に風を受けて、船足速く
港をはるか遠ざかったとき
強い横風が吹き始め
船を右手へ押し流し
シカニアの港へと近づけた、
そこは父親の死んだ地であった。
アセスト王が彼らを迎え
丁重にもてなした。

王はトロイの血を引く者であった。
エネアスは盛大な祭事を催し
墓前に競技を奉納したが、それは
ちょうど父親の命日だったからである。
その夜暗くなって
すべてのものが安らかに
人も獣も身を横たえ
野も森も林も寝静まり
エネアスが床についたとき、
父親が現れ
三たび彼の名を呼んで
こう話しかけた。
「我が息子エネアスよ、よく聞け。
神々がわしをここに遣わして、
お前にロンバルディアに行けと
命じている。そして
役に立たない老人やけが人は
ここに残して行くようにと言われる。
あの者たちはもはや戦はできず
平穏を望んでいる。
若い者たちだけを連れて行くがいい。
彼らは何ごとにもひるまず
どんな苦難にもよく耐えて
戦い抜くことだろう。
お前は野戦や奇襲など
幾度となくつらい目にあうだろうが
恐れてはならない、
必ずうまく切り抜けられる。
すべての戦に勝利し
国を平和に治め続けるだろう。
王の娘をめとり、それからは
お前の王国に終わりはないだろう。
王の系譜がお前から始まり
どこへ行っても崇められるだろう。
しかしその前にまず地獄へ下り
わしと話をせねばならない。
わしのいる所は幸せ者の里で、
あの醜い地獄ではない。
わしはエリゼの園にいる。
ここには苦しみも痛みもなく

住んでいるのは善人ばかり、
我々は皆平穏に暮らしている。
占いに通じた女
シビーユがお前を案内するだろう。
クマエの占い女で
何でも分かる巫女《みこ》だ。
今のこと、これからのことすべてを知っており
その予言能力は計り知れない。
太陽や月、
星の一つ一つの動きも
降霊術も医術も
修辞法も音楽も
論証法も文法も、何でも知っている。
その前に、地獄の王に対して
生贄《いけにえ》をささげねばならない。
シビーユが私のもとまで案内してくれよう。
わしはお前のこれから先の戦を見せてやり
お前の血を引く王の
名を全部言ってやろう。
彼らは全世界の支配者となろう。
わしはこれ以上ここにとどまれない、
夜明けが迫っている」
こう言うと、父の姿は
すっと消えた。
　エネアスは今聞いたことについて
深く考え、ため息をついた。
わずかな土地でも手に入れるには
多くの苦難に耐えねばならないことは
当然のことと心得、覚悟していたが、
それよりも驚いたのは、地獄下りのこと、
そのことを大いに恐れていた。
エネアスは夜明けとともに起きると
家来の中から優れて賢明な者を
呼び集め、
神々が命じたことを
語って聞かせ、
弱った者を残して行くべきかどうか
皆に尋ねた。
彼らは答えた、神々が望まれるのだから
そうすべきでしょう。

戦うことのできない者は
アセスト王に預ければ、
王が彼らに土地を下さるだろう、
他国を征服する気などないのだから、と。
エネアスは彼らの意見を受け入れ、
戦の役に立たず
きつい任務に耐えられないような
弱った者は残し、
彼らの住まいに当てる地域を定めた。
アセスト王は彼らに
広い土地を与えた。
残りの者は船の準備にかかった。
その数は多くはなかったが
艱難《かんなん》辛苦に耐えられる者ばかりであった。
エネアスはとどまる者に別れを告げたが
不憫《びん》でならず、涙を流し、ため息をついた。
家来とともに船に乗り込むと
錨を上げて、帆を張り、
勢いよく沖へこぎ出し、
一路クマエを目指した。

そこには予言のできる賢い巫女
シビーユが待っている。
昼も夜も船を進め、
ついにその港に行き着いた。
エネアスは船から降り、陸に上がると
アカート一人を連れて
シビーユを訪ねて行った。
二人は歩いて行き、
とうとう巫女のいる神殿に
やって来た。
彼女は白髪を乱して
入口の前に座っていた。
顔面は青白く、
肌はどす黒く皺《しわ》だらけで
見るだにおぞましく
忌まわしい生まれの女のようであった。
二人は彼女の前に進み
エネアスが話しかけた。
「シビーユよ、神々に遣わされて
私はこの地、そなたの所にやって来た。

私は神々の血を引く者で
かの滅ぼされたトロイの生まれ。
神々の命により、地獄にいる父の所まで
話しに行かねばならない。
しかしそなたの手引きなしでは行くことができず、
神々もそなたに案内してもらえと言っている。
その昔オルフェウスも
ヘラクレスもテセウスも地獄へ行った。
そこから帰って来た
人間は少なくない。
神々の名において今すぐ
案内を願いたい」
　シビーユは彼が地獄へ
行きたいというのを聞くと、
眉をつり上げ
深くくぼんだ目を大きく開き
じっと彼を見据えたが、
それは恐ろしい形相であった。
彼女は白髪の頭を一振りすると
このトロイ人に答えて言った。

「さあ、ここが大地獄の
いちばん大きな入口だ。
入って行くのは容易だが
戻って来るのは難儀至極。
昼も夜もどんどん入っていくが
出て来る者はほとんどいない。
良き道案内がないかぎり
戻って来るのはなかなか難しい。
だが神々が私を名指されて
そなたの父もそれを願っているのなら
無事彼の所まで案内し
また連れ帰ってやろう。
ただし地獄の川を二度渡り
あの暗闇の国から
戻って来たいなら
黄金の枝を手に入れなければならない。
それはこの森にしかない。
地獄の女王に贈り物として
それをささげなければならない。
そしてその枝を取るのに、剣も

どんな刃物も使ってはならない。
もしもジュピテルが、お前がこの道を
行くのを認め望まれるなら、
枝はひとりでに折れるだろう」　〔一二一〇〕
「もし望まれなかったらどうなる」「その場合には
枝を手に入れるのは難しい。
誰も折り取ることはできないし
鉄や鋼でも切り取ることができない。
枝が木から折り取られると
新たな枝がすぐに生えてくる。
この枝が無ければあの地獄から
戻って来るのは難しい。
その枝をうまく見つけて
私のところまで持って来ることができれば、　〔一二二〇〕
すぐにでも一緒に行ってやろう。
足止めする理由は何もない」
　エネアスはそこを離れ
森へ入っていき、
すべての神々に祈りながら
林の中を枝を探して回った。

するとも彼の母、愛の女神が
その枝のある木を示してくれた。
それは不思議な示し方、
大いなる啓示によってであった。
それを見るとエネアスは大喜びし、　〔一二四〇〕
難なくその枝を折り取った。
すぐに、今折ったのと
そっくりな枝がそこに生えてきた。
エネアスは喜び勇んで
シビーユのもとに引き返し
黄金の枝を差し出した。
そして生贄《いけにえ》を用意し
地獄の神にささげて
恭しく祈った。
　そこには深い堀があったが、　〔一二五〇〕
これ以上汚い堀はこの世になかった。
入口は大きくて幅広く
薮に囲まれ
どす黒い泥水が淀んでいた。
堀は汚く薄暗く

恐ろしい悪臭を放っていた。
この臭いをかげば
一刻たりとも生きてはおれない。
鳥がそこに飛んで来て
この強い臭いをかぐと
たちまち落ちて死んでしまう。
土地の者たちが言うには、
そこは地獄の入口で
昼も夜も絶え間なく入っていくが
戻って来る者はまばら。
魂が肉体から離れて
体の外に出るやいなや
この堀を渡って
向こうへ行かねばならない。
エネアスと占いのできる
クマエの巫女《みこ》の二人は
この堀までやって来た。
シビーユが言った。
「勇士よ、よく聞くがいい、
ここが地獄へ降りて行く入口だ。
あの下から戻って来たいと思うなら
勇猛果敢でなければならない。
あそこへは死者がみんな降りて行く。
そこは定めによって
プルート王が治めており
女神プロセルピーヌが王妃。
天上の神々の力は
そこには及ばない。
地獄へ降りて行かねばならないなら
この道を行くほかはない。
言っておくが、何を見ても
決して驚かないこと。
地獄ではものがよく見えないので
剣は抜いておくがいい。
私が先を行くので
後からしっかりついて来るがいい」
こう言うと彼女は持ってきた
塗り薬を彼に与えた。
この薬の匂いをいったんかげば
どんな悪臭も平気。

エネアスは剣を抜き、彼女の後を
遅れずについて行く。
暗闇でほとんど何も見えないなかを
二人は進んで行く。
歩き始めるとたちまち
醜い人の群れに出会う。
そこにあるのは死、苦しみ、
空腹、飢餓、恐怖、
病、哀れな老醜、
臆病、怠惰、
死ぬほどの心配、不忠、
嘆き、涙、ごまかし、
艱難《かんなん》辛苦、欺き、
不和、敵対、
死に物狂いの戦い、争い、不正義、
死と隣り合わせの眠りであった。
そこに枝が繁り苔《こけ》むした
醜い老木があった。
その木には夢、幻、作り事の
葉がぶら下がっていた。

それらは昼間は下の地獄にあり、
夜になると地上に上がって来る。
トロイ人エネアスは恐怖におののく。
二人はそこを通り過ぎて進んで行くと
恐ろしい怪物どもに出会った。
巨大で醜く、ぞっとする生き物だった。
二人はそれらを間近に見た。
エネアスは剣を振りかざし
そのうちの一人を殺そうとした。
そのときシビーユが声をかけた。
「それは無駄というもの、
剣はどれにも当たらないだろう、
皆肉体のない生き物だから。
剣を彼らに向けても無意味。
いいかい、剣を抜いておくよう
言ったのはそのためにではなく、
剣の輝きを頼りに
この暗闇を進むためなのだ」
二人はこうして深い谷間を進んで行き、
地獄の川に至った。

そこにも大勢ひしめいていた。
ここを目指してやって来た者たちが
そこに群れていた。
川は深く、汚く、どす黒かった。
カロがそこの主で
渡しを取り仕切っていた。
彼は老いぼれ、皮膚は干からび、醜く
髪は真っ白で、体中皺だらけ
顔はやせこけ、落ちくぼみ
髪はぼうぼう、頭はこぶだらけ
耳は大きく毛むくじゃら
眉は太く、もじゃもじゃで
真っ赤な両目はおき火のよう
口髭もあご髭も伸び放題。
これが渡し守であったが、
船は朽ちかけており
古びて壊れ、擦り切れて
あちこちに栓が差してある。
この岸辺にはあらゆる地から
死にかけた者が押し寄せていた。

死者の魂はここを渡るまで
死に切らない。
墓を持ち、払える金子《きんす》を
持っている者は
川の向こうに渡してもらえるが、
渡された者は一人として戻って来ない。
渡し守はある者は受け入れ、ある者は拒む。
こうしてこの岸辺には大勢押しかけるが、
埋葬されなかった者は
行き場がなく、その場に残る。
埋葬されずにいる肉体の
魂は渡すことができないからだ。
エネアスはこの大騒ぎを聞きつけ、
目を凝らし、耳をそばだて、
この群れに驚いて、
シビーユに問いかけた。
「案内人よ、教えてくれ、
この岸辺の有り様は一体何なんだ、
あっちからもこっちからも人が押しかけ
黒山の人だかり。

一人の船頭が見え、
休むことなく行ったり
来たり、船をこいでいる。
大挙して船に乗ろうとするが、
ある者は拒まれて押し返され、
ある者は向こう岸へ渡してもらっている
　シビーユは若者に言った。
「これは地獄の川で、
神々でさえ禁を犯して渡ろうとは
決してしない泥沼だ。
そして参集している群れは
人の魂で、その肉体が
まだ埋葬されていないものは
渡ることが決してできず、
川のこちら側をさまよい、
百年たっても渡れない。
渡し賃を持っており
肉体が墓を持っている魂は
渡してもらえるが、その他は見向きもされない。
渡された者はその後戻って来ることはない。
そこを渡るとき
魂たちはその泥水を飲む。
一口飲むやたちまち記憶を失い、
上の世界でしたことを
すっかり忘れてしまう。
思い出そうと思ってもできず、
過去の記憶を呼び戻せない。
この忘却のことをレテと言う」
　二人はこれ以上ぐずぐずせずに
岸辺へと近寄った。
カロが二人を
魂たちの間に見つけ、
剣がきらめいているのを見て
先に口を開いて呼びかけた。
「おいこら、貴様は何者だ、
この闇の世界に
剣を携えて来るとは。
何をしに来た、言ってみろ、
何を探している。ここは地獄、
人間の来る所ではない。

ここには魂しか住んでいない、
生身の人間はお断りだ。
ここへ来た人間で、我らに悪事を
企《たくら》まなかったやつは一人もいやしない。
その昔ヘラクレスがやって来て
我らの番犬を捕まえ、縛り上げて
連れ去った。犬は命からがら
我らの国へ逃げ帰って来た。
次にテセウスがピリトウスと一緒に
やって来たが、彼らは
地獄の王の妻を奪って
王に恥をかかそうとした。
褒められるような者は一人も来ず
皆悪事しか働きやしない。
止まれ、来ても無駄だ。
お前なんか渡してやるものか、
向こう岸に行き着くことはなかろう。
生ある人間は信用できはしない」
エネアスはこれを聞いて驚いたが、
シビーユがカロに答えて言った。
「待ってください、これはエネアスという者で
危害を加えに来たのではありません。
悪事を働いたり、恥をかかせたり
良からぬことを企んでいるのではなく、
父親と話すのが望みなのです。
安心して渡しておやりなさい、
神々が彼を遣わされたのですから。
神々の命でここへ来たことは私が保証します、
疑うには及びません。
そのしるしをお見せすることができます」
エネアスはマントの下に持っていた
小枝を出して見せた。
カロはそれを見て安心し
船をエネアスのほうに向け、
船に乗り込もうとしていた魂は
遠くへ押しやった。
その船にエネアスと
*案内の女を乗せたが、
その重みで船は浸水し
すき間から水が入ってきた。

しかしカロは船をうまく操り
二人を向こう岸へ渡した。
二人は船から降りると
門までやって来た。
門番はセルベルスで
門を守るのが役目であった。
度外れて醜く
見るも恐ろしい姿をしていた。
足の先から付け根まで毛むくじゃらで
曲がった足指には
*グリフォンのような爪、
尻には犬のような尾が生えている。
背中は曲がって尖っており
腹は大きく膨れ上がり、
背骨にはこぶがある。
胸はやせて干からび、
肩幅は狭く、腕は太く、
両手は鉤《かぎ》形。
太い首が三つ、蛇のように伸び、
髪は蛇そのものが垂れている。
三つの頭は犬のよう。
これほど醜いものは見たことがない。
犬のようにいつも吠え、
口からは泡を垂らし、
そこからおぞましい毒草が生えてくる。
それを飲めばすぐに死ぬ。
口にして死なない者はない。
その名はトリカブトと呼ばれ
継母《まま》が継子に与えて
飲ますもの。
　セルベルスは二人を見ると
激しく吠え始め
その声は地獄中にとどろいた。
怒りに髪は逆立ち、
蛇は首の周りで
暴れ回り、
毒牙をむいて
身を震わせ、しゅーしゅーうなっている。
エネアスは恐怖のあまり
一歩も前に進めなかった。

怖がるのも不思議はない。
巫女《みこ》はひそかに
小声で静かに
呪文を唱えた。
まじないが終わらないうちに
セルベルスは眠気を催し、
疥癬《かいせん》だらけの体を丸めて
門の脇に横たわった。
二人はそのそばを安心して通り過ぎ
門をくぐった。
門を過ぎて二人が
最初に見たのは
子供の一群で、
乳飲み子、幼な児、皆
死が母親から奪ったもの。
子供たちは泣き叫ぶ。
悲しみのあまりに発する
叫びはすさまじい。
　次にはミノスが占いのくじを投げ、
死者たちの生きざまを調べ、
おのおのの霊にふさわしい
運命を割り当てていた。
善人は居心地のよい野に送り
悪人には苦しみを味わわせる。
エネアスはさらに進み、
とある谷間に、恋のために
命を失った者たちを見つけたが、
その数は多かった。
その中に、エネアスへの愛のために死んだ
女がいるのに気がついた。
それはカルタゴの奥方であった。
彼女が死んだと知ってエネアスの心は
悲しみにあふれ、彼女のほうへ
駆け寄り、声をかけた。
「奥方よ、私への愛のために
あなたは死の苦しみをなめられた。
私のせいであなたは死んだが、
私は間違いも罪も犯していない。
あなたのもとを去ったのは不本意なこと、
私の望んだことではなかった。

天の神、地の神に
誓って言うが
自ら進んであなたを捨てたのではなく
身を切られる思いで去ったのだ。
別れは我が意ではなかったが
ほかに道がなかった。
天の神々がそのように
命じられ、指示されたのだ。
神々の命で、ここ、地獄の
王国に降りて来た。
あなたのもとを去ったとき
このようなことになるとは思っていなかったし、
あなたが死よりも心地よい慰めを
見つけられるだろうと思っていたのだ」
　ディドーはエネアスがこう言うのを聞いても
心底憎んでいたので
彼を見ようともせず
林へと逃げ込んだ。
そこには夫のシケウスがいたが、
彼こそ正当な愛の相手であった。
夫に誓った貞節を
自ら破ったので
彼のほうに行く勇気もなければ
近づこうともしなかった。
目を向けることもできず
ただ自分の不義を恥じていた。
トロイ人エネアスは先へ進み、
ほどなく広い原に
やって来たが、そこには
戦で死んだ者たちがいた。
地上にいた間は皆
武勇に生きた者ばかりであった。
この原にいたのはアドゥラストゥス
ポリニセス、ティデウス
イポメドン、パルトノペウス
アンフィアラス、カパネウスらであった。
トロイの戦いで殺された
同胞も多くいた。
彼らは四方から彼の周りに
駆け寄って来た。

やって来たのはヘクトルとプリアムス、
パリスにデイフェブス、
その他大勢の同胞であった。
しかし彼らに会わせる顔がなく、
できるだけ見られないようにし
ただひたすら恥じていた。
皆が殺されるとき
見捨てて逃げ出したのだから。
その後からやって来たのは
ギリシア人戦士の一団で、
そこにはアイアウスがおり
またプロテセラウス
アガメムノン、アキレス、
メネラウス、ティティデスもともにいた。
エネアスが剣を持っているのを見た
ギリシア人は、神々が
トロイ陥落の復讐のために
彼を送って来たのだと思い
一斉に逃げ出した。
エネアスが近づいて来るのを見て
叫ぼうとしたが、
声がまったく出なかった。
　エネアスが今度は左手を見ると
大きな町があったが
そこは地獄の本陣であった。
町の壁はすべて鉄でできており
燃え盛る川が周りを流れていたが
その川はフレジェトンという名であった。
その町から聞こえてきたのは
嘆き、悲しみ、叫び声
打たれる音、苦悶《もん》の声
鎖や鉄の地獄の音、
断末魔の阿鼻叫喚《あびきょうかん》であった。
これを耳にしたエネアスは恐怖に
足がすくみ、巫女《みこ》に
声をかけた。
「巫女よ、いったいあれは何だ、
左手からすさまじい叫び声が聞こえ
非常に大きな町が見える。
その周りには燃え盛る川が流れ

そこから叫び声や打ち合う音
阿鼻叫喚が聞こえてくる」
巫女は答えて言う。
「生きとし生ける者で、あそこの
苦しみ、その苦痛や苦悶を
語れる者はいまい。
生きている者には言えないのだ、
どんな苦しみ、どんな苦悶かを。
しかし私はそこに行ったことがあり
町をこの目で見たので語ることができる。
テシフォーヌがそこへ連れて行ってくれて
あらゆる苦しみを見せてくれたのだ。
あの城の主は
ラダマントゥスという名で、
あらゆる責め苦
笞《むち》打ち、拷問のし放題。
巨人たちが痛めつけられている。
彼らは不遜《そん》、傲慢で
無理やり天に昇り
神々を失墜させようと試みたのだ。

そのうちの一人は
ディアーヌを凌辱《りょうじょく》しようとした者で
名をティシウスという。
彼はあおむけに倒れており
その胸に止まった一羽の禿《はげ》鷹が
昼も夜も胸をつつき
はらわたを食べるのだが、
この責め苦には終わりがない。
禿鷹が食べるはしから
はらわたがたちまち生えてくるからだ。
川の中ほどにはタンタルスがいた。
彼の口のすぐ上まで
実をたわわにつけた枝がぶら下がっていたが、
彼は飢えと渇きで気も狂わんばかりだった。
水を飲むこともできなければ
りんごの一つにも手が届かない。
あそこにはさまざまな責め苦があり
身を置くこともおぞましい。
永遠の苦しみがあり
苦役《えき》も恐怖もこの上なく

責め苦には際限がない。
また消えることのない劫《ごう》火があり
光も出さず照らしもせず
ただ地獄に落とされた者を焼き
黒焦げにし、痛めつける。
彼らは休息を得ることなく
痛み苦しみ
恐怖に苛《さいな》まれ
恐れおののきつつ苦痛に耐える。
生きている者はそうではない、
激しい責め苦を恐れるが、
それを感じるや否や恐怖は消える。
ところがあの者たちは苦痛と同時に
恐怖にも苛まれるのだ。
責め苦は激しく恐怖を呼び、
劫火が燃え盛っていても真っ暗。
責め苦は彼らを終焉《えん》へと引いて行くが
決して終わることはない。
あそこでは死が生、終わりが始まり、
衰退が成長、
破壊が建設なのだ。
恐怖が苦痛によって消えることはなく
責め苛まれつつ
終わりなき生に耐える。
恐怖が完全な終焉へと引いて行くが
それが永遠に続くのだ。
　エネアスとシビーユは町を左手に見ながら
右へ曲がって行った。
エネアスは枝を手放すことにし、
道が分かれている所に突き立てた。
地獄に降りる者が
最初に来たとき
枝を置くことになっている所であり、そこで
地獄の女王が枝を受け取るのだ。
トロイ人は進んで行き
ついにエリゼの園にやって来た。
そこには善人がおり
苦しみはまったく感じていなかった。
この園は明るく輝いて
安らぎがあり、美しく

太陽も月もあり
かぐわしさに満ちていた。
花が咲き乱れ
喜びや楽しみに満ち、
人々は相撲に興じ、
祭り騒ぎが絶えることがなかった。
この者たちは肉体をもたず
霊的な存在である。
ある者は歌い、ある者は跳びはね
大いに喜び楽しんでいた。
この至福の園には
地獄落ちの者は一人もいず
正義を尊び、神を敬う
善人のみがいた。
トロイ人は巫女《みこ》とともに
この麗しの園にやって来ると、
そこに自分がその血を受けた
先祖たちを見出した。
トロイを建国した古《いにしえ》の人々が
喜びに満たされてそこにいた。

さらに先へ進んで、川原にいる
父親を見つけた。
彼はこれから生まれる子孫たちを
一人一人数えていた。
誰が先に生まれるべきか
周到に準備していた。
誰から誰が生まれるか、
父親が先に、息子が後にと
生まれる順が分かっている。
アンキセスがこのように
一族の順を整えていた。
彼らは肉体を得て
この地下の国から
地上へと生まれ出ることになっている。
息子がやって来たのを見ると
地獄の苦難をくぐり抜けて来たことを思い
不憫でならず、ため息をつき涙を流した。
息子に声をかけ
質問に答え、話すことができるように
あらかじめ地獄の神々の許可を得ておいた。

両手を差し伸べ
自分のほうから話しかけた。
「息子エネアスよ、よく来てくれた、
わしのところまで来たのを見ると
孝心が恐怖に打ち勝ったのだな。
きっと来ると思って
何日も待っていた。
きっと話しに来てくれると
希望をもち続けていた。
今日の日を指折り数えていたぞ、
必ずここまで降りて来てくれると思って。
わしの考えに間違いはない、
すべて予見した通り
外れたりはしなかった。
息子よ、お前は恐怖に耐え
痛み、苦しみ、悲しみによく耐えた。
お前がカルタゴの町にとどまっていたので
わしは随分心配した。
使命を果たせず
困ったことになりはしまいかと」

エネアスは答える。「父上、
話しに来ないでは
いられませんでした。
何度も苦しみました。
真夜中に父上が姿を現わし
私をお責めになりました。
そこでシカニアの港に家来と
船隊を残し
私はこの闇の地獄まで
父上に会いに参りました」
　エネアスはため息をつき涙を流し、
それ以上言葉を続けることができず、
父親の首に両腕を投げかけ
思い切り抱きしめたいと思ったが、
つかむ前にその姿は風のごとくするりと逃げ、
夢か幻のようだった。
アンキセスは前に進み
小高い所に行き
二人をそばに呼び寄せた。
若者は、この下界まで

案内してくれた巫女《みこ》とともに
そちらに近寄った。
「我が息子エネアスよ、
お前の一族を見せて
お前の後生まれてくる者を教えてやろう。
皆皇帝や国王となる者たちだ」
「父上、教えてください、
ほんとうでしょうか。
今あそこにいるあの者たちが
いつか地上で肉体をもち
感情を備えた
死すべき者となるのでしょうか」
父は答える。「息子エネアスよ
疑うではない、
真実を包み隠さず
聞かせてやろう。
地上で死んだ者たちは皆
この地下の地獄に降りて来る。
そしておのおのが地上にいた間の
生き方いかんによって
ここで報われるのだ。
生きていた間中誠実であった者は
エリゼの園にやって来て、
痛みや苦しみに苛《さいな》まれることはない。
生涯悪をなし
常に不実であった者は
ひどい仕打ちと責め苦
劫火、懲罰に苦しむのだ。
その者たちも、地上で犯した悪事に
見合った痛みや苦しみを
十分受ければ、
その後エリゼの園にやって来て
甘美な安らぎを得て
もはや苦しむことはない。
ここにしばらくとどまった後、
再び地上に行きたい
という気になったら、
ここ地獄には一本の川がある。
一人の神がいて彼らを水につけ
その後水から出すと、

彼らは地上に行っても、
ここでのことを何も語ることができない。
ここで体験したことを
何一つ思い出せないのだ。
その神の手で再び外に送り出される。
人間の肉体をもって地上へ出て行くのだ。
見よ、そこにいる大勢の者たちを。
彼らは死すべき身となる者たちであり、
お前の息子や孫となる者たちだ。
彼らの名前を皆言ってやろう、
地上に出て行く順、
生まれる順を教えてやろう。
その後で話してやろう、
お前が事を成し遂げる前に
なさねばならない戦いや
味わわねばならない苦労のことを。
目印になる槍を
持っているあの若者が
まず最初にここから出て
地上の大気を吸うだろう。

ラティヌス王の娘ラヴィーヌが
お前からあの子をもうけるのだ。
あの子はとある森で生まれ
*シルヴィウスと呼ばれよう。
王となり、アルブの皇帝となり、
彼の息子たちも王となる。
その次にいるのは四番目に生まれる者で、
名前といい、深い信仰心といい、
武勇といい、顔だちの美しさといい、
お前にそっくりで
シルヴィウス・エネアスという名の
立派な武将となるだろう。
彼からも王や侯が生まれて来る。
その次にいるのはロムルスといい、
お前の七代後の者だ。
彼によって家門の名声大いに高まろう。
あのお前の子孫がローマを建設し
自分の名前をその町の名とするだろう。
その町こそ世界の首都となり、
その威光は天下にあまねく及ぶだろう。

ロムルスの血筋と
お前の息子ユールスの血筋から
勇者ユリウス・カエサルが生まれる。
この者は武勇において誰にも勝り、
その威光は世界中に及ぶだろう。
しかしついには元老院で殺されよう。〔一九六〇〕
それはずっと以前に神々が
お前に約束された者だ。
その次はアウグストゥス皇帝だ。
彼の代に平和が確立され
天下泰平の世となり、
世界が彼に従うだろう」
　このように彼はエネアスに示した、
父、息子、孫たち、〔一九七〇〕
彼の血筋から出て来る者を
その出て来る順に順序よく。
すべての武将を示し、
その名を教えた。
すっかり語って聞かせた、
まず最初に打ちたてる
アルブ帝国のこと、
次いで世界の首府となる
ローマの都のことを。
子孫がこの都を治め続けるだろうと。〔一九八〇〕
アンキセスはエネアスに子孫を
すべて示して教えた後
今度はなすべき戦い
耐えるべき苦難について話した。
エネアスは父の言うことを聞き
感極まった。
自分の家系がかくも栄えると聞き
大いに喜んだ。
世界が自分になびき
永遠に自分が支配するのだと〔一九九〇〕
心の内で大喜びし
トロイの苦しみなど忘れてしまった。
しかし領地を手にする前に
なすべき戦い、
味わうべき苦しみのことを思うと
暗い気持ちになった。

地獄には二つの門がある。
いずれにも木や鉄は使われてはいない。
一方は象牙、隣にある
もう一方は角でできている。
これらの門から夢が出て来るが、
実現しない偽りの夢は
象牙の門から出、
正夢は角の門から出て来る。
象牙の門からアンキセスは二人を
送り出したが、別れはつらく、
惜しみつつ二人と別れ、引き返すことにした。　〔三〇〇〇〕
息子と別れたくはなかったが
そこから先には同行できなかった。
それ以上話すことは許されなかった。
やむなく父は引き返した。
夜明けの光が見え始めてもいた。
彼の姿はたちまち消え失せた。
エネアスは涙ながらにそこを離れ、
岸辺で待っている
家来のもとにまっすぐ帰って来た。　〔三〇一〇〕
巫女《みこ》はエネアスを導き
家来に合流させると
別れを告げて
己が国へと引き返した。
　エネアスは岸辺を離れ
沖へとこぎ出した。
一同はマストに帆を張り
星を頼りに進んで行った。
昼も夜も進み続け
ついにロンバルディアに到着した。　〔三〇二〇〕
そこはジュピテルが彼らに
示した約束の地である。
船はティベル川に入り
帆を降ろし
錨を降ろしたが、まだどこの国に
着いたのか知らなかった。
船から出て陸に上がり
食糧の調達に行きたかったが
近くには見つかりそうになく
遠くには行きたくなかったので、　〔三〇三〇〕

船にまだ残っていた
食糧を降ろし
草の上に座って食べた。
皆ひどく腹をすかせていた。
パンの固いところを取って
盆と器に使い、
その盆に食べ物を並べて
皆がつがつと食べた。
アスカニウスが笑い出し
冗談混じりに皆に言った。
「あんまり腹が減ってたので
盆まで食べてしまった。
盆のかけらも残ってないので、
今度腹が減っても食えやしない」
　父のエネアスはこれを聞くと
心から喜んだ。
というのもこの地こそ神々が
約束してくれた土地に違いなく
とどまるべき地だと分かったからである。
彼は思い起こしていた、
父親が言ったことを
しっかりと胸に刻んでいたのである。
空腹に苛《さいな》まれて
盆まで食べるようなことがあったら、
その地こそ間違いなく
とどまるべき地であり
そこで苦難も終わるだろうと。
エネアスは立ち上がり
喜びの涙を流し
天の神々を讃え
仲間たちを励ましたが、彼らは
話を聞くまでは分からなかった。
「皆の者、この地こそ我々が
渇望していた土地だ。
ここがロンバルディアだ。
神々が約束された地であり、
我々の苦難もこれで終わる。
ここが我らの子々孫々の土地となろう。
神々がこの港に導いてくれたのだ。
父の言葉を思い出す。

父はよく言っていた、
空腹に苛まれ
盆まで食べるようなことがあれば
とどまるべき地も領地も
それ以上探す必要はない、
その地は神々が与えてくれたのだ、と。
だからこれ以上探しに行く必要はない。
ここで空腹のあまり
盆まで食べてしまったのだから、
ここにとどまろう」
　トロイ人たちはこれを聞いて
大喜びしたが、それも無理はない。
彼らがやって来たこの地は
かねてより熱望していた地なのだから。
彼らは喜びにあふれ、
トロイからここまで運んで来た
神々を船から降ろして感謝をささげ、
またこの地の神々を呼び出し
恭しく祈った、慈愛のもとに
迎え入れてくれるようにと。
天のあらゆる神々を讃え
生贄《いけにえ》をささげて崇めた。
彼らはティベル河まで駆けて行き、
体を清め、河の水を飲んだ。
手と顔を洗い
この地の神々に祈り、
喜びにあふれ
その夜はそこに休み憩った。
　エネアスは、神々に約束された
土地に来て
大いに喜んだが、それはトロイの
包囲以来なかった喜びだった。
船をティベル河に入れさせたものの、
船はもはや無用で
必要がなかろうと思えた。
航海に疲れきっていたが
今はもう安全な場所にいて
苦労は終わったと考えた。
ところが戦がこれから始まるのである、
この土地の支配、征服を巡って。

苦労が終わるまでには
まだ随分と時間がかかる。
そこでこの土地の支配者は誰かと
人々に尋ねて回った。
多くの者が口々に、ラティヌスが
支配者だと言った。
老齢の王で
町の名はロラントといい、
王は家来とともにそこにいるが、
その町はこの岸辺から遠くはなかった。
エネアスは使者を
三十人ほど選び
伝言を託して
ラティヌス王のもとに送った。
平和、協調、友好と
この国での安全を求めたのだ。
力添えや援助を求めて
高価な贈り物をたっぷりした。
冠にマント
笏杖《しゃくじょう》と指輪、
これはディドーが彼の恋人となったとき
愛の証《あかし》としてくれたもの。
高価な七宝の杯、
これはメネラウス王のもとに
使者として行ったとき
トロイの下手の岸辺でもらったものだった。
　使者たちは町にいる
王のもとに向かった。
エネアスは断崖が海に
落ち込んでいるほうへ行って見た。
すると山の頂が
広く平らになっており、
中央に泉が湧き、そこから
小川が海に向かって流れていて、
自然の堅固な要害であった。
彼は部下を全員集めて
海に向かった丘の上で
城を築くための線引きをした。
彼らは昼夜を分かたず働いて
切り通し、掘割

木組みの櫓、防御柵
跳ね橋を造り上げ、
二十日もかからないうちに
堅固な要塞と、高くそびえる
頑丈な主塔を建てた。
それはいかなる攻撃もものともしない
難攻不落の城であった。〔三一六〇〕
そこにすべての食糧、武器
その他の装備を運び込み、
船は城の下
岩陰の小さな入江近くの
砂浜に隠した。
使者たちはまっすぐ
ロラントの町に向かい、〔三一七〇〕
翌日そこに着いた。
壮大な宮殿に入ると
王のもとに行き
深々と頭を下げて挨拶をした。
皆を代表して口をきったイリオネスは
頭が良くてしかも勇敢であった。

「国王陛下、お聞きください、
お聞き及びのことと思いますが、ギリシア人が
トロイを陥落させて占領し
町をすっかり荒らしました。〔三一八〇〕
塔も壁も打ち倒し
誰かれかまわず殺しまくりましたが、
我らわずかな者は逃げ延びました。
エネアスが我らを率い、
神々のお導きによって
ギリシア人の手から脱出しました。
それから多くの辛酸をなめ
七年以上もあちこちの海をさまよい、
嵐や暴風に
何度も岸に打ち寄せられました。〔三一九〇〕
そして世界を経巡った末
ティベル河にたどりつきました。
残った者がわずかにあちらにいますが
動くのもやっとといった有り様です。
エネアスが彼らと一緒におり
皆の安全と船を守っています。

我らを陛下のもとに遣わし
陛下の国、この地に我らを
受け入れてくだされと申しております。
戦を仕掛けるつもりは毛頭なく
永遠に陛下の友となりましょう。
我らの祖先はこの地から出、
トロイの町とその主塔を建てました。
その名はダルダヌス。
神々のお陰で我らは
この祖先の地にやって参りました。
陛下の国にとどまらせてください、
ご心配には及びません。
良からぬことを仕掛けたり
陛下の国を荒らしたり
略奪しようなどと
考える者ではありません。
我らはこの地で
陛下にいささかの被害も及ばないよう
敵が来れば防ぎましょう。
主《あるじ》エネアスは陛下に貢ぎ物を
たっぷりと贈ります。
高価な金杯、
笏杖《しゃくじょう》、指輪、
冠にマントです。
我らを迎え入れていただければ
御意のままにいたしましょう」
こう言って贈り物を王にささげると、
王はありがたく受け取り、
使者たちに言った。
「汝らの主君は
よくぞこの地に来られた。
すぐに分かられよう、精一杯
わしが力を貸すということが。
わしは年もとり、跡継ぎとて
妻がもうけたラヴィーヌという名の
娘一人しかいない。
我が意に反して
愚かにも娘を
この地の一人の侯に約束してしまった。
その者はトゥルヌスと言う。

妻は、彼がわしの跡をとり
娘ラヴィーヌをめとることを望んでいる。
しかし占いによると、すべての神々が
はっきりと言われている、
異邦の男が娘をめとり、
その男から王家の血筋が始まる、と。
汝らの話を聞くと、
汝らの主君こそその人であり、
我が娘をめとり、この国を継ぐようにと
神々が望まれている者に違いない。
ここに呼んで来るがよい、娘をやろう。
神々の許しがあることは請け合いだ。
豪華で立派な名馬を
三百十頭贈ろう。
轡《くつわ》や鞍ももちろんつけて。
わしからだと伝えてくれ、
この地を彼に譲り
娘をめとらせると」
使者たちはこれを聞いて大いに喜び
嬉しく思ったが、無理もない。

王は轡と鞍と胸がいをつけた馬を
連れて来させると
使者たちに引き渡させた。
彼らは受け取ると、それを盾持ちに渡し
時を移さず暇《いとま》をこい
帰還の途についた。
彼らは必死に馬を進め、
主君のもとを発って四日目に、
築造なったばかりの
主君の城に戻って来た。
彼らは報告した、行った先で
この地の王に会ったところ、
王が娘を我らが主君にめとらせると言い、
贈り物として馬を受け取ったと。
一頭一頭主君に見せ、
王からいただいたと差し出した。
エネアスは大いに喜び、
トロイから運んで来た神々を
外に出させて祈り
感謝のしるしに生贄《いけにえ》をささげた。

ラティヌス王は
娘の結婚のことを考え、
トロイ人との婚礼を
大いに待ち望んだ。
しかし王妃はこれに反対で
憤り、悩んだあげく
王のもとにやって来て、そばに座り
思うところをすべて話した。〔三二八〇〕
「陛下、解せません。
娘をトロイ人に与える
などとどうして
思いつかれたのか。おやめください。
トロイ人は約束を守らず
掟など何の意にも介しません。〔三二九〇〕
陛下もお聞き及びでしょう、
パリスがどんな手を使って
メネラウスの妻を奪ったか。それがもとで
メネラウスが彼らをどんなに苦しめたかを。
パリスが不義をはたらいたため、
トロイの町は帝国もろとも
破壊され、荒らされ尽くしたのです。
トロイの民は信頼できません。
あの男は休養をとりたいのです。
船を進め海を渡るのに〔三三〇〇〕
来る日も来る日も難儀をしたのですから。
娘をやるとおっしゃれば
喜んで受け取るでしょう。
しかし風向き良しと見るや
たちまち捨てて行くことでしょう。
娘に恥をかかせることなど何とも思わないのです。
それ以上のことを期待してはいけません、
ほかでも同じことをしたのですから。
カルタゴの女王ディドーも
歓待したのが運の尽き、〔三三一〇〕
あの男は女王をもてあそび、
しばらく経つと
さっさと船で去ったのです。
女王は悲しみの余り自ら命を絶ちました。
ディドー以上の幸せを得るはずがないと
ラヴィーヌはよく分かるはず。

彼は喜んで娘をめとるでしょうが、
決して誠実であり続けることはないのです。
やりたいのならそうしなさい、
彼のほうも財産をたっぷりくれるでしょう。
それは国を離れて以来
航海して来たその海全部のことです。
それ以外に土地も領土も持っていないのですから。
国にはギリシア人が攻め入って、
何一つ奪わなかったけれど
何一つ残しもしなかったのですから。
娘をおやりなさい、私は知りません。
トゥルヌスは妻も土地も
自分のものにしたと思っています。
手放すはずはありません。戦いは必至です」
王は王妃がいかに娘の身を
案じているかを聞き、
エネアスにめとらすことに
賛成ではないと分かった。
王は自分の考えを
手短かに言った。

「王妃よ、そなたが不安に思っている
結婚の話だが、
他の者に娘をやるわけにはいかないのだ、
神々の望みなのだから。
トゥルヌスにやるわけにはいかず
どうしてもエネアスにやらねばならない。
そのような啓示以外に
何のしるしも見えないからだ。
娘はトゥルヌスにはやらない。
神々がエネアスにと示されている。
エネアスに使命を託されたからこそ
神々はここに連れて来られたのだ。
彼は神々に近い血筋の者なのだから
我が家系も名を高められよう」
王妃は、ラティヌスが
自分の思いどおりにことを運び
娘をトロイ人に与えると知り、
翻意が不可能と分かると
寝室に引き下がり
髪を振り乱して涙を流し

両手をたたいて
怒りに体中を震わせた。
ようやく口が利けるようになると
嘆き始めた。　〔三三六〇〕
「ああ、なんと不幸なことよ、
我が娘が異邦の男に
めあわされるとは。
戦で追われ、
町が占領されたと見ると
卑怯《ひきょう》にもさっさと逃げ出した男。
臆病《おくびょう》な者たちが彼に従い
町から遠く逃げて行き、
彼を自分たちの王としただけの話。
どこに王の資格があるのか分かりはしない、　〔三三七〇〕
何隻かの船をもっているというだけだ。
あの者に知らせてやろう、
直ちに宣戦布告、
ここから出て行くか
さもなければ命はないということを。
娘は絶対やるものか、
取るなら高いものにつかせてくれる。
娘も母親も
あんな男の世話なんかになるものか。
娘を取られるくらいなら死んでやる。
あんな男に嫁がされるなら、ラヴィーヌは　〔三三八〇〕
生まれて来たことこそ不幸というもの。
トゥルヌスなら私の期待に背かず
娘のために戦ってくれるだろう」
このように王妃は
涙ながらに嘆き悲しんだ後、
一人の盾持ちを呼んで
使いを命じた。
言づてを託すと
直ちにトゥルヌスのもとに行けと言った。　〔三三九〇〕
誰にも知られることなく
トゥルヌスにしっかり伝えるように、
ラティヌス王が約束を破り、娘を
トゥルヌスから取り戻そうとしていると。
直ちにトゥルヌス自ら
王には約束の履行を求め、

トロイ人には戦いを仕掛け
この国から追い出すようにと。
使者は直ちに引き下がり
トゥルヌスのもとへと出発し
ロラントの町近くの城で
彼を見つけた。

　使者の到着は
食事が終わろうとしていたときだった。
トゥルヌスは使いの者と見て、すぐに呼び寄せた。
使者は挨拶を終えると
トゥルヌスを離れたテーブルの隅にいざない、
そろって腰を下ろしてから
託されたことを話し始めた。
「お聞きください、トゥルヌス様。
お妃様に命じられ
お伝えしに参りました。
最近この国にある男がやって来ました。
滅ぼされたトロイの一族の者です。
一昨日ティベル河にたどりつき、
その使者たちが平和と安全を求めて
ラティヌス王を訪れました。
王はその者に国を譲られ、
高価な馬をお贈りになりました。
すべて鞍付きで三百十頭もの数です。
そればかりか、王国とともに
姫を妻として与えられました。
このこと、しかとご理解を。
王はあなたとの約束を反故《ほご》にしたのです。
頼りがいのある手助けがなければ、
姫はもうあなたのものにはなりません。
しかし、お妃様のお言葉です。
お妃様は、あなたが味方を集め
この国と姫を獲得されるよう
望んでおられます。
兵を雇い、臣下を召集なされませ。
一刻の猶予もなりません。
トロイ人に戦いを仕掛けるのです。
打ち負かして捕らえるか、はたまた
海の彼方に退散させるか、何とかして
この国をあきらめさせねばなりません。

ロラントの町においでください。
王があなたに約束していたすべてを
守り通さねばなりません、
どんな民が相手であれ守り抜くのです。〔三四四〇〕
あなたが相手ではあの男もなすすべはありません。
ご承知あれ、あなたに戦いを挑むほどの
勇気など決してありますまい。
あなたは王から約束されていたのです。
来てください、そしてすべてをつかみ取るのです。
王は老齢にて、すべてを投げ出しております。
誰が理に反することをしようと
盾も槍も持とうとはしません。
王があなたに授けられたすべてのものについて、
お妃も諸侯も認めておられます、〔三四五〇〕
その権利があなたにあることを。
おいでください、そしてすべての主《あるじ》になるのです。
異国の者があなたを押しのけるなど
もってのほかです。
あなたに与えられたものをあの男が奪ってしまえば、
あなたは生涯生き恥をさらすことになりましょう」

トゥルヌスは使者に返答した。
「エネアスがこの国にやって来たことは
一昨日、私も聞いたばかりだ。
だがラティヌスがそやつに国を譲るとか、〔三四六〇〕
娘のラヴィーヌを妻に与えるとかの約束は
私の知らぬところでなされたもの。
王はかつて姫を下さると約束された。
理由なく失うわけにはいかぬ。
エネアスが姫を賭けて私に挑もうと望むなら、
戦って姫を守ろう。守れないなら、
生涯妻も国も持つつもりはない。
まったくあきれ返ったやつらだ、
情けない敗残の輩《やから》が
戦いを求めてやって来るとは。〔三四七〇〕
一度破れた者であれば
おとなしくしておればよいものを。
王は老いさらばえている。
私を敵に回してやつらを味方につけたところで、
やつらを守ってやる力はない。
私に対して言葉を違えるとはもってのほかだ。

これまで王のためにさんざん仕えてきたのに
ひどいお返しをされるものよ。
不本意だろうと苦々しかろうと、
私に対し王は正義を貫くべきだ。
かつて私に授けてくださったのだ、
今さらこの国と姫君を奪い返すなど、
決してするべきことではない。
さあ行け、そしてお妃に伝えよ、
三日も経たぬうちに私が
ロラントの町に駆けつけるとな。
もしエネアスが戦いを欲するのならば、
望むところだ。
わずかな土地でも失うようであれば、
他国を征服することもかなわぬであろう」
使者は去っていった。残ったトゥルヌスは、
王は約束を破ろうとしている、
信義も誓いも忘れている、と言って
近しい者たちに嘆いた。
この恨みを晴らさずには腹の虫が治まらない。
しかし、いかにして事を始めるか、
いかにしてトロイ人に戦いを仕掛けるか、
それが問題だ。
言えることは、
エネアスが厚かましく居座り続け、
出ていこうとしないのであれば、
攻撃を仕掛け、戦いで迎えるほかないということだ。
トゥルヌスは、戦いを待ちわび
昼も夜も考え続けたが、
いかにすれば戦いを始めることができるか、
いかにして戦いの火蓋《ぶた》を切り、
トロイ人と一戦を交えるための
良い口実が得られるか、
いい知恵は浮かばなかった。
しかし、さほど時を経ずして
彼はトロイ人と一戦を交え、
突進し、打ち合い、
大いに剣を振るうとともに
敵の剣も大いに浴びることになろう。
エネアスがこの国にやって来て
十五日と経たないうちに、

トゥルヌスがかくも待ち望んだ
戦いは始った。
ほんの些細なきっかけで
戦いの口実は生じるもの。
この場合も引き金となったのは
ほんの小さな出来事にすぎなかった。
しかしそれは、千人もの兵が殺され、
同じ数が傷つき捕らえられる激戦となった。〔三五二〇〕

ロラントの町の近くに
小さな城砦があった。
この城を継いで治めていたのはティルスといい、
高貴な家柄を誇ってはいたが、
齢《よわい》を重ねた老人だった。
息子が二人、娘が一人あり、
娘のほうは名をシルヴィアといって
近隣に例を見ない美人だった。〔三五三〇〕
娘は一頭の雄鹿をかわいがっており、
自分と同じ皿で食べさせ、
自分と同じ杯で飲ませるだけでなく、
自分と同じ部屋で寝かせていた。
十六枝の角をもつ立派な雄鹿だった。
鹿は毎日外に出かけ、
野性の動物たちや
飼い馴らされた動物たちと
野原や林で過ごした後、
夜になると館に帰ってきた。〔三五四〇〕
娘は鹿とよく遊んだ。
鹿も彼女のことをよく知っており、
いつ何時呼ばれても飛んで来て、
彼女の足元にひざまづいた。
娘はその足をさすってやるのが常だった。
鹿は娘の膝からじかにパンを食べ、
とても飲みっぷりよくぶどう酒を飲んだ。
たとえ六十リーヴルの純金と引き換えでも
娘は鹿を手放す気にはなれなかった。〔三五五〇〕
鹿はたいそう血統が良く、
夜は食事の席に仕え、
娘の父親の前で
燭《しょく》台の代わりを務めていた。
角の枝一本一本に立てられた

大蝋燭《ろうそく》がともされると、
鹿の頭は不思議なほどの美しさだった。
このように鹿は毎夜仕えていた。
まことにうまく馴らしたもので、
父親が酒を飲む時間になると
鹿は直ちに立ち上がった。
かくも忠実な動物はいたためしがなく、
誰もこれほど頭の良い鹿をほかに見たことはなかった。
うら若きアスカニウスが
父エネアスの前にやって来た。
そして、狩りに行かせてください、
せめて鹿を一頭しとめさせてください
と嘆願した。
エネアスは息子が狩りに出るのを許した。
アスカニウスは供を集め、
一行は二十人にもなった。
かくしてアスカニウスは狩猟馬に乗り、
他の者もおのおの自分の馬にまたがった。
小姓の一人が彼の弓を携え、
別の一人が猟犬を抱いて行った。
それ以外の者は皆剣を手に持った。
というのも、見知らぬ土地のことゆえ、
狩りに出かけるというよりもむしろ、
若君を守るために同行するのだった。
一行は長い間馬を進め、
城からはるか遠く離れて
ロラントの森に入っていった。
とある小道に入ると、
生い茂った木立の中に
鹿の一群が見えた。
その群れの中には
娘が育て、大事にしていた
例の雄鹿が一緒にいた。
その鹿がアスカニウスの目に留まった。
彼は、近くまで寄ることができれば
必ず射止めて見せるのに、と思った。
大急ぎで鞍から降り、
弓と二本の矢を取るや
大きな木の陰まで忍び寄り、
小姓の一人に反対側から群れを追わせた。

すぐ前を群れが横切っていった。
その一番後ろを行く大鹿に
アスカニウスは狙いを定めた。
そして矢を放ち、腹に命中させた。
矢は横腹を貫通した。　〔三六〇〇〕
矢を受けた鹿は
すぐさま群れを離れ、
大きく跳びながら逃げていった。
そして、自分が育った館の
柵の中に逃げ込んだ。
腹からはおびただしい血を流していた。
アスカニウスは犬を放って血の跡を追わせ、
自分は馬に飛び乗って追跡にかかった。
うまく命中させたことに大満足であった。　〔三六一〇〕
助からない傷と感じた鹿は
館を目指して一目散に逃げ帰り、
やっとの思いで主人のもとにたどりついたが、
すでに息も絶えかかり、
娘の足元に崩れ落ちると、
あわれみを請う様子を見せた。
娘は鹿が血だらけなのを見るや、
すぐさま部屋から飛び出し、
大声で助けを呼んだ。
それを聞きつけた二人の兄が
何があったのかと尋ねると、　〔三六二〇〕
彼女は、父の鹿が殺されたと、
事の次第を説明した。
兄弟は戦える者をかき集め、
館の外に飛び出した。
鹿を射た者たちを見つけると、
一言も言葉を掛けず
いきなり襲いかかった。
彼らの武器は棒杭《くい》や棍棒だったが、
トロイ勢は抜き身の剣でそれに応じた。　〔三六三〇〕
付近の百姓たちも
駆けつけて争いに加わり、
トロイ人を攻撃した。
ティルス自身も二人の息子とともにいた。
鹿の仇を討つつもりが、
彼らにとっては高いものについた。

考えもなく飛び出す者は
手ひどいしっぺ返しを被るものなのだ。
彼らを迎え撃つトロイ人たちの
刃に刺し貫かれ、
獲物を分け合うどころか、
多くの魂が体を離れ、
また次々と傷を負い、
血を流して倒れた。
弓を手にしたアスカニウスは、
一本残っていた
矢をつがえ、
襲いかかってくる一人に放った。
二人のうちの兄がその矢を受け、
瀉《しゃ》血一回分もの血が流れ出た。
喉を貫いた矢が
首の骨を打ち砕き、
気道を断ち切ったので、
喉から息を漏らしながら
兄は弟のかたわらに倒れ、絶命した。
父親ティルスの胸は痛んだ。
家来たちは仇討ちに燃え、
トロイ勢を押し返し始める。
ティルスは一斉に攻撃をかけた。
アスカニウスは家来たちに向かって叫んだ。
「高貴なる騎士たちよ、何をしているのか。
鹿は皮をはがれるのを待っているというのに。
このように手間取っていては
夕べの料理に間に合わぬ。
おのおの剣に物を言わせよ。
胡椒《こしょう》を利かせて煮て食おうぞ。
人は食い物目指して進まねばならぬ。
なぜなら食い物が必要だからだ」
このように巧みに鼓舞され、
家来たちが研ぎ澄まされた剣で打ちかかると
拳《こぶし》や腕が宙に舞い、
頭は血まみれとなって、農民たちは悲鳴を上げた。
もともと戦いを知らない者たちだったので、
散り散りばらばらに逃げていった。
そこにガレスという有力な人物がいて、
ほかでもない善行を施しに、つまり

争いを止めにやって来ていたのだが、
手ひどい一撃を食らい、
あっという間に倒されてしまった。
医師を呼びにやり
手当てを施す暇もなく、
治療代を払うどころか
塗り薬も何も必要なかった。
大して苦しむことさえなかった。
この戦いが始まるやいなや
従者の一人が取って返し、
城に知らせに走った。
そして、加勢をよこすよう、
森で襲われ
激しい攻撃を受けている、
すぐさま救援が得られなければ
全員が下賤《せん》の者の手に落ちる、と告げた。
　エネアスがこれを聞き、
息子が森で攻撃されていると知って
安心していられるはずがない。
完全武装の百人の騎士を
直ちに派遣した。
彼らは隊列を密に、
従者に従い、道を急いだ。
激しい喚声のなか、
アスカニウスたちは必死で防戦していた。
ティルス側が応援を増し
勢いを取り戻して
激しい攻撃をかけてきたので
防戦に苦しんでいた。
もはや守る手だてもなく
死の一歩手前だった。
とそのとき、後方の救援を目にし、
トロイ勢は一気に勢いづいた。
百人の騎士が元の二十人に合流し、
直ちに反撃に転じた。
農民たちはけ散らされ、
戦場を放棄して
逃走し始めた。
トロイ勢が追い打ちをかけても
少しも立ち向かおうとせず、

森の中へ逃げ込んでいった。
逃げ場なく追いつかれた者は
容赦ない殺戮《りく》の憂き目にあった。
主人のティルスも逃げる。
彼は城に逃げ込み、
わずかの者とともに立てこもった。
跳ね橋を上げ、
櫓《やぐら》の上に登り、
防柵に張り付いて
館を守ろうとした。　〔三七二〇〕
追ってきたトロイ勢は、
堀の前で馬を下り、
果敢に攻めかかった。
守る側は必死に防戦する。
鋭い棒槍を投げつけ
盾を貫き、
敵を堀に突き落とした。
攻撃は長い間続いた。
守る側は懸命に防いだものの、
ついに、武器が底をついてしまった。　〔三七三〇〕

もはや投げつける物も見つからず、
身を防ぐ物すら無くなっていた。
かといって捕らえられるのはいさぎよしとせず、
櫓も防柵も捨てて
城を下り始めた。
こうして、すべてを放棄し、
塀の後ろに抜ける隠し門を通って
城外に逃れた。
踏みとどまる者は一人としていなかった。
深い森を縫って逃げ、　〔三七四〇〕
その奥深く入り込むと
もう敵の手は届かなかった。
トロイ勢は雄叫びを上げ、
大堀を登っていったが、
城内からの抵抗は無くなっていた。
そこで、防柵に取りつき、
打ち砕いてばらばらにした後
四方八方から登っていった。
城内に入っても何の抵抗にもあわず、
誰一人発見できなかった。　〔三七五〇〕

彼らは館をくまなく荒らして回り、
大量の食糧を奪った。
それを三十頭の荷馬に積んだ後、
最後に例の雄鹿の皮をはぎにかかった。
アスカニウスは、自分の犬が
ある部屋に入れられているのを見つけた。
娘が自分の帯で縛り、
そこに隠していたのだ。
若者は犬を解いてやり、
褒美の鹿肉を与えた。
鹿は解体され、運ばれた。
一人の小姓が臓物を刺した熊手を持ち、
また別の小姓が頭を担いだ。
彼らが力で勝ち取ったものだ。
トロイ人たちは、事をなし終え
帰還の途についた。
彼らは国中から戦利品をかき集め、
手当たりしだいに奪い、かすめ、
千の荷馬に麦を積んで運ばせたほか、
従者たちも重い荷を担いで歩いた。

その日はまさに大収穫の一日であった。
城に戻った彼らは
ありとあらゆる物で城を満たした。
それは、まる一年以上も
城内を養うことができ、
長い城攻めにも持ちこたえられる量だった。
この出来事は広く伝わり、
ロラントの町にも達した。
町中で人々はささやき合った。
トロイ人がやって来て、
国を荒らしている、
戦好きの民のやることだと。
また、こうも言い合った。彼らを招き寄せるとは
ラティヌス王も困ったことをしてくれたもの、
上の息子を殺された
ティルスが真っ先にその代価を払ったのだと。
そこで、町で最も有力な
市民が集まって相談した。
恐怖と不安に駆られて彼らは、
訴えを聞いてもらうため

宮廷に王を訪ねることにした。
王に何事かと尋ねられると、
彼らはその日の出来事を報告し、
トロイ人によってもたらされた
甚大な被害を数え上げて、
彼らを招き入れたことを呪った。
王の家来が百人も殺されたうえ、
国中が焼かれ、略奪されたと、
事実ではないことまで並べ立てた。
また、王に不安を抱かせるため、
決断がなされないと
トロイ人は全土を征服してしまうだろうと言った。
　そのとき、トゥルヌスが馬を下り、
話し合いの場にやって来た。
町を震撼《しんかん》させたこの事件のことは
すでにトゥルヌスの耳に入っており、
彼はその知らせに大喜びしていた。
王の前に来て立ち、
町の者たちの言葉に耳を傾けた。
不満を訴える市民らに対し、
トロイ人に味方する王は、
自分の望みはトロイ人を引きとどめ、
この国に住まわせることだ
と答えていた。
そこでトゥルヌスが口を開き、
市民たちは沈黙した。
「王よ、トロイ人を引きとどめるなど、
そのような考えをいずこより得られたのか、
私には不思議でなりません。
彼らは分かち合うことをしたことはなく、
半分もらって満足する輩《やから》ではありません。
人と分け合う気などさらさらなく、
すべてを欲しがる連中なのです。
このことをしかとご理解いただきたい。
トロイ人らのやり方はかくのごとくで、
一たび中へ迎え入れようものなら、
主人を外に放り出し、
すっかり居座ってしまいます。
そのような者どもを迎え入れれば、
たちまちご自身が追い払われることになりましょう。

彼らは、あなたの国の中に砦を構え、
そこからあなたに対し大戦《いくさ》を起こし、
焼き払い、略奪し、殺戮《りく》を行いながら、
あなたの家臣を味方に付けようとしています。
彼らを好き放題に振る舞わせておくと
いずれあなたの王位まで奪ってしまうでしょう。
まるであなた自身がそれをお望みかのようだ。
あなたは、彼らを招き入れながら、
彼らに分け与えるのではなく、
すべてを明け渡すおつもりなのです。
そして、私をないがしろにする気なのです。
私に対して誓われたはずです。
あなたは私をこの国の継承者に定め、
姫君とともにすべてを私に約束されました。
私は姫に誓いを立て、婚約を交わしています。
しかしまだ結婚に至らず、
一つ床で過ごしたこともありません。
それはあなたが強いられた猶予のせいです。
しかし、私は領国を与えられ、
その中の城はすべて受け取っています。
今やこれらの城の櫓《やぐら》も天守も私のもので、
武将たちの臣従の誓いも得ております。
あなたが私との約束を破るなら、
この者たちは裏切ることなく、
直ちに全員が私に従うでしょう。
私がすべてを授かったのはずいぶん前のことです。
どれも私から取り返すことはできません。
私は一歩たりともあきらめるつもりはなく、
たやすく取り返せるものではありませんぞ。
千人の騎士が命を落とすことになりましょう。
あなたのお気に召そうが召すまいが、
私は私の権利を守り抜く覚悟です」
王は、トゥルヌスの言葉を聞き終えると、
怒りと憤りで身を震わせた。
しかし、彼に対して答えようとせず、
また、それ以上耳を貸そうともせず、
家来たちの前で席を立つと、
ただ次のように言い残して
自室に引き上げてしまった。
強い者のなすがままに任せる。

あきらめてもよし、つかみ取ってもよし、
すべてはその者の意のまま、
全領土とともに娘を得るのは、
それを勝ち取ることのできる者だ。
トゥルヌスは武将たちとそこに残り、
約束を反故《ほご》にしようとする王に対し、
彼らとともに不満を述べた。
そして、自分の承諾なく
この国に城を構え、
また、力ずくで他の城を奪って
国を蹂躙《じゅうりん》しているトロイ人に対して
どのようにすればよいか意見を求めた。
彼らは、声をそろえて勧めた。
軍勢を整えること、
家臣、縁者はもちろんのこと
隣国の者など
集めうるかぎりの者を召集して
直ちにトロイ人を攻め、
そして、力に物を言わせて
一人残らず火あぶりかつるし首にするようにと。

　トゥルヌスは彼らの意見に従い、
その日のうちに
先ぶれ、伝令を放ち、
一族、家臣郎党を
召集すると、
さらに他国にも使いを送り
あらゆる所から人を集めた。
トロイ人に恨みを晴らしたい一心だった。
かくして、騎士と従士を合わせ、
総勢は十四万にのぼった。
そのうち王侯、武将の幾人かについて
その名前を申し上げよう。
真っ先にやって来たのはメセンシウス。
千人の騎士がこれに従う。
異国の君主で
権勢高く、戦《いくさ》にたけた人物である。
その息子ラウススも来ていた。
優れた勇敢な騎士だった。
自然が生きた人間をこれほど美しいものに
造り上げたことはかつてなかった。

彼は供として
七百人を越える兵を率いていた。
次にやって来たのは
ヘラクレスの息子アヴェンティヌス。
歩兵と弓兵を除いても、
千人の騎士が従う。
彼の盾には、ヘラクレスが倒した
ライオンの皮が使われていた。
彼がその盾を用いるのは大いなる栄誉のゆえだ。
それは父の偉大な力と
勝利の象徴であり、
幸運のしるしであった。
ほかにプレネスティーヌ侯と
パレスチナの領主がやって来た。
海神ネプチューンの息子メサプスも
大勢の家来を率いてはせ参じた。
父親はこの息子のため、千人の騎士に
武具と軍馬をつけて用意してやった。
彼らが操るカッパドキアの若駒は
海に住む不思議な種馬から生まれたもので、
病気、疥癬《かいせん》、こぶを持たず、
馬具が付けやすい。
これほど価値ある馬は天下にまたとないが
三年間しか生きられない。
それ以上は一頭とて生き延びることができない。
海でのみ暮らし、
風によって種を宿す雌馬から
それらは生まれてくる。
まことに優れた馬で
その足の速さは驚くばかり、
もしも九年、十年と生きることができれば、
その値打ちはまことに大変なものになろう。
権勢高い伯の一人、サビニ族の長
*クラウドゥスもやって来た。
このほか、サラセン人、
プリア人、ラテン人、
ナポリ人、サレルノ人が来ており、
ヴォルテルヌ人もはせ参じた。
これ以上は数え上げられない。
なにしろ、トゥルヌスが召集した兵は、

歩兵と騎兵を合わせて
十四万にのぼったのである。
　次いで一人の乙女が駆けつけた。
それは、ヴォルカニアの女王で
名をカミーユと言った。
驚くほど美しかったが、
大変な力の主でもあった。
また、彼女ほどの知恵を持つ女はいたことがない。
大変賢く、勇ましく、みやびなうえ、
豊かな富を持っていた。
また、驚くばかりにしっかりと国を治めていた。
彼女は、常に戦いの中ではぐくまれ、
ことのほか武芸を愛し、
また生涯それを貫いた。
糸を紡いだり裁縫をしたり
女のすることには一切関心をもたず、
鎧兜に身を包み、
戦場を駆けめぐり、一騎打ちをすること、
剣や槍を操ることを好んだ。
彼女をしのぐ女丈夫はかつていなかった。
昼間は王、夜は女王だった。
昼間彼女の周りを
侍女や小間使いが歩き回ることはなく、
また、夜、いかなる男も
彼女の寝室に入ることはなかった。
その振る舞いは常に思慮深く、
これまでもこれ以後も、
たとえ彼女にねたみを抱いていようと、
その行動にも素振りにも
愚かしさを認めることはできなかった。
美貌においても、人間の女のなかに
彼女と肩を並べる者はいない。
白い額は形良く、
頭頂で髪はきれいに分かれ、
眉はほっそりと黒く、
目は笑みをたたえ快活そのものだった。
鼻も美しく、また頬も美しい。
雪や氷よりも色が白く、
その白さにほどよく赤みが
さしているからだ。

口の形もまことに良い。
大きくはなく、むしろ小さめで、
細かく密に並んだ歯が
どんな銀にもひけを取らず輝いていた。
彼女の美しさをどう言い表せばいいだろう。
夏の最も長い日をまる一日かけたとしても、
彼女の美しさと、
また、その美しさに勝る
彼女の品行や資質を
ありのまま言葉にすることはできない。

　このまこと美しい女王が
トゥルヌス軍目指し馬を進める。
かかとまで届く長い金髪を
一本の黄金の糸で結び、
濃い緋《ひ》衣を素肌に
ぴったりとまとっていた。
その緋衣は、金糸で縁取られ、
まことに念入りに仕上げられていた。
それは三人姉妹の妖精が
一室にこもって織り上げたものだ。
おのおのが持っている力を試し、
技のかぎりを尽くして、
海の魚、空飛ぶ鳥、そして
野の獣がそこに織り込まれている。
彼女はその衣を体にぴったりとまとい、
腰には、金糸が織り込まれ
細かく鋲《びょう》打ちされた帯を
優美に締めていた。
また、あでやかな絹袴《ばかま》をはいていた。
靴には、色が百色にも変化する
魚の皮が使われており、
その紐は金糸で作られていた。
ぜいを尽くした豪華なマントは
全体が碁盤縞《ごばんじま》で、
一つの縞目に白いアーミン皮、
別の目は貂《てん》の喉皮が使われている。
また、表地はこの世のものとは思えぬ緋布、
留め金は七宝細工、
驚くばかりに美しい縁取りは、
ある鳥の胸毛でできている。

この鳥は、深い海底に産卵し、
百*トワーズ上の海上から
海底の卵を抱くと言われる。
大変体温が高いので、
じかに卵を温めると、
その熱によって焼き尽くしてしまうからだ。
マントは、地に届くところまで
この鳥の胸毛で巧みに縁取られていた。
彼女は、マントの横を半開きにして
右脇をあらわにし、
彼女を乗せていきり立つ
馬を駆っていた。
これほど血統の良い馬もかつてない。
雪のように白い頭を持ち、
前髪は黒く、また耳は
両方とも真紅、
鹿毛色の首は頑丈で、
たてがみは房ごとに藍《あい》色と緑色、
右の肩は全体が銀鼠《ねずみ》色、
左の肩は真っ黒、
二本の前足は狼の色、
脇腹は全体が褐色だった。
下腹部は野兎の色、
腰の上部は獅子の色、
鞍を置く辺りは真っ黒だった。
前脚の腿《もも》は鹿毛《かげ》色だが、
後ろ脚の腿は血のように赤い。
しかし、腿より下は四本とも純白である。
豊かに波打つ尾は、
半分は黒く、半分は白い。
整った蹄《ひづめ》と、すらりとした腿、
姿格好も申し分なく、身もすこぶる軽い。
足取り軽やかなこの馬の
轡《くつわ》は華麗な作りをしている。
面懸《おもがい》は純金製で、
宝玉、七宝が散りばめられ、
また手綱は純銀を
細やかに編んだものだった。
鞍もすばらしく、その前輪と後輪《しずわ》は
ソロモンの技を思わせる出来栄えで、

白い象牙に黄金をあしらった
象眼細工だった。
鞍の外生地《きじ》だけでなく、
中の詰め物も同じ緋布が使われ、
また腹帯は二葉とも見事な鹿皮、
それを締める紐もまた素晴らしい打ち紐だった。〔四〇八〇〕
鐙《あぶみ》もまた純金製、
胸当ても、それ一つで宝物と言えた。
カミーユはきらびやかないでたちで
大軍を伴ってやって来た。
彼女に付き従う騎士は
その数四千にものぼっていた。
彼女がロラントに入ったとき、
町は大きな興奮に包まれた。〔四〇九〇〕
男たちは屋根に登り、
婦人や娘らは窓辺から
勇ましく美しい乙女の
姿に眺め入る。
乙女を目にした者は皆、
彼女が戦いに身を投じ、
槍を交わし、騎士を倒すとは
驚嘆すべきことと思った。
カミーユはロラントの町を突っ切り、
その向こう側に陣を構えた。
そして、町の下の一角を選び、
そこに自分の旗印を立てさせた。〔四一〇〇〕
陣は一里四方に広がり、
大天幕、陣屋、
各騎士の天幕、
馬具職人らの宿舎が並んだ。
トゥルヌスは、彼の召集にこたえ、
城攻めの軍が集結したのを見て、
ある朝、王侯、司令官、
そして部隊の長を
すべて招聘《へい》し、
とある果樹園に勢ぞろいさせると〔四一一〇〕
抱えている難事と彼の望みを
手短かに述べた。
「おのおの方、聞いてくだされ。
なぜ集まっていただいたのか

私の大事について申し上げる。
そして、私の正しさをご理解いただけるなら、
それを貫く手助けをしていただきたい。
義を欠くことはできますまい。 〔四一二〇〕
逆に、私が間違っていると判断されるなら、
加勢は無用のこと、
あきらめるよう言ってくだされ。
私はあなた方のお言葉に従おう。
道理に反して事を構える気は毛頭なく、
あなた方も手を貸すべきではない。
ラティヌス王は高齢だ。
年老いて久しく
もはや国を治める力はない。
王は姫を私の妻にすると約束し、 〔四一三〇〕
またこの国も下された。
何一つ残さず下されたのだ。
諸侯も皆お認めになったことだ。
城も塔も天守も、
私に授けられていないものは何一つない。
すべて受け取り、私の管理下にある。
諸侯から忠誠の誓いも取り、
それらの城には私の衛兵が置かれている。
そこへトロイ人がやって来た、
ギリシア人に破れたからだ。 〔四一四〇〕
我が国に到着するなり、
このすぐ近くに城を築き、
国を焼き、略奪を働き、
そしてすでに城を一つ奪ってしまった。
王なのかどうかは知らないが、
エネアスと申す者が率いている。
一昨日その使者が
豪華な献上の品を持ってラティヌス王を訪れ、
エネアスの名において安全を求めてきたところ、
王は、国と姫君をエネアスに 〔四一五〇〕
与えるとの言葉を送り、
彼を王国の後継者とした。
私との取り決めをすべて反故《ほご》にし、
私に約束していたものをすべてエネアスに与えたのだ。
その後私はこの件につき王に訴えたが、
王は決着を我々二人に委ねられた。

勝ち取ることのできる者に
姫と国の両方を与えると。
おのおの方に来ていただいたのはこのような次第。
私が先に継承者に選ばれ、
国を授かっていた。
王が私との約束を違え、
我々二人に決着を委ねた今、
私の正義を守るべくご加勢願う。
私から封土を得ている者、
その者たちに号令するのは当然のこと。
私への友誼《ぎ》のため、私の名誉のため、
また、方々の公正なるお心のゆえに
私の窮地に駆けつけてくだされた隣国の方々、
心よりお礼申し上げる。
あなた方のおかげで名誉を回復できたなら、
力のかぎり皆様のために働こう。
あなた方がご加勢くださるなら、
トロイ人がこの国に築いた城を
打ち砕くなどたやすいこと。
この国に足を踏み入れたのが運の尽き。
ヘレナを略奪したがために
命を落とすはめになったパリス以上に、
エネアスはラヴィーヌを高くあがなうことになろう。
私から姫をかすめ取る魂胆だが、
あなた方がこぞって加勢してくだされば、
やつにとってはまことに高いものにつくだろう」
勇猛の士である侯の一人
メセンシウスがこれに答えた。
「理は確かにあなたにある。
エネアスが割り込むとは言語道断。
異国の者を我らの上に頂くなど
認めることは絶対にできません。
あの者が何者か分かる頃には、
我らはすっかり白髪頭になっていましょう。
また、エネアスも我ら一人一人のことを
知るには長い時間がかかります。
その前にあの者は我らから身分を奪い、
自分に従ってこの国にやってきた者らに
我らの土地を与えてしまうでしょう。
そうなれば我らはおしまいです、

その者らが重用され、
我らはないがしろにされましょう。
彼らを頂くなどもってのほか、
我らの周りから遠ざけるべきです。
しかし、公平は重んじなければなりません。
それが正しい運び方と思われます。
〔四二〇〇〕

彼らの申し開きも聞き、
その非を訴えるべきでしょう。
エネアスにとってひどいことになる前に
裁きを開き、あなたの正義を認めさせるのです。
そして、もし彼が裁きを拒んでも、
武力を行使する前に
まず宣戦を布告し、
あなたの国から立ち退くよう促すのです」
〔四二一〇〕

メサプスが口を開いた。「異なことを承る。
あやつの言い分を聞き、
その非道を裁くなどと、
奇怪な進言をなさるものよ。
やつらは我らの城を一つ奪い、
我らの兵を百人も殺したのですぞ。
やつらを槍の先にかけるほかに
いかなる裁きがありましょう。
恨みを晴らすことだけ考えればよいのだ。
宣戦布告など必要ない。
〔四二二〇〕

この国で非道をはたらいたときすでに、
彼らは戦争行為を起こしている。
我らに対し度を超えた行為を行ったのだ。
これこそ宣戦布告にほかならない。
我らに対し理不尽をはたらいたときすでに、
我らから好意は望めないこと、
決して友好はありえないことを
彼らは認識したはず、そのこと疑いめさるな。
災いの元は彼らのほうからやって来たのだ。
〔四二三〇〕

明日は我ら全員馬を駆り、
直ちに城を取り囲みましょうぞ。
備えのすきを与えるべきではない。
敵というものはやっつけるもの、
その一番の方法は、
一気に攻めるそのときまで
備えのすきを与えないことだ」

そこにいた諸侯は皆
この言葉に賛成し、
翌朝早く、攻撃に出ることになった。
目指す所に着いたときには
トロイ人は退散しているだろう
と彼らは考えていたのだが、それは愚かなこと、
トロイ人は彼らが思うように逃げ出しはしない。
トゥルヌスが軍を召集したことを
エネアスは聞きつけ、
手をこまねいてはいなかった。
夜も昼も兵を動かし、
城を固めさせ、
逃げる気などさらさらない。
張出し櫓にしっかり備えを置き、
坂を造り、
回廊を巡らせた。
防柵のぐるりには
よく研いだ矛《ほこ》、旗指物、
槍や盾を林立させ、
大石や尖《せん》棒を置いておかせた。

また、大型の両刃まさかりや
手斧を研ぎ、柄を取り付けさせた。
城壁の上には庇《ひさし》を、そして
下方には張出し狭間《はざま》を設けさせた。
外には巨大な台車をつながせ、
敵が登ってきて、
城に取りつき始めたら
下にころがせるようにしておいた。
その車に襲われて
無事逃れるのは難しい。
天守閣の上には百本の吹き流しを並べ、
その中央にエネアスの旗印を立てさせた。
緋布の下地に金帯を付したその旗印は、
トロイの城の下の最初の一騎打ちで
ヘクトルがプロテセラウスを倒して
戦利品にしたものだ。
兵を引き連れ一番乗りし、真っ先に戦い、
最初に殺されたあのプロテセラウスである。
まことに豪華な旗印だった。
金で種々さまざまにつづられた

千の吹き流しと三角旗が
北風に揺られはためく。
城の威容は恐ろしいほどだが、
目を見張るばかりに美しくもあった。
糧秣《まつ》は十分に備わり、
戦いをよく知った
優秀な兵によって守られていた。
城は白い土地に建てられていた。
それゆえトロイ人たちは
この城をモントーバン*と呼ぶことにした。
エネアスは城を完成し、
準備万端整えると、
敵を防いで戦う者と
城内に残る者とをえり分けた。
弩手《おおゆみ》、弓兵、従士を
至るところに配置した。
また、その機とあらば
城外に討って出て
会戦に挑むため
千の騎兵を編成しておいた。

　エネアスがこの国にたどりつき、
戦いに火がついたそのときから、
愛の女神ヴェヌスは、
モントーバンに立てこもった
息子の身をいたく案じ、
夫ヴルカンを訪ねた。
夫は、金や銀、鉄や鋼を鍛える
巧みな技をもっている。
ヴェヌスは夫をきつく抱きしめ、
百回も二百回も口づけし、
愛撫し愛想を振りまいた。
ヴルカンは、どうしたのかと尋ね、
もし望みがあるのなら、
できるかぎりのことをしてやろうと言った。
「あなた、どうかお願い」、彼女は訴えた。
「私には見えるの、息子のエネアスが
ロンバルディアにたどりついたのが。
従える家来はほんのわずか。
浜に着いた後
丘の上に城を築いたものの、

手を差し伸べてくれる者もなく
家来と一緒に立てこもっています。
息子の敵トゥルヌスが、
その地にとどまるのを許そうとせず、
討伐軍を召集し、兵を駆り集めて、
あの子に戦いを仕掛けようとしているの。
モントーバンの城は攻められても、
糧秣が十分蓄えられているから
一年は持ちこたえられるわ。
でも、戦い抜くには
いい武器が必要なの。
もしトゥルヌスがエネアスに
一対一で
決着をつけようと挑んでくれれば、
それにふさわしい武器がなくては
身は守れないわ。
私がお願いしたいのはそのこと、
あなたの技が頼りなの。
私の愛が欲しいなら、
それにふさわしい働きをしてちょうだい。
昼間しっかり働いてくれれば、
夜一緒に寝るのを許してあげる。
骨を折ってくれたなら、
きちんとお返しはします」
ヴルカンは、妻から
彼の腕前が頼りと聞き、
望みどおりにしてやろうと
やさしく答え、
彼女に百回以上も口づけした。
この夜ヴェヌスと床を共にしたヴルカンは
彼女を思いのままにし、
望みのかぎりを尽くした。
それまでまるまる七年間
彼女を自分のものにすることを許されず、
一つ床で寝たことがなかった。
それは二人の間のいさかいのせいである。
この不和の経緯を手短に
お話ししよう。
ヴルカンは戦いの神マルスと
自分の妻が愛し合う

仲になっていることに気づいた。
それから二人の憎しみ合いが始まった。
ヴルカンは火と鍛冶《かじ》の神で
物づくりの名人である。
彼は鉄を糸にして網を作り上げた。〔四三六〇〕
その糸は非常に細かった。
これを彼は寝床の周りに仕掛けた。
マルスがヴェヌスと床に入り
彼女を両腕に抱きしめるやいなや、
ヴルカンは網を引き絞り、
二人をその中に捕らえた。
この後彼は神々を全員そこに呼び、
二人の不義の紛れもない事実を
その前にさらした。〔四三七〇〕
この醜態は神々の不興を買ったが、
それでも、ヴェヌスとなら
このようにぴったりと縛られたい
と望む神もなかにはいた。
女神はこれに大層腹を立て、
夫をひどく憎むようになり、
以後彼に愛情を示さず、
この日までいい素振り一つ見せなかった。
この日とてその気にはなれなかったはずだ、
もし、息子を死から守るため、
立派な鎖かたびらや盾を作らせるのが〔四三八〇〕
望みでなかったなら。
ただこれらの武器を作らせるためでなければ、
当分はヴルカンなど頼りにしないところだ。
彼女が恨みを解いたのは、
必要に迫られて考えたからだ。
なにがしかを手に入れたい場合は
人に頭を下げるのが一番、
自分で出来なければ、
おだて、おもねり、哀願するほかないと。〔四三九〇〕
その夜、和解がなされ、
ヴェヌスは必要なものを獲得するため
全力を注いだ。
ヴルカンも言いつくろい逃げたりはしない。
翌朝起きるやいなや、
配下の職人を全員呼び集め、

仕事に取りかかり
精を出して働くよう命じた。
職人たちは火床に火を入れ、
竈《かまど》が燃え盛り、煙を吐くなか、　〔四四〇〇〕
鉄を打ち、鋼に焼きを入れる。
ヴルカンが鍛《たん》造に取りかかる。
金と銀とを打つ職人らが
必死に槌《つち》を振るう。
みな躍起になって立ち働く。
鉄《かな》床の上で槌音が響く。
これ以上何も言うことはない。
ヴルカンは二月もかけず
武器を作り終え、
それを妻に与えた。　〔四四一〇〕
かつてない立派なものだった。
死すべき人間に出来るものではなく、
ヴルカンにしても
これほどのものは二度と出来なかっただろう。
銀の環《わ》組みの鎖かたびらは、
絶妙の細編みであった。

驚くほど軽いが頑丈で、
鉄も鋼も歯が立たなかった。
かたびらには細かい縞《しま》状に
金の環が編み込まれていたが、　〔四四二〇〕
それは袖と胴全体から
さらに下垂れに及んでいた。
どんな男がどんな一撃を加えたところで、
環一つ壊れることはないだろう。
同じように膝当ても
金と銀とを並べて作られていた。
鎖かたびらとともにあった輝く兜には、
ある海魚の皮が用いられていた。
非常に頑丈なうえ見事な光沢で、
ビザンチン金貨百四十枚の値打ちはあった。　〔四四三〇〕
誰かが剣で切りつけたとしても、
剣の方がすっかり刃こぼれして、
兜のどの部分であれ
豆粒ほどの傷もつくことはない。
それは一枚皮で、硬く頑丈だった。
四つの垂れは金で縁取りされ、

頭頂のこぶの上には
四つの七宝飾りに四つの天然石が乗せられ、
またその下の円い台座は
どこも金や高価な宝石や七宝で、
それは見事な作りだった。〔四四四〇〕
鼻当ては一つの石で出来ており、
どんな武器によっても
割れたり折れたりしない。
ヴルカンは盾を作るのに、
海に住むケトゥスと呼ばれる
巨大な魚の肋骨《ろっ》を使った。
後にも先にもこれほど見事な盾はない。
驚くばかりの頑丈さと軽さだった。
本体は真紅の地色のままで、〔四四五〇〕
色づけはされていない。
まばゆいばかりに輝き、しかも頑丈で、
槍によっても剣によっても
傷つくことはなかった。
鉄や鋼で打ったとしても、
鉛で打ったほどの傷も与えない。
盾は全体に金の縁取りがされ、
さらに実にこまやかな彫り込みと
まこと見事な浮き彫りのついた
三条の帯が走っていた。〔四四六〇〕
至るところに宝石がはめ込まれ、
そのすき間を七宝が埋めている。
一個の緑のトパーズが中央のこぶをなす。
その上の金の台座に一個のざくろ石があり、
夜でもまるで夏の日中と見まごうほどの
明るい光を放つ。
つり帯もこれまた高価な打ち紐だった。
王侯でさえこれほどの盾を持ったことはない。
剣もまた見事な仕上がりだった。
匠《たくみ》の技で鍛えられたこの剣の〔四四七〇〕
鋼は十度研ぎ直され、
十度溶き直され、
何度も何度も焼きを入れ、
しっかりと打ち固められていた。
剣は見事な切れ味で、
硬く、曇りなく輝いていた。

この剣で打たれると、鉄でも鋼でも
大理石ですら持ちこたえられない。
その刃の輝きは、
明かりとして使えるほどだった。
ヴルカンは金文字でそれに刻印し、
自らの名を記した。〔四四八〇〕
鍔《つば》はそっくり純金、
象牙を用いた柄は
黄金の糸を全体に
すき間なく巻きつけ、
打ち合ったときに剣がぶれることなく
しっかり握れるようにできている。
剣の端の柄頭《つか》には、
真ん丸のエメラルドがはめ込まれていた。
ヴルカンは、剣ができ上がると、〔四四九〇〕
自分の鉄床で試し切りを行った。
剣を鍛えるのに使うその鉄床は、
巨大で非常に硬く、
なにしろ幅が六ピエ、厚さが九ピエもあり、
三十頭の雄牛でも引くことのできない代物だった。

彼が剣を振り降ろすと、鉄床を真っ二つにして刃が
その下の土の中に埋まってしまった。
柄をしっかり握っていなければ、
地中に消えて二度と見られなかっただろう。〔四五〇〇〕
それでも、剣は曲がりも折れもしないばかりか、
傷ひとつできなかった。
しかし驚くにはあたらない。
なにしろ、この剣をつくった主は、
ジュピテルが投げつける
あの雷をつくることができる神なのだ。
剣を納めるこれまた見事な鞘《さや》には、
ある魚の歯が使われ、
金箔を当て、花模様をあしらい、
浮き彫り、象眼《ぞうがん》で飾ってあった。〔四五一〇〕
つり紐は白いディアプル*で、
その一方の端に碧玉《へき》、
もう一方の端にはヒヤシンス石の
それぞれ一オンスもあるのが金の台座にはまっていた。
槍はよく鍛えられた鋼の先を持ち、
よく研がれた刀のようでもあった。

見事な作りで、まことに鋭く、
鋭利でなおかつ切れ味もよかった。
鉄も鋼も貫くことができ、
どんな盾もかたびらもこの槍には耐えられない。
柄には楓《かえで》の木が使われ、
二つの黄金の鋲《びょう》で締められている。
ヴェヌスはこれに旗章をくくりつけた。
それはマルスが長く所有していた旗章で、
ヴェヌスが初めて彼の愛人になったとき、
愛のしるしとして贈ったものだった。
見事な織り、見事な仕上げで、
帯状に金の刺繍《ししゅう》がされている。
他の織物なら百枚分の価値はあった。
これは技の競い合いから生まれた。
アラクネの挑戦にこたえ、
パラスが技のかぎりを尽くして作り上げたものだ。
アラクネと機《はた》織りを競うことになり、
パラスが作ったのがこの旗だ。
アラクネの方が良いものを作ったので、
女神の自分に挑んだ罰として
パラスは彼女を蜘蛛《くも》に変えてしまった。
彼女は生涯
糸を紡ぎ織ることに没頭した。
それをいまだに止めることができず、
蜘蛛はいつも腹から糸を出し、
紡ぎ織り続けているのだ。
すべてができ上がり、ヴェヌスは、
鎖かたびらに兜に盾、
すね当てに槍に剣を受け取ると、
その旗章を取り付けた後
使いにすべてを託し、
モントーバンにいる
エネアスのもとに送らせた。
使いがやって来たその日、
エネアスは、敵の攻撃に備え
準備に余念なく、
重大な局面に至った場合
誰が城を守るか思案していた。
贈物が届けられたのはその時だった。
城内のすべての者が

この贈物を称賛し、
一人一人が自分の眼で見ようとやって来た。
エネアスが、母から送られてきた
武器を手に取って、
すぐ気に入ったのは当然だ。
エネアスは配下の騎士をすべて集め、
母から伝えられた
一件を彼らに告げた。
「皆の者、この地で
我々は戦で迎えられた。
トゥルヌスは我々がこの地にとどまるのを許さず、
ここに攻め寄せようとしている。
我らを力づくで捕らえ、一人残らず
火あぶりかつるし首にするつもりだ。
身代金など受け取ってもらえず、
話し合いを期待しても無駄であろう。
母ヴェヌスからの知らせによると、
この近くに町が一つあり、
エウアンデルが王として治めている。
聞くところ、アルカディアからやって来て、
この国の民との戦いに
明け暮れてきたとのこと。
この人物に助けを求めよと母は言っている。
私が彼のところに行けば、必ずや
今の我々と同じ数の戦士を
この城に連れてくることができよう。
私のやることに賛成してくれるならば、
トゥルヌスが攻めてくる前に
無事ここに戻り、
そなたたちを千の軍勢で救えよう。
船は二隻、それ以上は要らぬ。
ティベルの流れを上っていくことにする。
それをまっすぐさかのぼった地に
その町パランテがある。
陸上をその地に向かえば
水上を行くよりも早く着けよう。
しかしこの地では大戦《いくさ》が行われている。
陸を行くよりも河を使うほうが安全だ。
どう思うか、皆の考えを言ってくれ」
全員がこれに賛成し、

出立を急ぐよう進言した。
天気は良く、格好の風が吹いていた。
皆彼に同意し、
加勢を求めに行くよう答えたので、
エネアスは一刻たりとも無駄にせず、
彼らに接吻し、別れを告げる。
ただ、くれぐれもと言い残した。
トゥルヌスが城までやって来ても、
軽はずみな行動は慎み、
城から打って出ることはまかりならぬ、
一兵たりとも城門を出ることなく、
攻められても守りに徹するようにと。
涙ながらに息子に接吻して出発すると、
ティベルの岸で乗船し、
二隻の船の錨を上げた。
夕暮れが迫っていた。
帆を上げ、
その夜、星を頼りに船を進め、
翌日も同様の航行を続けた後、
三日目の正午ごろ
パランテ下方にたどりついた。
ティベル河の流域は
広い森に覆われている。
一行は櫂《かい》を使ってさらに上流を目指し、
木々の陰を選びながら
町のふもとまでやって来た。
　王は町を出て
岸辺の林に来ていた。
大勢の供を従え、一本の月桂樹の下で
食事の席についていた。
その日、しきたりどおり
盛大に生贄《いけにえ》がささげられた。
この祭りは、かのヘラクレスが
国中を荒していた怪物に対して
この近くでかつての同じ日に成し遂げた
驚嘆すべき復讐を
記念してのものである。
怪物は、人間を捕まえては
心臓をえぐり出し、血を飲み、
肉をむさぼり、骨をかじった。

人間のみ食らうこの怪物は、
その名をカルス*といった。
ヘラクレスはこの国にやって来ると、
怪物を求め、その住みかの洞窟《くつ》を目指した。
怪物がかつて彼にした悪行に報いるためだ。
ヘラクレスはその強力で怪物を殺し、
首を木にさらした。
エネアスの到着はまさしくこの祭りの日で、
王がヘラクレスの偉大な勝利を
盛大に祝っているところだった。
彼らはまだ食卓についていた。
そのとき、流れに逆らって進む船の
波を切る音が聞こえ、
日を照り返す鎧兜が
木々を透かして目に入った。
これを見て人々は動転し、
恐れおののいた。
王の息子パラスが
投げ槍を右手につかみ、
すぐさまその方向に向かった。
河辺まで来て立ち止まり、
眺めると見知らぬ者ばかり、
もう少しで槍を投げるところだったが、
まずはこう呼びかけた。
「我らが地に侵入してきた
その方らは何者か。
我らが国に武装して来ているが、
平和を求めてか、それとも戦を求めてか。
災いをなしに来たのであれば、
その方らを迎え入れるわけにはいかぬ。
船を着ける前に全員
深手を負い、命を落とすであろう」
先頭の船にいたエネアスが
舳先《へさき》に立って
若者に答えた。
「我らは災いを起しに来たのではない。
非道をはたらく気は毛頭なく、
我らは一人として悪意はない。
我らは滅びの町トロイから来た
哀れなる民にて、

あらゆる国から追い立てられ、
窮状を訴え、救いを求めんがため
王のもとに向かうところだ。
災いをなす気はない。
どうかお教えくだされ、麗しき殿御よ、
どこに参れば王にお目通りできるか
もしもご存じあらば、
一刻も早く我らを案内してくださらぬか」
こう言ってエネアスは岸に向かって両手を差し出し、
オリーブの枝をパラスに見せた。
それは当時、
異教徒の間の平和のしるしだった。
パラスは、エネアスの言葉を聞き
さらに、差し出されたオリーブの枝を見て
相手に戦いの意志なしと理解し、
岸に上がってくれるようエネアスに言った。
船上の者たちは櫂に力を込め、
パラスのいる岸辺に船を着けた。
その場所に二隻の船をつなぎ、
そこに幾人かを残して
大部分の者が船を後にし、
主人とともに出かけて行った。
パラスは、彼らを導いて、まっすぐ
父王がいる場所に案内した。
エネアスがまず口を開いた。
始めに王と配下の全騎士に
恭しく挨拶をすると
王も慇懃《いんぎん》にそれにこたえる。
エネアスが口上を述べ、
家来たちは静粛に侍した。
「王よ、私が申し上げることで
ご不快になられませぬよう。私はトロイの者、
父の名はアンキセスといい、
母は女神ヴェヌスです。
ギリシア人がトロイの町を滅ぼしたとき、
私は神々の命に従い、
私に従う者すべてを引き連れ、
ロンバルディアに帰るよう定められました。
その地は我らが始祖誕生の地、
すなわち名をダルダヌスという

トロイ創建者の生まれ故郷です。
神々が定められたこの地に
ようやくたどりつき、
城を一つ築きました。
ところが、トゥルヌスは我らを認めず、
我らを攻める決定を下しました。
我らの城を落とさんがため
一戦構えようとしています。
この戦は我らにこの地を約束した
すべての神々に向けられたものです。
何が何でも
我らを追い払いたいようです。
この地で耳にしたところでは、
あなた方もまた彼に攻められ、
長い間苦しめられてきたとのこと。
我らは兵と支援を求めて
あなた方のもとへやって来ました。
力をお貸しください。
少しばかり手を貸してくださり、
兵をいくばくか与えてくだされば、
あなたの恨みと我らの恨みを晴らし、
我らともどもすぐさま救われましょう。
あなたのお力添えで戦に勝利し、
宿敵を屈服させたあかつきには、
全所領をあなたから封ぜられたものとし、
その領主権があなたにあると認めましょう」
　王は、エネアスの口上と
その願いの向きを聞き終えると、
いとも優しく答えて言った。
「そなたは大変立派なお家柄の人じゃ。
私は若いころトロイにいたことがある。
プリアモス王は言うまでもなく、
王の息子たちも武将たちもよく知っている。
大勢の方々の名を存じておるし、
そなたの父アンキセスのこともよく知っておる。
父君から贈物をたくさんいただいた。
犬が一頭、弓と見事な金の箙《えびら》、
それに十本の矢と角笛が一つ。
ほかの誰よりも私に目をかけてくださり、
惜しげもなくご自分の物を下さった。

私にとってかけがえのない父君のためじゃ、
そなたの敵をくじくためなら、
二万の兵を整えてしんぜよう。
老体にて私は行けぬが、
ここに息子のパラスがおる。
大事なせがれじゃ。明日、騎士に叙任するゆえ、
この子を連れて行ってくだされ。
さあ安心して食事をなされ、
我らとともに楽しまれよ。
というのも、今日は栄光ある日なのじゃ。
かつてこの地に怪物がおり、
我らの民を食い殺しておったのじゃが、
ヘラクレスがその首をはね、
退治してくれたお祝いなのじゃ」
王は水を持ってくるよう命じた。
黄金の鉢に入れて運ばれてきたその水で、
エネアスとその家来たちは手を洗い、
ぜいを尽くした食事にあずかった。
繰り返し運ばれる豊かな料理、
上質のぶどう酒と香酒の数々、
それをお伝えすることはできないが、
ともかく全員が満喫した。
食事が終わると、エネアスは
騎士の一人に命じ、
配下の軽業師、役者、楽士を
集めさせた。
そして大喜びの王の前で、
トロイの技芸を演じさせた。
この国の人々は
彼らの国にない芸に
目を見張り、
彼らの祭りの日、喜びの日に
トロイの民を遣わされた
天上の神々に感謝をささげた。
一座がしばし芸を披露し、
喜びのうちに一日を締めくくると、
王は日も暮れてきたと見て、
客人を町へ案内する。
その道すがら、これまでのことを
逐一順を追ってエネアスに物語った。

どうして国を出てきたのか、
どのようにして争いが生じたのか、
なぜトゥルヌスが戦いを仕掛けてきたのか、
彼から封土を受けることになった次第を。〔四八〇〇〕
このように話しているうち、
町の中に入っていった。
それはほんの小さな、囲みもない、
まだその当時は取るに足りない町だった。
しかしその後ローマがここに築かれ、
全ての民を屈服させることになる。
ローマは全世界の女王となり、
すべての国が従うことになる。
その夜、彼らは町の中で眠った。
翌日の起床は早い。〔四八一〇〕
王は息子のパラスを連れて来させ、
息子のために武具を運ばせる。
パラスは騎士に叙任され、
エネアスが剣をはかせる。
その後、王は軍を召集した。
たちまち兵が駆けつける。

三日目に集合を完了した軍の
その兵力は二万に及んだ。
王の命で百隻の船が整えられ、
十三カ月分の食糧が積み込まれた。〔四八二〇〕
エネアスは、別れの挨拶を終えると、
大軍とともに川を下り、
帰途についた。
もはや長居は無用だった。
　一方トゥルヌスは、
エネアスがモントーバンを出立し
城内にいないことを
翌日、密偵の報告で知った。
トゥルヌスはこれを聞いて大いに喜んだ。
しかし、エネアスがどこに向かったかは〔四八三〇〕
皆目分からなかった。
指揮官たちを呼び集め、
城に兵を進めるよう
直ちに命じた。
ラッパが吹き鳴らされ、
トゥルヌス軍の進軍が始まる。

城まで来ると、包囲陣を敷き、
城内のトロイ人を震え上がらせた。
城兵たちは武器に駆け寄り、
攻撃に備える。
回廊、城壁、塔に
駆け登って固めるとともに、
跳ね橋を上げ、城門を閉ざす。
万全の用意はしたものの、
敵の大軍を目の前にすると
おじけづいた。
持ちこたえられるかどうか不安なうえ、
どこへ逃げたらよいのかも分からない。
主人もそばにはいない。
彼らが恐怖にとらわれても不思議はない。
　トゥルヌスは、陣を出て、
えり抜きの騎士百人を率い、
城目がけ突進していった。
会戦に誘うのが狙いである。
うまくいけば願ったりだが、
城から一兵も誘い出すことができない。
城側にその気がないと見て
トゥルヌスは、突き崩せるところはないか
あちらこちら探りながら、
二十回以上周りを巡ってみた。
城の者たちを誘い出せないのが
歯がゆく苦々しい。
攻撃を加えられるような
弱いところも見つからない。
まさに笑い事ではなかった。
城兵が矢を放ち始め
彼は少し後ろに下がる。
日も暮れてきており、しかたなく
陣に引き返すことにした。
そのとき、下の砂浜に城方の船が見えたので、
そちらに向かって馬に拍車をかけ、
配下の者たちに言った。「城から討って出る
勇気もないあの臆病者めら、
海から逃げることなど許さんぞ。
さあ、やつらの船に火を放て。
そうすれば敵は我らの手の内だ。

やつらの頼れるもの、
助かる当てはほかにない。
逃げようとすれば、
全員海に出るしかなかろう。
今宵、我らが見張りを怠れば、
朝にはきっと消え失せていよう。
おめおめと逃げられては、
末代に恥をさらすことになる」
こう言ってトゥルヌスは火を運ばせ、
すべての船に放つよう命じた。
火は綱、帆、柱をなめ、
瞬く間に全船を焼き尽くした。
トゥルヌスは、船を灰にして鬱憤《うっぷん》を晴らすと、
その後、城門を監視し、
城からの出撃に備える
兵員を配置するとともに、
周りに歩哨《しょう》を立て、
城と天守にこもる敵兵が
ひそかに逃げることのないよう
一晩中見張らせることにした。

陣では至るところに火がたかれ、
にぎやかに酒宴が繰り広げられた。
太鼓を打ち鳴らし、大騒ぎをする。
ぶどう酒がふんだんに出される。
みな死ぬほど飲み、
火のそばに横たわって動かなくなり、
真夜中には一人残らず眠り込んだ。
一方、城の高みにいる者たちは、
眠ることなく、見張りを怠らない。
エネアスは城門の守りに
一人の騎士を置いていた。
誰よりも高く買っていたからだ。
名をニスス*といい、大変勇敢で、
一手に城の番を任されていた。
この騎士には友が一人あり、
その名をエウリアルスといった。
これ以上ないほどの
固いきずなで二人は結ばれていた。
彼らが生きてきたかぎり、
これほど固い友情はほかになかった。

二人一緒でなければ
喜びも幸せも味わえなかった。
二人の友はその夜眠らず
城門の見張りについていた。
ニススは、その夜敵陣で行われていた
飛んだり跳ねたり叫んだりの
騒ぎを聞いていたが、
敵兵が皆眠り込んだと見ると
妙案を思いつき
友に打ち明けた。
「向こうの陣が寝静まった。
一人残らず酔いつぶれ、
酒のせいで死んだように眠っている。
しかも火は全部ついたまま。
やつらに打撃を与えたければ
今がその絶好の機会だ。
一人で千の敵を殺せよう。
誰もこの手から逃れられまい。
ひとっ走り敵の陣に悪さをしに行き、
すぐに君のところに帰ってくる」

〔四九二〇〕

〔四九三〇〕
これを聞いたエウリアルスは
大胆極まりない友の企てに
大喜びして、
一緒に行かずにはいられなかった。
「僕だけ残っていられるか。
こんな仕事に一人で行かせるものか。
残るなんてとんでもない。
君だって僕を置いて行けるのか。
それでは君は僕でなく、僕は君じゃない。
頭がどうかしたのじゃないのか。
僕たちは一心同体だというのに、
半分だけがあんなところに行って、
その片割れが残っていられようか。
君のことが嘆かわしくなった。
それほど僕を馬鹿にし、僕への
友情も信義も忘れたのか。
僕を置いて敵陣へは行かせられない。
君一人行かせて残っていられるものか」
ニススは若い友に答える。
「それは困るどころか、大歓迎だ。

〔四九四〇〕

〔四九五〇〕

君が一緒に来てくれるなら
願ったりかなったりだ。
首尾よく事が運び
敵に仕返しできれば、
その足で先を行き、
エネアス様を連れて戻れるだろう。
パランテへの道なら分かっている、
ここからたった一日の道のりだ。
森を行くのは慣れているし、
あそこをすり抜けることができれば、
エネアス様を連れ戻すのに三日も要らないだろう。
城内はみな怯《おび》えきっている。
褒美を約束しても
遣わす者が見つからない。
思いどおりに事が運び、
この仕事を成し遂げて
帰還できれば、
僕らのことはいつまでも語り草になるだろう」
二人は話しをそこまでにし、
いても立ってもいられず
連れだって天守に向かった。
アスカニウスと諸将は眠ってはいない。
この夜、彼らは夜を徹し、
額を寄せて話し合っていた。
しかし、主人がいない不安を
どうすることもできないでいた。
主人のもとに遣わす者が見つからず、
迎えに行くと申し出る者もなく、
途方に暮れていた。
大胆なことを決意した二人の若者が
そこへやって来た。
先に口を開いたのはニススである。
「皆様、聞いてください。
この城に我らの王はおりません。
トゥルヌスはすでに我らを包囲し
あれに陣を敷いております。
敵が力に物言わせ、我らを捕らえれば、
全員火あぶりかつるし首となりましょう。
エネアス様が我らとともにあり、
そのことを敵が知れば、

我らに対する恐れははるかに大きくなりましょう。
私にはよく分かっております、
我らは立派に耐え抜くことができることを、
もし我らの上に立つお方、
我らが恐れ、従うお方がいれば。
命ぜられるがままに働きましょう。
たとえ大軍の味方がいたところで、
率いる方がいなければ、
瞬く間にけ散らされ、
殲《せん》滅されてしまうでしょう。
エネアス様がここにいらっしゃれば、
我らの勇気はいや増し、
その言葉に従うだけで
ずっと強くなれると思います。
お許しがいただけるなら
私たちがお迎えに参ります。
エネアス様を連れ戻すまでは
皆様持ちこたえることができましょう。
うまくいけばすぐに戻ってまいります。
我らはあの敵陣を抜けていきます。

〔五〇〇〇〕

〔五〇一〇〕

衛兵は皆眠り込み、
もう物音も人声も聞こえません。
みんな酔いつぶれてしまい
火の周りに臥せっております。
敵陣を通り抜けさえすれば
その先を行くのは容易なこと、
なんとか三日後には
エネアス様をお連れできるでしょう」
アスカニウスはニススの話を聞いて
非常に喜び、
百度、また百度と頭を下げ、
二人が申し出た企てに対して
心から礼を述べた。
「父上がお戻りになったら、
そちたちの働きに十分報いるであろう。
褒美はそちたちの意のままだ。
この仕事をやり遂げ、
私が領国を得たあかつきには、
我らはどこに行くにも三人一緒だ。
決してそちたちを私より下に置いたりはしない」

〔五〇二〇〕

〔五〇三〇〕

二人はそれ以上ぐずぐずせず、
諸将に出立の挨拶をした。
アスカニウスは二人を見送り、
城門まで来て接吻した。 〔五〇四〇〕
別れを惜しみつつ二人は出立したが、
その後再び顔を会わせることはなかった。
二人は城を下り、
こっそり敵陣内に入ると、
見つけた敵兵を片っ端から
斬り殺し、首をはねていった。
殺された者の数は三百を超える。
ぐっすり寝ているところを襲われ、
剣で斬られ突かれ
次々と死んでいった。 〔五〇五〇〕
彼らは前進を続けながら、
片っ端から血祭りに上げていった。
そうこうしているうち、二人は
ラムネスが寝ている天幕までやって来た。
この男は大変な賢者で、
あらゆる鳥の言葉を解し、
未来の予見、くじ占いや
魔法の術にたけており、
天下に彼に勝る予言者はいなかった。
ところが、この夜はぶどう酒を飲みすぎ、 〔五〇六〇〕
すっかり頭が麻痺《まひ》して
持ち前の能力を忘れ去っていた。
他人を占う男が
自分のことを何も知らず、
死の迫っていることに気づかなかった。
しかし、彼はその週、
自分は戦いで死ぬことはない、
それだけは間違いない、と言っていた。
まさにそのとおり。彼は真実を言った。
彼は戦闘に出ることも見ることもなかった。 〔五〇七〇〕
どうして戦いで死ぬことができようか。
その前にニススの手で
首をはねられるのだから。
そこまではまったく占えなかった。
前を行くエウリアルスが
とある天幕の中に入ると、

メサプスが家来の間で眠っていた。
追ってきたニススは、彼をつかみ、
引き寄せて、そっと
耳もとで忠告した。
ぐずぐずしている暇はない。
夜が明けはじめている。
敵の目に留まる前に
出発したほうがよいと。
エウリアルスは引き返そうとしない。
火の傍らに輝く兜を目にしたのだ。
あれを取らずに行くものかと言った。
そしてその兜をつかみ、持ち出すと、
自分の頭にかぶり、紐を結んだ。
二人はそれ以上ぐずぐずしなかった。
夜明けを恐れ、
歩き始めた。
　ロラントから、ヴォルケンスという名の伯が
城攻めの陣へと向かっていた。
馬にまたがったのは夜明けであったが
今はもう月が昇っていた。
大勢の家来を従え、
供の騎士も百人を超えていた。
月光にきらめき輝く兜のせいで
はるかかなた去り行く者たちに
気がついた。
ヴォルケンスは彼らを目にして心が騒いだ。
「おーい、何者だ。
止まれ。教えてくれ。
知っていることを聞きたい。
攻囲軍のほうから来たと見受けた。
我が軍はどうしている。
城方はまだ落ちないか。
ありのままを話してくれ」
ヴォルケンスらが近づくのを見て
その者たちは足を止めるどころか
逃げ出した。
彼らはそのとき不審の種、
懸念、疑惑の種をまいたのだ。
というのも、もし堂々と
自信をもって答えていたら、

そしてまた姿を見せていたら
攻囲軍の者でないとは
疑われることもなかったろう。
けれども一目散に逃げ出した。
ヴォルケンスはそれに気づいて
直ちに後を追いかけた。　〔五一二〇〕
ニススは大変足が速く
たちまち追っ手をはるかに引き離した。
もしも友を待ちさえしなければ
決して捕まりはしなかったろう。
彼に遅れたエウリアルスは
深い藪《やぶ》へと入り込む。
追っ手に取り囲まれて
怯えたのも驚くには当たらない。
兜を脱ぐことを思いつかず　〔五一三〇〕
追っ手にはそのきらめきがはっきり見え
その輝きが見えなくなるほど遠くに
追っ手を引き離せなかった。
厚く茂った藪に逃げ込んで
進退窮まり、捕まった。

ニススは捕まることもないくらい
はるか遠くへ逃げていた。
そこで友のことを思い出し
立ち止まって目を凝らした。
足音も聞こえなければ姿も見えない。　〔五一四〇〕
彼はひどく胸を痛め
悲嘆に暮れ、息づかいも荒々しく
両の拳《こぶし》で胸を打ち、髪の毛をかきむしる。
「ああ、何ということ。見失っては
友に何もしてやれない。
私が無事で、友だけ捕らえられ殺されたなら
私は誠を欠くことになる。
卑怯《ひきょう》にも死を恐れ
彼を見捨てて逃げ出してしまった。
それに、ついて来ていると思って　〔五一五〇〕
彼がどうなっているのか見もしなかった。
しっかり待っていてやるべきだった。
もし死ぬのが私で生きのびるのが彼なら
これほど嘆きはしないだろう。
エウリアルスよ、いとしき友よ

君のために命を捨てよう。
君が死ねば、私も生きてはいない。
若いまま命を落とすとは、何と不幸な。
誰よりも大事な友と思ってきたが、
瞬時にして君を失った。
このうえは直ちに
君の魂に
私の魂も寄り添わせねば。
すぐにもそうしよう。
しかし友はまだ死んではいない。
それは確かだ。
私の心が告げている。きっと生きている。
もし彼が死の苦しみを味わっているのなら
私の心も同じ苦しみを感じるはずだ。
追っ手に捕らえられたのは確かであろうが
まさかむやみに殺しはしまい。
あの者を手にかけるような
ひどい仕打ちをした者はかつて一人もいなかった。
いったい誰があのような若者を打ちすえるだろう。
ああ、哀れなこと。彼が不幸に見舞われ
私が無事に追っ手を逃れたというのは
何という巡り会わせ。
来た道を引き返そう、
友とはぐれたその場所まで。
再会できないなら、私の命などどうでもよい。
私を殺す者がいなければ、自ら命を絶とう。
そうするのは当然のこと。
彼亡き後、決して生き長らえはしない」
彼は嘆くのをやめ
引き返し始めた。
今来た道を戻り
見通しのよい樅《もみ》の林までやって来た。
足を止めると
エウリアルスを捕らえた者たちの
叫び声や物音が聞こえてきた。
彼らは問い詰めていたが、
若者は一切答えようとはしなかった。
ニススは近づき身を潜めると、
取り巻く人垣越しに、捕えられた友が見えた。
そこで名乗りもせず

少し下がって、
人垣の真ん中に槍を一本投げ込んだ。
彼らを散らせたその間に
友が逃げ出せると思ったから。
その槍は一人の騎士の
裸の胸の真ん中に突き刺さり、
騎士はどうと倒れて息絶える。
彼らはその槍の一撃が
どこから飛んで来たのか探り始めたが、
ニススは気づかれなかった。
彼らが探り回るのを見て
ニススはさらに一本投げつける。
別の男の胴に突き刺さり、その男は
盾もろとも倒れ、皆の前で息絶える。
ヴォルケンスは家来が死ぬのを見て、
槍がどこから飛んできたかも分からず、
激高して、エウリアルスを乱暴につかむと
言い放った。
「家来を殺したのが誰であれ、
この仇はお前で取ってやる。
お前に高く償わせてやる。
お前で恨みを晴らすぞ。
誰のせいであれ、お前にたっぷり仕返ししてやる」
ヴォルケンスは怒りにまかせ剣を抜き
エウリアルスを見据えて振りかぶった。
すると、ニススは我慢ができず
死も恐れず飛び出していき
彼に向かって叫んだ。
「ちょっと待て、斬るな。
私を捕らえて恨みを晴らせ。
その者は何もしていない。
私一人がしたことだ。
私が責めを負う。
彼を放して、私を捕らえろ。
彼を手にかけようとする者は
人を愛したことのない、石の心をもつ者だ。
こんな若者を殺すのは
愛に無縁の者だ。
代わりに私の首を差し出そう。
彼の代わりに死ぬなら本望だ」

ヴォルケンスは、ニススが何を言おうと
動じることなく
エウリアルスの首をはねた。
それを目にしたニススは憤激のあまり
目に入った地面にころがる槍を
拾い上げて掛かっていく。 〔五二四〇〕
相手の盾を思いきり突き、
首から盾をたたき落とし、
男の脇腹を突き刺した。
しかし息の根を止めるには至らない。
そこでニススは友の仇を討とうと
鋼の剣を引き抜き、
十人を瞬く間に斬り殺した。
敵は四方八方から襲いかかり、 〔五二五〇〕
ニススを囲み取り押さえて
めった斬りに殺してしまった。
そして倒したニススを連れの隣に横たえ
首をはね、二つとも持ち去った。
浅い傷を負った大将は
担架に乗せ運んでいった。

彼らは行軍を続けた。
早朝城攻めの陣にたどりついてみると
兵たちが悲しみに暮れ
殺された者たちを悼んで泣いてた。
誰が殺したのか分からずにいたが、 〔五二六〇〕
ヴォルケンスが手勢を連れて到着し
その者たちを殺した敵を
見つけた次第について
兵たちに語った。ヴォルケンスの家来たちは
このとおり首も取ったと
髪の毛をつかんで掲げて見せた。
兵たちとともにそこにいたメサプスは
とられたと思っていた
自分の兜があるのを見て、
こやつがかぶって行ったのだと気づいた。 〔五二七〇〕
エウリアルスは高い買い物をしたものだ。
包囲軍の者は仇が討たれたと分かって
いくらか気分が晴れ、
誰もが口々に、自分たちも
容赦なく仕返しするぞ、

城中の敵に高く償わせてやる、
それで腹の虫も収まると言い合った。
　トゥルヌスは二人の首を運ばせ
城門の正面につるさせて、
家来たちに武器を取れと命じ、
ラッパを吹き鳴らさせた。
その音は国中にとどろきわたり
皆、すぐに城を落としてやると声を上げ
七千の旗印を押し立て、はためかす。
それから、城から出てきて戦えと
言葉激しく挑発したが、
何を言おうと、城から出てくる者はいなかった。
城を守る者たちは
城壁や張りだし櫓、塔に上がり
外につり下げられた首を見て
驚愕《がく》した。
主君エネアスを呼び戻すため
ひそかに発った使者たちが
殺されたと分かったからだ。
親しい仲間の
死に動転し、
エネアスがすぐに駆けつけ
加勢してくれるとも思えず、
援軍が来るまでどころか
日のあるうちにも
城は落ちるとおののいた。
　メセンシウスが
準備万端整えた手勢を引き連れ
右手から城に攻撃を仕掛ければ、
メサプスは左手から攻め寄せた。
トゥルヌスと彼の家来たちは橋の側から
城門目がけて攻めかかる。
城をぐるりと包囲し
千本のラッパが突撃を告げると
臆病者さえ闘志を燃やす。
弩《おおゆみ》の矢や石の弾、長槍が宙を飛び、
逆刺《かえり》矢が空を切る。
投槍や鉛をかぶせた大槍が
雨あられと城に降り注ぐ。
胸壁に身を潜めても矢を避けられず

顔を上げようとする者もいない。
弓兵が敵の動きを封じると
武器を手にした者たちは
堀まで肉薄する。
城の者たちは反撃を焦ってむやみに
武器を失うことを望まず、
時至るまで
遠くからの無駄な矢を引こうとしない。
けれども敵が攻め寄せてきて
一斉に矢来に取りつくと、
今やその時と見、
またこのままでは
すぐにも捕らえられるとも考えて
反撃に転じた。
守り手は上に、寄せ手は下に
たちまち入り乱れての斬り合いとなる。
城方は寄せ手を胸壁越しに押し返し
盾を割り、胴鎧を突き破り
車を頭上から投げ落とす。
守り手が敵三千人を押し戻せば、
相手は堀の底へと真っ逆様に落ち
死体の山を築く。
堀に落ちて
立ち上がれる者は一人もいない。
その日、三度このような攻撃を試み
寄せ手はその度に破られる。
トゥルヌスはすでに三度攻撃して
その甲斐もなく
城を落とせぬと見て
*ギリシア焔硝《えんしょう》を射かける。
城の者たちはこの攻撃をかわせまい、
これの惨禍からは逃れられまい、
彼はこう考えた。
けれども城方は酢を備えていて
直ちにそれで火炎を消し止める。
他の物は役に立たない。
水中でも燃えるので
酢以外では消せないのだ。
こうされてはトゥルヌスもお手上げで
退却を命じる。

自軍がさんざんな目にあい、
彼の無念は言いようがない。
寄せ手は三千以上も死んだが、それも当然。
彼らに正義はないからだ。
一方、城の者たちも三度の攻撃を受け
二百を越す死者を出す。
トゥルヌスは眼前の敵をにらみつける。
すぐにも落とせると思っていたが
いくら槍を投げ、矢を射かけても
ほとんど打撃を与えられなかった。
彼は城の周りをぐるりと巡り
目を凝らしては、守りの
一番弱そうな所を探って歩く。
トゥルヌスがそうする様は
草原にぽつんと建った農夫の羊小屋まで
やって来た狼のようだった。
ひどく腹をすかせて周りをうろつき
雌羊を目にし、食らいつきたくて
子羊が小屋の中でメエメエ鳴くのを聞きながら
忍び込めそうな所を探し回る。
獲物を目と鼻の先
指三本と離れていない所に見ながら
それにありつけず、歯がみする。
百姓が飼い犬を呼ぶと
犬は何度も狼の毛皮に歯を立て、食いちぎり
森まで追い立てていく。
狼は性懲《こ》りもなく出かけてくるが
毛皮を残して帰るのが関の山。
トゥルヌスはまさにそんな様子だった。
敵を目と鼻の先に見ながら
手出しが出来ない。
城方から槍を投げられ矢を射かけられ、
城をそっとしておかないと、すぐにも
毛皮を残して去ることになろう。
　城外の橋のたもとに
丸く小高い丘があった。
その上に、城正面の守り固めに
櫓《やぐら》が組まれていた。
そこに七人の騎士と
十人の従者、五人の弓兵が詰めていた。

この者たちは橋を守って
敵に一番打撃を与えていた。
トゥルヌスはこの者たちに矛先を向けた。
軍の精鋭を差し向け
全力を挙げ
櫓を攻撃させたが、
櫓の者たちもよく反撃し
見事に攻撃を食い止める。
正攻法では落とせないと見て
櫓の下から火を放つと
足場が燃え上がる。
足元の木組がすっかりゆるみ
櫓の半分が燃え上がり
上にいる者たちは反対側へ身を寄せた。
すると支柱がたわみ、床板が抜けた。
一か所に重さがかかりすぎたのだ。
櫓は一塊に後方に倒れ
皆地面にたたきつけられる。
二人を除いて
死なずに済んだ者はなかった。

一人はリクス、もう一人は
ヘクトルの盾持ちだったエレノール。
二人は立ち上がり、リクスは逃げ出すが、
エレノールは剣を抜くと
十人を斬り殺した。
しかしトゥルヌスに殺され、仇を討たれた。
逃げ出したリクスは
城を目指してひた走る。
後一歩で城内に助け入れられるところを
攻囲陣から一人の弓兵がそれを見て
防柵のそばの高みに立ち
狙いを定めて矢を放つ。
矢はリクスの体を貫き
そのまま外の杭《くい》にはりつけにした。
百人以上が同じように矢を放ち
はりつけのまま彼を射殺す。
これで寄せ手は意気が上がり
四度目の攻撃を仕掛けた。
この攻撃で城方の大勢が命を落とす。
アスカニウスが守り手を鼓舞しなければ

もう少しのところで寄せ手に
城内まで入り込まれるところだった。
アスカニウスが大声で
士気を鼓舞すると
彼らはすぐさま迎え撃つ。
外の敵を次々斬り殺し
退却させずにはおかなかった。
城内に突入しかけていた敵は
殺され、堀に転げ落ちた。
死体がすっかり底を埋め、堀は
その血で真っ赤に染まった。
トゥルヌスは*三時課もまだ過ぎないのに
手勢の兵を
一万も失った。
一方、城の守り手も
多くの死者、負傷者を出す。
トゥルヌスにはレムルスという名の
勇猛果敢な義弟がいた。
裕福で高貴な家柄の男で
腕も立った。
彼はトロイ人に迫ると
激しい言葉で罵倒する。
「おい、降伏しろ。
悪人ども、言うとおりにしろ。
非を悔い、許しを請え。
しっぽを巻いてとっとと逃げろ。
許しを請おうというのなら
そうさせてやる。
片目か片腕と引き換えにな。
みんな、この地から出てうせろ。
言うとおりにせず
降参しないなら
ふん捕まえて
夜までに皆殺しだ。
冗談ではないぞ。
捕えられずに
十年間防戦できたギリシア人と
同じ相手だと考えているのか。
城の外にいるのはディオメデスでも
プロテセラウスでもウリクセスでもない。

トゥルヌスだ。明日一日が暮れる前に
お前たちは全滅だ」
アスカニウスは天守にいたが
レムルスの罵りを耳にした。
アスカニウスは下に立つ敵を狙い
窓越しに矢を射ると、
矢は盾の縁をかすめ
男の喉に突き刺さる。
当たった矢は
首の後ろまで突き抜けた。
レムルスは馬から転落し息絶えて
もはやトロイ人を褒《ほ》めもけなしもできなかった。
この一撃を見た
城内のトロイ人は喜んだ。
外に陣取る敵兵が攻め寄せる。
遠くへは槍を投げ、近くでは斬りかかる。
橋の攻防はすさまじかった。
けれども天守には
巨人族の二人の兄弟がいて
兄はパンダルス
弟はビシアスといい、
エネアスは二人に厚い信頼を寄せ
城の防衛と攻撃の指揮を
任せていたのだが、
二人は、どんな獅子《しし》よりも猛々しく、
天守を降り、さらに下って
門に駆けつけ開門するや
寄せ手の波をけ散らした。
右にパンダルス
左にビシアスが並び立つ。
その場で敵の突入を防ぎ止める。
敵はこの突入で高い代償を払った。
門が開くのを見た者たちは
先を争って
すぐさま城に突入しようとした。
二人はその者たちを百人も斬り倒し
敵に驚くほど損害を与えた。
橋の上は死屍累々《ししるいるい》。生きて橋を渡れる者は
一人もいない。
二人は敵をすっかり追い払った。

トゥルヌスは城の裏手に回っていたが、
そこで知らせを聞いた。
寄せ手に向って門が開いたが、
そこで家来を大勢失い、
城方の二人の巨人に
城門前で兵百人が殺されたと。
すぐさまトゥルヌスは
千人の騎士を引き連れ
手勢ともども橋へと向かった。
死体の山を乗り越えて
門までたどりつく。
二人の兄弟は怪力無双で
城の入り口をしっかり守り、
寄せ手を相手に奮戦していた。
そこに、城方の者たちも駆けつけ
この兄弟に加勢する。
激しく敵に斬りかかると
多くの兵が苦悶《もん》しながら命を落とす。
彼らは雄叫びを上げ、敵を
橋のはるか向こうまで押し返したが
深追いはせず
門まで戻った。
一方、トゥルヌスも軍勢を整え
さらに激しく彼らを攻撃し
強引に城内に攻め込んだ。
二百人以上が怒涛《とう》のごとく
外から突入する。
二人の兄弟がすぐさま
敵の背後で城門を閉ざすと
仲間の一部を閉め出すことになった。
　今やトゥルヌスは敵中に閉じ込められ
窮地に陥った。
助けが必要だったが
外の者たちの加勢は得られない。
トゥルヌスは城内で剣を振るい
敵を手ひどく痛めつけ
一歩も引かず奮戦する。
最初の数太刀でたちまち
二人の兄弟、パンダルスとビシアスは
その場で斬り殺された。

トロイ人たちはこれを見ておじけづく。
寄せ手は雄叫びを上げ、猛然と斬りかかる。
城の者たちを押し返し
追い打ちをかけ、浮き足だたせる。
イリオネスは天守から降り
その場に駆けつけ
トロイ人に向かってどなった。
「何をしている、この臆病者。
たったこれだけの敵兵に
なす術《すべ》もなくやられてしまうのか。
何をしている、反撃だ。
容赦するな。皆、掛かれ」
イリオネスが「トロイ」と鬨《とき》の声を上げると
城方にはぐずぐずして
すぐさま反撃しない者はおらず、
その勢いに寄せ手は後退する。
このときトゥルヌスは部下の加勢がなければ
すんでのことに命を落とすところだった。
しかしそのとき一人のトロイ人が
城門を開け、外に閉め出されていた
味方を引き入れたのだ。
トゥルヌスはその者が
門の閂《かんぬき》に手を掛けているところを
背後から首に切りつけ
斬り殺し、外へと逃れた。
家来の大部分を置き去りにして。
ほうほうの体で窮地を脱し
城外に逃れて安堵《あんど》した。
日が暮れ始め、
トゥルヌスは兵を退かせる。
陣営に戻ると
夜に備えて
見張りを立てた。
そして、前夜にも増して
よく見張るように言いつけた。
露営の陣はにぎやかな音を立て、
城では角笛やラッパ
横笛が響きわたる。
トゥルヌスは翌日早朝から
戦を再開し執拗《よう》に攻めた。

再び城まで迫ると
間断なく攻撃を続けた。
城を守る者たちは
からくももちこたえていたが
多くの者が傷つき倒れた。
ふとトロイ人が港のほうを見下ろすと
船団が到着し
帆を下ろすのが見えた。
城にいる自分たちを助けに
エネアスが戻ったと分かり
大喜びで歓声を上げたが、
これが災いのもと。早まったのだ。
エネアスたちがこっそり接岸上陸して
戦支度を整えられたなら、
そしてまた、ひそかに
敵軍に近づき
背後に回わって
挟み撃ちできれば、
ついには敵を打ち破っていただろう。
城の者たちが歓喜の声を上げたため

〔五六〇〇〕

〔五六一〇〕

敵に気づかれ、
そのもくろみはすっかり外れてしまった。
陸に向かって櫂《かい》をこぎ
船が岸に近づくのを見られたのだ。
上陸を岸で待ち伏せされたわけではなかったが、
トロイ人には凄惨《せいさん》なことになろう。
トゥルヌスは船を見ると城攻めをやめ
攻撃を仕掛けず
全軍率いて船のほうへと馬を駆る。
一人残らず
皆、浜に駆けつける。
大激戦は避けられない。
盾が貫かれ、
三千の槍が折れ、砕け散ることになる。
両軍の間には城も堀もなく
幾千もの一騎打ちが繰り広げられる。
トゥルヌスが先頭で躍り込み
槍で三人の騎士を倒し
剣で一人を殺した。
これで乱戦の火蓋《ぶた》が切られた。

〔五六二〇〕

〔五六三〇〕

全軍駆けつけ、
相手方も船を降り、
波打ち際で
戦いが始まった。
　一人一人名を挙げ
それぞれの戦いぶりや手柄を
また、誰が殺され誰が殺したかを
語ることはできないが、
一こと言えば、すさまじい数の死者が出て
その血で海は真っ赤に染まったのだ。
エネアスは戦場を駆け巡り
血の雨を降らせて、
ヴルカンが鍛えた業物《わざもの》の
切れ味を十分試した。
一太刀でも浴びれば、
必ず深手を負い
命を取り留める者はない。
その日エネアスは三*ミュイの血をほとばしらせた。
彼の太刀さばきを目にして
あえて向かってくる者はない。
エネアスも大暴れしたが、
パラースもよく戦う。
その歳で彼ほど武勇の誉れ高い者は
一人もいなかった。
肩を並べる者さえいなかった。
その日パラースは目覚ましい働きをした。
彼と出くわして、身の不運を嘆かない者、
鞍の上にとどまっていられる者はない。
槍さばきも見事なら、剣の腕前はさらに優れ
見事に血路を開いていった。
パラースが目を上げると
トロイ人の逃げて行くのが見えた。
トゥルヌスが息もつかせず
背後から斬りかかると、
彼らは海に駆け込み、泳ぎ出す。
トゥルヌスは三十人を泳がせたまま
まとめて斬りつけようとしていた。
パラースはそこを目指して駆け出し
近づく前からトロイ人に向かって叫んだ。
「この大事の折に何と立派なこと。

あなた方を異国に導かれたお方の偉業も
あなた方の手を借りてこそ。
たとえ命を落とすことになっても
卑怯《ひきょう》、臆病な振る舞いはできないはず。
ところがたった一騎の敵に
千人もの人間がさっさと逃げ出す。
その海に入ってどうしようというのか。
トロイへ引き返したいとお望みか。
海はそう簡単には渡れまい。
戦場に戻られよ。
海に入っても
身の安全は図れない。
海には砦もない。
それよりこちらで武勇を示されよ。
海を渡りたいとお望みなら
まずその前にやり返されよ。
これほど恥かしい死に方はない。
死を逃れ、さらに恥ずべき死を目指すのは
どうしてだ。何のためか、
さっぱり分かりかねる。
陸で鳥についばませるより
海の魚に
腐った死体を
食わせたいのか。
とどまられよ。先へ行ってはならない。
逃げては何にもなるまい。
たった一人にみんな追い回されているようでは
あなた方など助けても意味がない。
もしやつが向かって来ても
私は一歩も引かない。
もし私が真っ向から向かって行かなければ
臆病者と言ってくれていい」
トゥルヌスはこれを聞くと、手綱を握りしめ
馬を回し、パラースに向かって行き
自分に挑むのは何者かと
問いただした。
パラースは名を名乗り
手合わせを望むならいつでもいい、
準備万端整っている、見てのとおりだ、
白黒つけてやる、と言った。

二人は平らな浜辺で構えると
相手目がけて馬を駆る。
パラースは相手の盾の中央を槍で打ち
それを粉々にし
さらに、鎖かたびらを断ち切った。
しかし槍先は脇腹をかすめ
外に流れて
体を傷つけはしなかった。〔五七二〇〕
トゥルヌスも激しい一撃を返し、
両者は落馬した。
トゥルヌスはすぐさま起きあがり、
パラースも直ちに立ち上がった。
槍が折れたので二人は
剣を抜いて立ち合う。
激しく打ち込み合い
盾から木片が飛び散る。パラースは〔五七三〇〕
トゥルヌスの兜を正面から切りつけ
飾り石十三個
四枚合わせの垂れ一つを
七宝ごと切り落とした。
トゥルヌスはぐらりとよろめき
危うく倒れるところだった。
トゥルヌスはその激しい一撃から
相手が相当の手練《てだれ》と分かった。
もう一撃食らえば
耐えきれない。〔五七四〇〕
トゥルヌスは盾を構え、身を守りつつ突進する。
パラースもしっかりと身構え
一歩も動かなかった。
トゥルヌスはすきを見て不意を突き
盾の下から相手の体に
剣を鍔《つば》まで突き通した。
刺されたパラースは崩れ落ち
剣を投げ出し、盾も捨て
体を震わせ嗚咽《おえつ》を漏らすと、
その肉体から魂が離れた。〔五七五〇〕
彼は息絶え、トゥルヌスとエネアスの
どちらが妻をめとろうと
もはや彼には関わりない。
パラースには高い買い物になった。

この日が初陣。これ以前にこの若者は
戦や一騎打ちをしたことなどなく
合戦に出るのが早すぎたのだ。
けれどもその命を高く売りつけた。
初陣で敵を
百人以上も殺したのだから。
トゥルヌスは、彼の死体を前にして
指輪に気づいた。
それはエネアスが贈ったものだった。
そこには、ヒヤシンス石のライオンの子が
見事に象眼され
一オンス以上の金でできていた。
トゥルヌスはかがんで指輪を抜き取ると
指にはめた。が、それは愚かなこと。
後で後悔すると分かっていれば
そんな指輪など
決してとらなかっただろうに。
彼はこのせいで命を落とすのだ。
　トゥルヌスは死体を前に立っていた。
港につながれた一隻の船から
　一人の弓兵がそれを見て、
トゥルヌスに狙いを定め矢を放ち、
鎖かたびらの金環に穴をあけ
腎臓の下を浅く傷つけた。
トゥルヌスは軽く痛みを感じ
矢の飛来したのはどこからかと見回すと、
弓を手にした男が目に入った。
そこでその船目指してまっしぐら、
右舷に掛かる渡し板を見て
船に乗り込んだ。
舟底に隠れていた男を見つけ
首をはねた。
その間に、船をつないだ
錨の綱が切れた。
陸から吹く風は
船を沖へと押し出した。
トゥルヌスは、弓兵を殺したときには
家来のところへ戻るつもりだったが
それはかなわない。
船は流され、皆から引き離され、

波がつばめよりも速く
沖へ沖へと運び去る。
舵も取れず櫂もこげず、不運を嘆き
気も狂わんばかりだった。
陸で家来たちが倒されるのを目にしながら
戻ってやることができなかった。
引き返せぬと分かり
トゥルヌスは悲嘆に暮れる。
「ああ、何ということ、どうする。
もう喜びも心穏やかなこともない。
逃げ出したと人は言おう。
ああ、心が痛む。この船に乗り込んで
沖に流されるとは何という不運。
神々は私が憎いのだ。よく分かった。
神々はトロイ人に味方して
いつまでも助け
この国をやつらのものにしようとする。
戦を仕掛けるとは愚かなことをしたものだ。
風までやつらに味方する。
突然私を運び去り
陸から遠ざけた。
私は一ピエ分の土地も得ず
陸で死なせてさえもらえない。
引き返せそうにない。
見渡すかぎり海ばかりだ。
陸の影さえ見えなくなった。
海に飛び込むか
剣をわが身に突き立てるか
二つに一つだ。
もはや戻る当てはないのだから。
岸に帰りつけないなら
どうやって生きていけようか。
待てよ、まだ望みはある。
風が少しでも
左舷から吹いてくれれば
戻ることができよう。
今日戻って、トロイ人をたたきつぶす
戦いに間に合えば
日が暮れるまでにまだ四八人を
この剣で斬り殺してやれるのだが」

トゥルヌスの嘆きは深いが
直ちに引き返すことができず、
それどころか、三日が過ぎる。
やがてトゥルヌスは父*ダウムスが
治める町の下に流れ着いた。
嘆きは大きく怒りは激しかった。
これから三日は家来たちも
彼の加勢を得られないからだ。
家来の誰もが最善を尽くすしかない。
それまでは再会はかなわないのだから。
　トゥルヌスがパラースを倒した場所に
すぐさま現れたエネアスは
心の底まで打ちひしがれた。
「友よ、私のせいで殺され
無念だ。
お前をはるばる連れてきたが
親しくした時間は短かった。
しっかり守ってもやれなかった。
最善を尽くして仇は討つ。
トゥルヌスを見つけたら、必ず殺してやる」
そう言うとエネアスはその場を離れ
戦場くまなくトゥルヌスを探し回るが
いないのだから、見つかるはずもない。
代わりになりそうな者にも行き会わない。
ふと先を見やると、メセンシウスが
トロイ人を片っ端から斬り殺している。
エネアスはそちらに向かって拍車をかける。
たちまち二人は激しくぶつかり合う。
メセンシウスは彼に挑み
盾に激しい一撃を見舞うが、
槍は滑ってそれ、
盾には穴もあかず、傷もつかず
エネアスは鞍の上でびくともしなかった。
エネアスは低く構えた槍を
相手の腿《もも》の真ん中に突き立て
馬から落とした。
すると家来たちが駆けつけ
百人掛かりで助け出す。
盾に乗せて運び出し
まっすぐティベル河に向かい、傷を洗った。

傷口からは血がとめどなく流れ出ていた。
息子ラウススは、父が突き落とされたのを見て
憤懣《ふんまん》やるかたない。
そこでそのトロイ人に掛かっていった。
相手に自分の攻撃をかわさせず、
傷つき倒れた父の仇討ちを
自分の手で見事果たすつもりだった。
ラウススは盾を正面に構えると
相手目がけて馬を駆り、
二人の勇士はぶつかり合う。
ラウススは相手が構えた盾の
突起部を槍で突くが失敗した。
槍はまったく刺さらず、
貫くどころか、ひびすら入らなかった。
一方、エネアスは相手の盾に正面から
強烈な一撃を食らわすと
盾は砕け散り
環がちぎれ、鎖かたびらも裂けた。
さらに脇の下、脇腹近くを狙って
槍の切っ先を突き出したが
相手の体には刺さらなかった。
しかし鞍から突き落とした。
馬の頭を越え
相手は砂浜に転げ落ちた。
ラウススは伸びたままではいない。
剣を抜いて斬りかかる。
彼が徒《かち》、相手が馬上では
互角には戦えない。
ラウススは馬に斬りつけ
頭をあごまで断ち割ると、
馬上の者は馬もろとも
一塊に崩れ落ちた。
　エネアスは跳ね起き
全身に怒りをたぎらせて
兜の上からラウススをたたき斬る。
刃はあごまで達した。
エネアスは剣をこじり、突き倒して殺した。
今や主《あるじ》ラウススをなくした
馬に駆け寄ると、手綱をつかみ
地面からじかに飛び乗って

戦いを求めて駆け出した。
父の仇を討とうとして
高い買い物をして命を落とした相手を
大地に転がしたまま去った。
ラウススはうつ伏せに死んでいた。
家来たちはその周りに集まると
悲しみに暮れ
慟哭《どうこく》し、涙ながらに
口をそろえて彼の身の不幸と
自分たちの不運を嘆いた。
彼らは死体をティベル河まで運んだ。
深手を負った父が
そこに横たわり、息子はどうしたと
何度も尋ね、その身を案じていた。
父は息子をこの上なく慈しみ
気遣い、思い巡らすのは
自分のことより息子の身だった。
様子を尋ねに人を遣わそうとした
ちょうどそのとき、死体を運ぶ者たちの
嘆きの声が父親の耳に聞こえてきた。
父君の仇を討とうと
一騎打ちを挑み、
不幸なことに
エネアスに殺され、
大変痛ましいことながら、
亡くなった、と。
息子が死んだと聞いたとき
深手を負っていたせいで
父親はほとんど力尽き
立木に背中を預けていた。
かつてない深い悲しみに
打ちひしがれ、苦痛に苛《さいな》まれ
傷の痛みも忘れ
愛馬を求め
躊躇《ちゅうちょ》もせず武具をまとうと
手を借りて馬にまたがり、こう言った。
「今あの異国人を見つけたら
息子の恨みも傷つけられたこの身の恨みも
晴らして見せる。
どちらかが高い代償を払うことになる。

一騎打ちとなれば
私が死ぬかやつが死ぬかだ」
メセンシウスは馬にまたがり
浜辺を目指して駆け下り
合戦の場までまっすぐやって来る。
戦の一番激しい所に
エネアスの姿を認めた。
まず騎士を一人斬り捨てると
すぐさま彼の前に駆け寄って
言葉激しく一騎打ちを挑んだ。
「さあ、わしが相手だ。
その者たちは放っておけ。
お前は息子を殺し、この身にも傷を負わせた。
高い代償を払わせてやる。
二人分の恨みを晴らしてやる」
そう言うと、片足で拍車をかけ
エネアスに向かって突進した。
もう片方の足は使えなかったのだ。
拍車が入り馬は走ったが
大して前に進まない。
盾を打つ一撃も弱かった。
というのも、ほとんど力尽き
腿の傷のせいで
ひどく体が衰えていたからだった。
エネアスは槍を
相手の盾に突き通すと
そのまま胴の真ん中も貫いて
鞍から落とし、息絶えさせた。
この武者は息子の仇は討てず
言葉だけに終わってしまった。
戦いは延々と続いた。
多くの者が斬り倒され、突き殺され
夜のとばりが両軍を分けるまで
死闘は続いた。
一方は陣営へと退き
傷つき血を流す兵を運んで行った。
優勢だったもう一方も
城へと向かう。
パラースは城に運び入れられた。
エネアスはパラースを他の遺体の中に

残しておくのが忍びなかった。
その晩エネアスはきちんと遺体の番をさせた。
　攻囲軍には指揮者がいなかった。
翌朝、日の出に
伯や侯が集まり、
エネアスに使者を遣わし
十五日の休戦協定を結ぼうと
衆議の末決めた。
その間に死者を埋葬し
負傷者の手当てをするのだ。
使者たちは出発した。
彼らは手に手にオリーブの枝を持った。
それはこの時代の平和、協調
そして友愛のしるしだった。
朝早く使者たちは
モントーバンにやって来た。
彼らに門を閉ざす門番はいなかった。
オリーブの枝を携えているのを見たからだ。
使者たちはとがめられず城内に入ると
天守まで上っていった。

そこにはエネアスがおり、
こんなに若死にするとは
何という不幸かと
パラースを悼んでいた。
　使者たちはエネアスの前に進み出ると
手にしたオリーブの枝を掲げた。
アヴェンティヌスが使者の口上を述べる。
この者が一番の賢者と思われていたのだ。
「殿、しばらくお耳をお貸しください。
ここに参ったわけを
手短に申し上げます。
我々は互いに激しく戦いました。
我が軍は城を攻めましたが
落とすことができずにいます。
昨日はあの浜に上がったあなたに
矛先を向けました。
正邪いずれにせよ
我が軍の多くが死にましたが、
それは双方同じこと。
トゥルヌスが兵を集め

他国からも呼び寄せたのですが、
そのトゥルヌスの生死は知れません。
そこで我が軍の諸侯が
衆議一決し
一五日の休戦に同意いただこうと
我々をここに遣わしました。
そうなれば、こちらは死者を荼毘《だび》に付し
埋葬し、弔います。
死者を放ってはおけません。
死者相手の戦はなりません。
その間にトゥルヌスが戻らないなら
彼も最期。その先のことは関知しません。
もし戻らなければ、あなたは我々と
思いどおりの和平を結べましょう。
死者たちのために休戦をお願いしたい。
あなたもそうされてしかるべき。
あなたのために命を落とし野にさらされた
そちらの死者の埋葬に心尽くされよ。
我らの森のどの木でも
自由に薪とされよ。

〔六〇四〇〕

〔六〇五〇〕

そちらの兵が我が兵たちと
共同して安全に動けるようにいたします」
エネアスはこれを聞いて口もとをほころばせ
使者に向かって言った。
「あなた方は死者のため休戦を求められる。
我々のほうからそれを損なうことは望まない。
我々は生きている者たちに休戦を言い渡そう。
兵たちが望むなら期限も切らない。
我がほうからあなた方に害をなすことはない。
誠をもって休戦に応じよう」
両軍が休戦を誓い合う。
使者は引き返し
陣に戻って、見たこと
休戦を約したことを報告した。
そして死体をすべて運び
火葬のための薪を積み上げ
荼毘《だび》に付し埋葬するよう
陣中にくまなく伝えさせた。
そう告げられた兵たちは
すぐさま仕事に取りかかる。

〔六〇六〇〕

〔六〇七〇〕

大急ぎで薪を切り出す者
薪を運ぶ者
死体を集めに行く者
誰もが作業に精を出す。〔六〇八〇〕
荷車で一万体を運び
薪の上に乗せ、火をつけて
習慣に従い
灰を地中に埋めた。
城の者たちも同じように
皆で木を切り出して
死者を運び、薪を積み上げた。
彼らの習慣に従い
荼毘に付して埋葬し
盛大に葬式を執り行った。〔六〇九〇〕
彼らはトロイのしきたりどおり
埋葬の際には祭事を盛大に執り行った。
攻囲軍の者たちは弔いを終え
ロラントへと引き揚げるとき、
八日の内にトゥルヌスが戻らなければ
二度とこの地には戻らないと言い残す。

しかしトゥルヌスは道を急いで
四日目には彼らに追いついた。
日数の残る休戦に
トゥルヌスはいらだつ。
もしトロイ人が休戦を破れば
高い買い物をさせてやるのだがと口にした。〔六一〇〇〕
エネアスは周囲を見て回り
すべての死者を埋葬させると、
パラースもここには置いておけない
父君のもとへ送ろうと言った。
そして豪華絢爛《けんらん》に
棺を整えさせた。
轅《ながえ》は象牙で
端まで金で細工されていた。〔六一一〇〕
桟もそっくり同じ作りで
細かく金象眼されていた。
棺の止め帯は絹製で
見事な編み上げ帯だった。
ティール織りのフェルトと
ガラティア産の厚布を敷き

その上に絹の上掛けがかけられていた。
これはパリスがテッサリアから持参した品で、
表は金糸の刺繍《ししゅう》が施され
四隅に七宝細工が縫いつけられていた。
パラースは美しく金糸で織り上げた
衣を着せられた。〔六一二〇〕
それはディドーがエネアスに恋したときに
彼に贈ったものだった。
パラースは棺に寝かされ、
四頭の馬がつながれた。
遺体の上には覆いがかけられていた。
この覆いはどんな王の持ち物より立派で
プリアムスが娘とともにエネアスに授けたもの。
さらにその上に〔六一三〇〕
日よけの幌《ほろ》が
周囲を覆うように巡らされた。
トゥルヌスに殺されるまでに
パラースが自分で勝ち得たものはすべて
武勲を思い出すよすがに
棺の前を運ばせる。

そして、三百人もの騎士を
軍馬にまたがらせ
遺体に随行させるのだ。
道中の安全を期すための
蝋燭《ろうそく》を持たない者、
武器を持たない者はいない。〔六一四〇〕
準備がすっかり整うと
エネアスは遺体に口づけし
パラースに向かって優しく語りかける。
しかし彼にはその声も言葉も届かない。
「パラースよ、若さの華よ、
ともにこの地に来たことを
私が悔やまない日はあるまい。
しっかり守ってやれなかった。
私がそばにいず、死ぬ羽目になったからには
その罪も咎《とが》も私にある。〔六一五〇〕
この仇は討つ。
剣であれ槍であれ
奸知狡知《かんちこうち》でお前の命を奪った極悪人を
必ず成敗してやる。

運命とはいえあまりにつらい。
不運に見舞われなければ
やつの手で捕らえられることも
殺されることもなかったろう。
お前は血気盛んで
武勇の誉れも高かったが、
嫉妬の神は
お前の手を借りこの戦を終え、
お前も死なず、私が国を得ることが
許せなかったのだ。
すべてを手に入れたあかつきには
お前とこの国を分け合うつもりだった。
今この土地はお前のものだ。
しかし、取り分はまことに少ない。
父君の嘆きは大きかろう。
お前の訃《ふ》報が伝えられるとき
母君は身も心も凍えよう。
暇《いとま》をこうた日に
私はお二人に請け合った。
戦や闘いの場では
お前が殺されぬよう必ずそばにいると。
お前は死に、私は生きているのだから
父君、母君に大嘘をついてしまった。
お二人はいつまでも悲しまれるだろう。
お二人を悲嘆の淵に沈めたのはこの私だ。
お二人が喜びを得ることはもうあるまい。
いつまでも私を恨むだろう。
お前のことでひどい仕打ちをしたのだから。
友よ、何と言っていいか分からない。
この世の生は何ともはかない。
昨日の朝お前はほんとうに美しく
この空の下お前より美しい若者はいなかった。
お前は見る見る変わっていく。
血の気は失せ、青白い。
白かった肌は黒ずみ
顔色もくすんだ。
美しき人、華麗なる若者よ、
太陽がばらの花をしおれさせるように
死がたちまちお前を手なずけ
すっかり萎《しぼ》ませ、今や全く別人だ。

私の声も言葉もお前には届かず、
それゆえいっそう胸が痛む。
お前は答えてはくれない。
言うべき言葉もない。
お前の魂が苦痛や苦悩を味わわず
速やかにエリゼの園に行き着かんことを。〔六二〇〇〕
地獄のかなた
善人たちの暮らすかの場所に。
私がそこに赴き、父に会い
語り合ったのもさほど昔のことではない。
お前の魂が我が父の善良で幸いなる魂と
一緒になりますように」
エネアスはそこで絶句し、言葉を継げなかった。
心が悲しみで満ち、悲痛のあまり〔六二一〇〕
気絶し、遺体の上に崩れ落ちた。
意識が戻り、立ち上がると
涙ながらに遺体に口づけした。
エネアスは棺の出発を促し
葬送の一行を旅立たせた。
自分もともに城外に出て
一里余り
棺の後を追って行った。
エネアスは家来たちに引き止められ、
遺体は道を先へと進む。
別れの時になり
さんざん嘆き、何度も深くため息をつく。〔六二二〇〕
行列が見えている間は
背を向け引き返すことができなかった。
一行が見えなくなると
去りがたい思いを押し殺して歩き出す。
つらい思いを抱きながら
家来たちをモントーバンに連れ帰る。
　遺体に随行する者たちは
パランテへと道を急ぐ。〔六二三〇〕
町に着くまで
夜昼なく道を進んだ。
早朝、日の出と同時に
天守と塔が見えた。
太陽が昇るとともに
棺は城内に入っていった。

知らせはたちまち伝わり
町中が大騒ぎになった。
住人たちは遺体に駆け寄り
女たちは泣き叫ぶ。
この若者の死をを悼まない者はいない。
王は城の高みにいたが
町の騒ぎが耳に入り
何ごとかと
人々が騒ぐわけを調べに
すぐさま人を遣わした。
使いの者は戻ると
王に告げた。
ご子息のパラース様です、
エネアスがご遺体を送って参りました、
城下の者たちがそれを悼んでいるのですと伝えた。
王はその知らせを聞くと
年を取り白くなった髪を
両手でかきむしり
顎髭《あごひげ》を指で引きむしる。
二十度以上も卒倒し
頭をぶつけ、顔を打ち
涙ながらに棺のほうへと駆け出す。
一方、王妃もこれを耳にし
顔も胸もかきむしり
部屋から広間へと駆け出し
髪振り乱し、血の気を失い
遺体のもとへ駆けつける。
広間の入り口で
父は息子に対面し、
反対側から母も駆けつけた。
二人は千度も気を失い、息子の上に崩れ落ち
あらゆる神々を非難する。
息子の身をお守りください、
戦の場ではお助けくださいと
二人は毎日神々に祈り
祭壇に供物をささげていたのだから。
広間の入り口で
遺体を輿《こし》から下ろし
宮廷に運び込むと
蝋燭《ろうそく》を千本灯した。

トロイ人たちが進み出て
王に大変な贈り物を差し出した。
彼らは王のもとにパラースの捕虜五百人を
縄で縛り連れて来ていた。
また彼が戦いで殺した
二百人以上の騎士の
武具や軍馬を王に見せる。
そしてどれほど勇敢だったか
騎士の務めをどのように果たしたか、
またどのようにトゥルヌスが襲いかかり
残酷にもパラースを殺したかを報告する。
またトゥルヌスが負わせ、
丈夫な絹糸で縫い合わされた傷を示す。
王はそれを見ると心が痛み
王妃は顔を背けるばかりだった。
息子の大変な勇気
手柄の数々や気高さが
語られるのを聞く父母が
悲嘆に暮れるのも当然のこと。
息子をこよなく愛していたのだから。
息子の評判が高まれば
愛する者の心はいっそう痛んだ。
息子の前に立つと
王は涙を流し、悲しみに暮れた。
「息子よ、お前が死に
私が後に残される日が来ようとは
長生きをしすぎた。
この先誰がこの国を守るのか、
いつの日かお前が継ぐはずだった
この王国、我が領地を。
もはや国を治める息子もなければ
助けてくれる武将もいない。
我が権勢も尽きた。誰の目にも明らかだ。
老いさらばえ、世継ぎもいないのだから。
この国の民が、私の血を引き正当な継承による
王を頂くことはない。
お前を失い、生きているかぎり
私はあざけりの的になるのだ」
父が大声を上げて嘆く傍らで、
母もまた泣きくれる。

「いとしい息子よ、そなたを得たことこそ
不幸そのもの。かくも若いまま果てたのですから。
あの日トロイ人に出会ったのが不幸の始まり。
あの者たちを恨み続けましょう。〔六三二〇〕
あの者たちについては悪行、不実
裏切りのことしか聞いたことがありません。
あの者たちの来訪こそ災いあれ。
そのせいで私は生涯を台なしにされました。
息子よ、そなたは高い代償を払ったものです。
あの者たちの誓いは実がなかった。
あの者たちは助けを求めてこの地に来ました。
戦に疲れ果てていたからです。
エウアンデルは私の言葉を信じようとせず
そなたをあの者たちとともに旅立たせました。
あの者たちはそなたを連れ去ったのです。
そなたが見せられたのは不実な誓い。
あの者たちを知ったのは何という不幸。
そなたがこの地を離れてまだ間もない。
なのに今、死んだそなたを送ってよこした。
こんなことは慰めにはならない。
届けてよこした贈り物は
心の傷に塩を塗るようなもの。
あれらの騎士をそなたが打ち負かし
虜《とりこ》にして手柄を立てても、〔六三四〇〕
また、勝ち取った
甲冑《かっちゅう》や馬も見えますが
手柄はほとんどがあの者たちのため。
トゥルヌスはすっかり勢いをそがれましたから。
あの者たちに仕えたそなたが命を落とし、
こんな土産にどんな価値があるのです。
私にはまったく分かりません。
いっそう悲しませる。
そなたに宿っていた大いなる勇敢さも
私たちは知っております。だから
そなたを讃える声を聞けば聞くほど〔六三五〇〕
悲しみは増すばかりです。
今後はもう神々に祈りなどしません、
祭ることもしません。
二度とお勤めなどしはしない。
無駄なことをしたものです。

これまで毎日敬虔《けいけん》に
もの惜しみせず供物をささげてきたとは。
願いを聞き届けてくれなかったのだから
神々は眠り込んでいたに違いない。
さもなければ人を助けたりその命を守り
保護することなど、神々にはできはしないのです。
神々の全能の証《あかし》がこれでは
あまりにむごい。息子よ
神々は助けるどころか足を引っ張った。
守るどころか、そなたを死なせた。
何と哀れな。この悲しみを消す慰めなど
死ぬまでありません。
これからは悲しみに暮れて生きるだけ。
むしろ死神に捕まって死ぬほうがいい」
　王妃は慟哭《どうこく》し続け、
王は何度も失神した。
悲しみに暮れる二人を見た者も
涙を流さずにはいられなかった。
王は召使いたちを呼び、
息子を王として
ならわしどおりに
埋葬するよう命じた。
彼らはまず遺体を包む布をはぎ
履き物も脱がせ
体も傷口も、まず普通のぶどう酒で
次いで芳香酒で洗った。
死体はわずかに黒ずんでいた。
絹布でよくぬぐい
金髪を切りそろえると
香料を振りかけた。
彼は美男で、髭《ひげ》も生えそろってはいなかった。
腐らないように、
また異臭を発しないように
新鮮なハッカを塗り込んだ。
母の贈り物だった白い長衣を
まとわせ、
女神が三人がかりで織った
金糸刺繍《ししゅう》の施された
深紅の寛衣を着せた。
両の足にはサンダルを履かせ

黄金の拍車を
金糸を織り込んだ紐で結びつけた。
王のように着飾らせ、
指輪をはめた。
それには美しい高価な縞瑪瑙《しまめのう》が一つ載っていた。
召使いたちはその上から白い衣を着せ
頭に冠を載せた。
王は王杖を持たせた。
装いがすっかり整うと
遺体を神殿へと運んだ。
神殿では盛大に供物をささげ、
ならわしどおりに葬儀を行った。
神殿の外、少し離れた所に
王が自分の墓として
念入りに築かせた円天井の石室があった。
それはけた外れて豪華だった。
まことに美しく
石棺も整えてあった。
王はいつ死ぬにせよ
それに入るつもりだった。

しかし先に納められたのは息子だった。
そう思うといっそう心が痛んだ。
円天井は歪《ゆが》みがなく
これほど美しいものはどこにもなかった。
窓は奥に一つあるだけで
他には明かり取りもなかった。
その窓はヒヤシンス石やベリル石と
銀とで作られていた。
外壁は全体が
瑕《きず》のない見事な大理石の一枚岩からできていた。
タイルは百色で
獣や花が彫り込まれていた。
上を覆う天蓋《がい》は
黒檀《たん》製。
頂には金めっきされた銅の
針棒がそそり立っていた。
それが三つの球を貫き、
その上に
純金で鋳造した一羽の鳥が留まっていた。
これは風が吹こうと嵐が来ようと動かなかった。

丸天井はあまり大きくなく
内側は金粉で絵が描かれていた。
ぐるりに支柱
幕屋、アーチ、
他にもさまざまな調度が描かれ
見事な彫刻が施されていた。
そこには金、上質の七宝、
天然の宝石が使われていた。
柱、軒蛇腹《じゃばら》、柱頭は
真鍮《しんちゅう》や黒金で象眼されていた。
下の敷石は
虹色石英や水晶だった。
円天井の真下、真ん中に
王が自分のために用意した
棺を置かせてあった。
王の棺としてそれ以上のものは見つからない。
全体が発色結晶石で
目を見張るほど高価なものだった。
荘厳で、美しく輝き
四頭の小さなライオン像の上に載っていた。
このライオンは純金を刻んで作られ
黒金象眼が施されよく磨かれて
四隅に据えられていた。
麗しく気高く勇ましかったパラースの
遺体がそこに納められた。
王の衣装をまとい
王杖と剣を持たされた。
頭を高くして
顔が少し前に傾《かし》ぐように
枕をあてがった。
そして純金の吹管の端を
左右の鼻の穴に一本ずつ差し込み、
反対の端を二つの壺《つぼ》に差し入れた。
一つはすばらしく立派な金の壺で
ぴったり一スティエ*入りだった。
それにはバルサムがたっぷり入っていた。
もう一つの壺は紅縞瑪瑙《しまめのう》で
テレピン油がたっぷり入れてあった。
これらの壺は詰め物で栓をし
丈夫な蓋《ふた》をはめ、遺体の中へと続く管以外から

こうした特別な液体の
芳香が外に漏れず
体内に行き渡るように
蝋《ろう》でしっかり封がされていた。 〔六四八〇〕

これらの香りが遺体を腐敗や傷みから
いつまでも守り、悪臭が出るのも防いでくれる。
その液体が遺体に触れているかぎり
腐敗することはないのだ。
このような処置を施すと
アメジストの一枚石の
蓋を閉めた。
その天辺には純金の帯が巻かれ
二行にわたって文字が刻まれ
次のように読めた。 〔六四九〇〕

「この墓の中に眠るは
勇しく麗しく高貴な人パラースなり
そは王エウアンデルの息子
一騎打ちにてトゥルヌスに命を奪われり」
墓は少し高くなっていた。
墓所を封じるためにアスファルト湖の
瀝青《れきせい》が用意してあった。
瀝青は少しでも乾くと
唯一あるものを用いないかぎり
粉々に砕けることはない 〔六五〇〇〕

そうした性質がある。
そのものの名を、こっそりではなく
はっきり言うことは
良いことではなく、品位を下げる。
墓所は大変立派で、
大柄であった騎士に
ふさわしい大きさだった。
大きすぎず小さすぎることもなかった。
パラースは闇の中に横たわるのではなかった。
上からランプが下がっていたのだ。 〔六五一〇〕

ランプは金の鎖でつられ
芳香油で満たされていた。
これだけでも驚くほど贅沢《ぜいたく》なこと。
灯心は石綿
燃える石で出来ていた。
その性質から

燃えてなくなることはなく
火も消えない。
王はランプに火を入れさせた。
これでもうつけ直す必要はない。
王は百度も外側の宝石に口づけしたが
立ち去る際、何度も気を失う。
王妃も悲嘆に暮れ
なかなか立ち去れなかった。
中に遺体だけを残し
全員が外に出ると、
もう誰も中に入らぬように
王は入り口の扉を閉ざし、目止めをさせた。
トロイ人たちは王に暇をこい
来た道を引き返した。
モントーバンに戻ると
その日はちょうど
取り交わされた休戦期間の終わる
期限の日だった。
それで皆は直ちに戦いや
戦闘、一騎打ちに備え始める。

　ラティヌス王はロラントにいて
愚かにも、またむなしく
家来を亡くしたことを
悲しみ、嘆いていた。
そこで、諸侯全員に使者を出し
宮廷に集めさせた。
集った諸侯の中にトゥルヌスもいた。
王は彼らに思いを語った。
「諸侯方、この戦は
我が国を破滅に導き
我らが家臣、他国の兵大勢の
命を奪ったが、
わしが始めたのではないのは分かっておろう。
わしの意に沿わぬし、許してもいない。
望んだこともなく、今でも望みはしない。
これは大それた思い上がりが引き起こしたのだ。
神々に刃《やいば》を向けた者は
皆、悲惨な目にあう。
神々がトロイ人を守っているのは
ずっと前から分かっていた。

あの者たちは神々の一族に近しいのだ。
無法を働いてはならぬ。
あの者たちが不幸、災いに見舞われて
神々がそれを苦にしないと思うか。
皆分かっていよう。
あの者たちには確かに神々がついている。
あの者たちが包囲された日
神々は彼らをお前たちの攻撃から助けた。
彼ら一人にこちらは四人がかりだった。
戦闘になって
敵一人が死ぬと
我々は十五人を失った。
この先はあの者たちに和平を
もちかけることを提案したい。
すでにたっぷり悪行を重ねてしまった。
さらにひどい目にあうやも知れぬ。
この国には
ずっと荒れたまま
人も住まず
耕されも、種もまかれぬ土地がある。
それはトスカナの岸から
シカーニアの流れに至る
広大で一続きの、巡って歩けば
四日かかる広さの土地だ。
実に美しい所で
人が入れば豊かで良い土地になる。
広く深い森に
草原、河川
ぶどう作りに良い傾斜地もある。
これならあの者たちの気も引けよう。
この土地は我らに益したことはなかった。
お前たちもそこから何も得たことがない。
もし賛同が得られるなら
わしは彼らに申し出る。
その地を与えて、壁を築き塔を建て
掘割、城館、町や村を造らせると。
また何であれ我々と分かち合い
彼らの民と我らの民が一つになるようにと。
もし彼らが、ここにはとどまらない、
わしが勧める土地など欲しくはない、

他国へ行きたいと言うなら、
港に入っていたときに
不当にも燃やしてしまった彼らの船を
直させようし　〔六六〇〇〕
望みどおりの形で返そう。
ここには木材がふんだんにある。
彼らは何も負担することはない。
こちらの者たちに何でもさせる。
金銀に絹布、織物
雄馬も雌馬も儀仗《ぎじょう》馬も
エネアスの望むだけ持たせよう。
わしは何度も考えてみた。
神々が愛し、その導きでこの国に着き
名乗りをあげたと分かっている　〔六六一〇〕
あの者たちと和平を結ぶ
その方法を。
しかし念を押しておくが
お前たちを無視しては何もしない。
わしの考えがどうであれ、お前たちが
そう望まなければ、和平を申し出たりはしない。

これについて言いたいことがあるなら
何でも聞こう。
よいか、わしは意見を聞かぬ男ではない。
意見を求める者はそれに従って当然。
自分のよりも優れた考えを聞いても
他人の言葉だから気持ちは変えぬと　〔六六二〇〕
そう言うぐらいなら
人に助言など求めるべきではない。
あの者たちと和平を結ぶことについて
お前たちの勧めるようにしよう」
諸侯たちはトロイ人らを引き留めたい
と王が言うのは大した分別だと
言い合った。
トロイ人がその気になれば
いい働きをしてくれそうだからと。
ただし王がその気にさせられればだが。　〔六六三〇〕
　ドランセスが立ち上がった。
彼は権勢もあれば弁も立つ
高貴な一族の者だった。
宮廷に彼より見識の高い者はなく、

言葉巧みに
賢明な意見を述べ、
筋の通った話をし、
彼に勝る判断を下せる者はいなかった。
ただ、言葉に長けてはいたが
武将の気概には欠けていた。
「殿、ここにいる者たち全員に代り
お答えいたします。ただ、よく心得ておりますが
トゥルヌスはゆえなく私を憎んでおります。
しかし、できるかぎり気にすまいとしますし
今日もそのことはうまくかわします。
彼の傲慢さなど取り合いませんし
彼の強制もこの身には及びません。
彼にへつらうなど決していたしません。
彼に遠慮して、私の知るところや
思うところを言わずにいることはありません。
殿の言われたこと、それこそ分別と申すもの。
トロイ人と和平を結び、
もしこの地にとどまりたいと望むなら、
国土の一部を与えようとのお考え。
しかし彼らをとどめておこうと言うなら、
お言葉が少し足りないように思われます。
姫を彼らの主君エネアスにお与えなさい。
彼の使者がここに参ったときに
そう約束なさったではありませんか。
これ以上の姫の嫁がせ方はありません。
我らはこぞってこの婚儀に賛成いたします。
お与えにならなかったために
多大な損害が出たのです。
多くの者が高い買い物をしたのです。
この約束を果たさなければ
もっとひどいことになりましょう。
トゥルヌスは、彼が姫をめとるのを望みません。
自分の妻にと望み、そう申し出ております。
彼は自分が妻にして当然と申しております。
殿が自分を継承者にと約束されたのだからと。
殿自らが自分にそう誓われた、
だから、他に姫を嫁がせられるはずがないと。
後からトロイ人にどんな約束をしたにせよ
それは不当なことだと。

殿のゆえであっても、自分は何一つ失うことはない、
自ら領主、王を名乗り
もし何か失うことになるなら高い買い物を
させずにはおかないと申しているのです。
そうなれば、雑兵であれ騎士であれ
一万五千の命が失われましょう。
彼ならやすやすとやってのけるでしょう。
自分の懐は痛まないのですから。
我々が皆殺しになっても
彼には何でもないでしょう。
彼の望みどおりにそうなれば
悲しい振りでもして見せるでしょう。
この国と姫を戦わずして手に入れれば
他には何も要らないのですから。
結局王国が手に入りさえすれば
誰が殺されようと、彼には関係ないのです。
我々はここで話し合いましたが
そのようなことになってはならないのです。
彼が姫を妻にと望み
あなたの後を継ぎたがっているのですから。

もしそれほど姫を求め、愛しているなら、
またエネアスも彼を向うに回して姫を望む以上、
一対一で戦わせなさい。
二人に姫を競わせるのです。
それぞれが自らの要求するものを賭けて戦い、
我々は遠く離れて
どちらが勝つか見ているのです。
それから勝った者と手を結ぶのです。
一人に姫を勝ち取らせ、妻にさせるのです。
他のやり方ではうまくいきません」
　トゥルヌスはドランセスの話を聞くと
激怒して飛び出してきて
彼に向かって言い放った。
「お前がいると我々の得るものはほとんどない。
お前の盾はいまだに無傷。
いざというときにお前を見たことがない。
評定をしなければならぬなら
お前の話も聞いてもらえよう。
お前も題目唱えてぶつだろう。
そこではお前もたいそう立派なことだ。

が、戦をせねばならぬときには
お前は打って出ようとしない。
打って出る者が損をする。
お前の母はお前以外に子がない。
お前はそれを考えているのだ。
大した分別だ。遠くでじっとしてるがいい。〔六七二〇〕
お前は馬鹿でも阿呆でもない。
斬り合いが怖くないなら
さっさと前に出て来てみろ。
もし相手が両手を縛ったうえで
戦うと言うなら
お前もすぐに掛かって行こう。
お前の武具は高かったのだ。
大事にしまっておかねばならん。〔六七三〇〕
盾に穴があいたりすれば
それこそとんだ大損害。
盾が無傷であるかぎり
余計な銭も掛かるまい。
お前の馬はたいそう足が速い。
この軍にこれほどの馬はいないぞ。

しっかり仕込んであるから、武器を見るなり
直ぐ立ち止まり梃子《てこ》でも動かない。
いやむしろ、逃げるように仕込まれていて
追いつける馬はいない。〔六七四〇〕
少しでも形勢が悪くなれば
自分の剣より
馬の足の速さがよほど頼りになる。
お前の乗った馬が血にまみれることはない。
誰より口がうまいのだから、
お前の戦いは舌が武器だ。
加勢してくれても何も得られんぞ。
お前の盾や槍を当てにしたら
助けてもらうどころかひどい目にあうのがおちだ。
お前に信頼などおけるものか。〔六七五〇〕
お前の助太刀で姫と領土とを
手に入れようなど思いもせんぞ」
　ドランセスはトゥルヌスの
臆病者呼ばわりする
怒りの言葉を聞いた。
彼は答えた。「それはまさしくほんとうのこと。

これまで一度もそんな苦労をしたこともない。
これからも決してなかろう。
儲けをすっかり引き出そうとする者は
敢然と事に当たらねばならん。
ときには破滅も覚悟の上でな。
私には戦で得るものも失うものもない。
この身さえ守っていられれば
傷を負うこともない。
もし私が死んで冷たくなっても
お前は私の死を悼んだりはしまい。
お前のせいで殺された者たちのために
悲しみに暮れ、死を悼んで涙を流し
髪を引きむしるところが見える。
お前は立派な慰めになるぞ。
この目に見えるお前の悲嘆ぶりを
私のためにも見せてくれるか。
もし私がお前のために命を落とし、
そのお陰でお前がこの国を得て
その傲岸《ごうがん》ぶりを臆面もなくひけらかすなら、
私の魂もさぞ祝福されるだろうに。
王の娘を得られたときには
私を悼んで悲しみに暮れるか。
私のことなどすぐに忘れてしまうだろうが。
これまで私はそうならないようにしてきた。
今後もそうしよう。
誓って、私ドランセスは
お前のためにそんなことをしようとは思わぬ。
お前のためなら死んでもいいなどと
おためごかしを言おうとは思わん。
そんな風にはなりたくないぞ。
私のほうからきっぱり言ってやろう。
お前はまず妻、それから国を
そっくり自分のものにしたいのだから
勝手に一人で戦うがいい」
ドランセスは王のほうを向いて言った。
「殿、私の言うことをお聞き下さい。
私たちはこの問題についてここで話し合いました。
しかとお心に留め置きください。
これに居並ぶ重臣は皆お話を伺い
筋の通ることなら受け入れます。

殿はあのトロイ人に姫をお与えになり
あの者に領土も継がせるのです。
トゥルヌスが姫を守ろうと思えば
トロイ人に対して戦いを挑むことができます。
もし一騎打ちで姫を勝ち取れば
トゥルヌスが全領土とともにめとればいいのです。
先ほども申し上げましたが
彼ら二人以外の誰かが死ぬことはよしといたしません」
　トゥルヌスはすっと立ち上がり、前へ出ると
王のほうに近づき
その場で、重臣皆が見守る中
決闘の担保《かた》を差し出した。
姫を勝ち取れば、自分一人の手で
すべてけりがつくことになる。
そして、この御前会議が認めるなら
皆にその決着がつくのを見てもらうほうがいいと言った。
王はトゥルヌスが決闘の担保を差し出すのを見たが
まだこれを受け取ろうとせず、
まずはトロイ人のもとに使者を送り
あの者が自分の力で姫を勝ち取ることができれば
戦は終わるだろう
そう知らせようと言った。
あの者がこれを受ければ、決闘ということになる。
城外のあの島で
皆が見られるように日取りを決めねばならぬ。
そこには当人たちしか行かぬこと。
そして決闘で相手を倒した者が
すべてをそっくり手にするのだ。
さてトゥルヌスはこれを受け入れ
王としてはもう
トロイ人にどんな書状の送り方をするか
何を、誰によって知らせるかを考えればよかった。
彼らがあちらに誰を送るかについて
協議していると
一人の伝令が「トロイ人たちが来た。
国中を覆い
この町を攻めようとしているぞ」と
大声で叫びながら、広間の中まで
駆け込んできた。
御前会議があまりにも長すぎたのだ。

広間は大騒ぎとなり
評定衆は皆散った。
席から飛び上がり、手間取ることなく
我先に武器を取ろうと駆けていく。
先に話し合った取り決めは
すっかり忘れられた。
すなわちトゥルヌスとエネアスが
一対一でやり合うことはなくなり
皆で戦うことになる。
町中が恐れおののき大騒ぎ。
そのうち決戦ともなれば
死体の山が築かれよう。
攻め手が町に近づくと
町の者たちは城壁に登り
石や尖った杭《くい》、
槍、盾を携えている。
奥方、町女、娘たちは
神殿、礼拝堂へ行き
祭壇に生贄《いけにえ》をささげ
すべての神々に町をお守り下さい、
外を取り囲み
戦支度の整ったトロイ人たちが
町を占領したり
火を放ったりさせないようにと祈っている。
トゥルヌスは真っ先に鎧兜を身につけ
二万の騎士を従える。
彼が先頭を行き、騎士たちが後に続く。
ドランセスが武具を着けていないのを見ると
彼に言う。「今日はトロイの者たちにとって
喜びも武運もさぞかし大きかろう。
お前の鎧が戦の担保なのだからな。
お前がいれば敵に大きな痛手を与えたろうが
さぞかし死人が出ることだろう。
損害は甚大になるぞ」
　ドランセスが言う。「お前のことで
斬り合いをするために
剣を抜こうとは思わぬし
盾を手にする気などない。
すべてを手に入れたがっているのはお前なのだから
お前自身でこの戦のけりをつけろ。

自分ではそうせず
他の者たちにやらせようとしている。
お前は二万の軍に前を行かせるが
誰もお前に助けてはもらえぬ。
せいぜいうまくやるがいい。お遊びではないぞ。〔六八八〇〕
あちこちで部下が危ない目にあうのだ。
お前のためなら殺されてもいいと思う家来を
かり集めることができる間は
その者たちのずっと後ろにいる。
部下が危なくなってもお前は出ていったりはしまい。
口が達者なことよ。
お前は、何があっても
自分で行く勇気がないところへ犬を駆り立てる
百姓の知恵がある。〔六八九〇〕
お前はそんなことをしているのだ。
自分で行きたくないところへ
家来たちを追いやるのだから。
ほら、外ではエネアスがお前を待っているぞ。
妻を勝ち取ろうと来ているのだ。
さあ、お前のほうも受けて立て。
カスティリア産の馬に拍車を入れろ。
それとも、他の者に
藪《やぶ》の中の蛇を引っぱり出させようというのか。
お前にそんな愚かな仕え方をする者は〔六九〇〇〕
ほんとうに馬鹿で間抜けだ。
いいか。わしならそんなことは絶対せん。
お前に雀を食べさせるために
藪をバタバタたたいたりするものか」
それを聞くや、トゥルヌスは馬に拍車を入れた。
そして、城門まで下りて来ると
カミーユを見つけた。
彼女は戦支度をし、彼を待っていた。
馬にまたがり、出陣を待つ
三千の騎士を従えている。〔六九一〇〕
色とりどりの軍旗、
旗印を付けていない者はいない。
カミーユはまことにきらびやかな一団を引き連れ
彼女自身もしっかりと身支度を整え
千頭にも値する
斑《ぶち》模様の軍馬にまたがっていた。

馬の掛け物はアーミン皮、
緋色の糸の縁取りは
真っ赤だった。
それは驚くほど見事な出来栄えであったが　〔六九二〇〕
彼女の旗印も同じ作りだった。
カミーユは槍を突き
首に盾を掛けていた。
それは象牙製で止め金は金、
つり紐は金糸の刺繍《ししゅう》が施されていた。
彼女の鎖かたびらは雪のように白く
光り輝く兜は
四面とも純金がかぶせてあった。
鎖かたびらの頭巾は
金髪を外に引き出し　〔六九三〇〕
それが彼女の全身を
覆うようになっていた。
髪は彼女の背で風にそよぎ
馬の背まで届いていた。
トゥルヌスは彼女を見ると、そちらへと行く。
彼女のほうも歩み寄り
ほほ笑みながら彼と言葉を交わす。
「あなたのせいで私たちは遅れているのよ。
外には先駆けが走り回っているのに
私たちは一日中じっとしているってわけね。
あなたを待ったりしなければ　〔六九四〇〕
とっくにあいつら目がけて打って出ていたでしょう。
そうすればもう三百人は殺していたわ。
私たちがここに閉じ込められて
こんなふうにぐずぐずしていると
臆病者に見えるじゃないの」
　トゥルヌスは娘に答えて言う。
「姫、わたしの聞いた話を
お聞かせしよう。
放った間者によって分かったのですが
エネアスはずっと後方におり　〔六九五〇〕
樅《もみ》の林の
小道を通ってくるらしいのです。
その道はとても通りにくく
敵の不意を襲うのに
それ以上の場所はないとにらんでおります。

わたくしは森に分け入り、木の上に潜んで
その道を見張るつもりです。
彼がその道に入ってくれば
後戻りはできません。
そして彼が前へ進めば
必ずや命を落とすことになるのです。
一人で百人は殺せるでしょう。
そこでは身を守ることなどできないのです。
そこで襲いかかることができれば
彼に非常な苦戦を強いることになりましょう。
わたしは千人の騎士を連れて参ります。
あなたは戦いに備えてここにおとどまりを。
メサプスをあなたと残します。
あなたのおそばには
徒《かち》の者、弓手を入れずに
二万を超える騎士がいることになります」
そこでカミーユはそれでよしとし
トゥルヌスは彼女に別れを告げた。
家来たちとともに出立し
樅の林に潜んだ。
これでエネアスが森に入り込めば
この抜け道で倒されよう。
　カミーユは戦いのために外に出た。
百人の娘を連れていたが
さまざまな鎧、
マントに身を包んでいた。
まことに目を見張らせる一団であった。
娘たちが平原のただ中まで来ると
トロイ兵は彼女らを見て
震え上がった。
娘たちが拍車を入れて速足で駆けると
これはこの町を守る女神たちだと
思ったのだ。
皆これに震えおののき
彼女らに対して身を守ろうともせず
彼女らの誰をも待ち受けるどころか
ただ怖がるばかりだった。
娘たちは彼らを追いかけ回した。
彼らが防戦しようとしないので
当然娘たちは彼らに打ちかかっていった。

娘らは男たちにさんざん斬りつけ
次々と打ち倒し
たちまち血の海ができた。
トロイ人、オルシレウスは
娘たちが剣を振るい、騎士を倒し
このように戦うのを見た。　〔七〇〇〇〕
彼は弓を引き、一人の娘を射た。
娘はラリーヌと言い、たいそう美しかった。
彼が馬上の娘に矢を命中させると
娘は落馬し、土煙の中で死んだ。
トロイ勢はこの一撃を見て
たいそう喜び、彼女らが死ぬこともある
ただの女だと分かると
攻勢に転じ　〔七〇一〇〕
すぐさま娘たちに掛かっていった。
門前まで押し返し
城内に追い込んだ。
トロイ勢は猛攻撃を加え
城門を死体の山でふさいだ。
入り口がふさがれていなければ
難なく一気に
攻め込んでいただろう。
しかし、そこにはたくさんの死体が転がっており
前へ進むことができなかった。　〔七〇二〇〕
すると、塔の上にいる者、
城壁の上、回廊にいる者たちは
弓を射かけ、槍を投げ、大石を落とした。
間近からだったので、多くのトロイ人が殺された。
そこでトロイ勢は少し退いた。
メサプスと彼とともにいたカミーユは
彼らを追撃した。
彼らが城を出て、平原に戻ると
騎馬戦、槍勝負がまた始まった。
トロイ軍は四度　〔七〇三〇〕
このように城の者たちを討ちながら
城の中へと押し返したが
城方はその度にトロイ勢を外へと追い返し
そこで野戦を繰り広げた。
　カミーユは隊列に割って入り
何度もトロイ兵と戦い

百人ほどを落馬させたが
その者たちは二度と立ち上がれなかった。
彼女は槍も巧みなら、剣もそれ以上、
敵を震え上がらせた。
仕掛けて仕損じることはない。
彼女の手にかかった者は
長く苦しむことはなかった。
医者も手の施しようがない。
一撃の後には常に死が待っていた。
どんなにりっぱな鎖かたびら、頑丈な盾だろうが
身の守りようがない。
彼女の一撃は必殺だった。
娘たちはよく戦い
トロイ兵を落馬させたが
何人もの騎士をたたき落とすと
馬だけが当てなく駆けていく。
戦場に散らばるのは盾、
金打ちされた旗印、
槍、長槍、鎖かたびら、
緑の絹の馬覆い。
娘たちがどちらへ向かおうと
トロイ兵は道をあけ
長く持ちこたえることもできず
逃げ出した。
トロイ人タルコンはそれを見ると
馬を飛ばしてまっしぐら、
彼らに向かってわめき出す。
「どこへ逃げるのだ、腰抜けども。
持ち場へ戻れ。
お前たちを追うのが誰か分からんのか。
女だぞ。女にやられて持ち場から逃れるとは
恥を知れ。
逃げるな、戻れ。
女なんかを恐れるな。みんな掛かれ」
タルコンはカミーユのほうへ振り向くと
たけだけしく呼びかけた。
「女よ、お前は誰だ、
俺たちに掛かってくるとは。
お前がこちらの騎士を倒すのを見た。
女はこのような戦などするものではない。

夜、床に入ったときだけでいい。
そこなら男を降参させることができる。
しかし、勇者が盾を構えれば
女ごときに討たれはせぬ。
お転婆はよせ。〔七〇八〇〕
もう下ろせ、盾も槍も、
お前を擦り傷だらけにする鎖かたびらも。
腕自慢などするではない。
それはお前たちのすることではない。
糸を紡ぎ、布を裁って、針でも使え。
きれいな部屋の幕の下で
そんないい娘と一戦交えると気持ちがよかろう。
体を見せにここへ来たのか。
お前を買いたくなんかないぞ。〔七〇九〇〕
だが、色も白いし金髪のようだな。
ここにトロイの金貨が四枚ある。
全部純金の上物だ。
ひとときお前としっぽり楽しませてくれれば
これをお前にくれてやる。
俺はあまり焼きもち焼きではないから
後で盾持ちに下げ渡してやる。
お前を俺の金貨で買ってやろう。
大損になるが、文句は言わぬ。
お前のほうは一石二鳥だぞ。〔七一〇〇〕
金を手に入れるは
気持ちがいいことをするは。
しかし、男が百人はいないと
お前にはもの足りまい。
うんざりするほどやったとしても
満足しないのだろう」
　タルコンがこう言うのを聞き
カミーユは辱められたことで激高した。
駿馬に拍車を入れて
タルコンのほうへと走らせ、彼に追いつく。〔七一一〇〕
そして、タルコンの盾の急所に
思いきり打ち込んだ。
この一撃は鎖かたびらを貫き
ずたずたにした。
彼を馬からたたき落とし、殺してしまうと
カミーユは罵った。

「私はここに体を見せに来たのでも
売りに来たのでもないわ。
腕前を見せるためよ。
お前の金貨なんか欲しくはない。　〔七一二〇〕
ほんとに馬鹿な取り引きをしようとしたわね。
私はそんな稼ぎで暮らしていないわ。
抱きついたり、寝たりするよりも
騎士とは戦うのが得意なの。
あおむけで組み合う方法なんか知らないわ」
そのとき二人の騎士がわきを駆け抜け
彼女に打ち込んだ。
だが、その二本の槍に身じろぎもせず
まして鞍から落ちたりもしない。
侍女のタルページュは　〔七一三〇〕
手を貸そうとそちらへ馬を飛ばす。
そして、一人に打ち込み、槍を折ったが
馬を返しながら剣を抜き
その男の首を宙に舞わせた。
もう一人はカミーユが討ち
自分が受けた一撃を
何倍にもして返して見せた。
二人とも高い償いをしたものだ。
アランツという名のトロイ人がいた。
カミーユが　〔七一四〇〕
戦場を駆け回り
一騎打ち、槍勝負をしているとき
この男は彼女の動きをうかがうばかりだった。
一人で彼女の前へ出て行き
一騎打ちをするなど、
そんな自信はもっていなかった。
しかし、彼女が馬を返すたびに
その後をつけていた。
間近からだろうが、槍を投げる距離からだろうが
彼女の不意をつき　〔七一五〇〕
一撃見舞うすきがないか
虎視眈々《こしたんたん》とうかがっていた。
娘がどちらへ行こうと
アランツはずっと様子をうかがい
すきあらば
討つ用意をしていた。

娘は彼を見てもおらず、そんなことは知らずにいた。
この男がそんなふうに自分の後をつけ
様子をうかがっているなどとは
思ってもいなかった。〔七一六〇〕

クロレウスがこの戦いに出ていた。
彼はトロイの祭司であり
腕も立つトロイ人だったが
これほどきらびやかな武具をまとった者は
トロイ軍にいなかった。
なにしろ全身金張りなのだ。
武具も、旗印も、馬覆いも
すべて金色。
兜は目を向けていられないほどの
まぶしさだ。〔七一七〇〕
日の光を受け燃え立つようだった。
剣の柄頭には
花を模した金の台座に
七色の石が付けられていた。
輪飾りも鼻当ても
すべて宝石、七宝で細工されていた。
カミーユはそのトロイ人の
豪華な兜が目に入り、
それをかぶれなければ
自分がみすぼらしかろうと思った。〔七一八〇〕
そして、馬を飛ばして、彼に挑み
金色の盾の上から切りつけると
かたびらは裂け、ちぎれ飛び
彼はどさりとはじき落とされた。
カミーユは手綱を引き
愛馬から降りた。
そして男が倒れている所まで行くと
兜をつかみ、結び目を解いた。
ほんとうにつまらないことをしたものだ。
欲を出すからそうなった。〔七一九〇〕
人はいろんなものを欲しがって
命を落とすはめになる。
我慢できればよかったのだが
あきらめることができなかった。
彼女の不幸も死もそこにあった。
姫がそこで死体の上にかがみ込んでいたとき

横手からその様子をうかがっていたアランツは
投げ槍をつかみ
思い切り投げた。
すると槍は彼女の盾のつり帯に命中し
左脇、乳房の下から
心臓を貫いた。　〔七二〇〇〕
この槍の当たりを見たトロイ兵たちは
彼女が倒れて死ぬと、大喜びだった。
アランツは自分の手柄に喜んだが
急に怖くなって逃げ出した。
一人の娘がこれに気づき
彼目がけて馬を飛ばし、襲いかかって
うち殺すと、こう言い放った。
「喜んだのもつかの間ね。　〔七二一〇〕
姫の仇はとったわ。
これで大いばりはできないでしょう」
こと切れたカミーユは地面に横たわっていた。
近習《きんじゅう》たちは彼女の死を悼み
勝負を投げ出し
そちらへ急いだ。
娘たちは嘆き悲しんだ。
あれほど美しかった彼女の手は
たちまち黒くなり
血の気もすっかり失せた。　〔七二二〇〕
柔らかだった肌は見る影もない。
娘たちは彼女を城へ運び込んだ。
城内でも皆嘆き悲しみ
勝負はそのままになった。
　待ち伏せをしていたトゥルヌスに
姫がなくなったことを知らせるため
伝令が走った。
トゥルヌスは知らせを聞くと
悲しみのあまり気も狂わんばかりだった。
ぐずぐずしてはならずと　〔七二三〇〕
潜んでいた樅《もみ》林から出た。
すると、別の道を通って
エネアスも森から出て
平原まで来ていた。
二人は互いに相手を認めた。
この仇同士は近くを通ったが

一騎打ち、勝負をするほどまで
馬を寄せはしなかった。
夕闇がもう迫っていたからだ。
トゥルヌスはまっすぐロラントへ向かい
姫の死を自分の目で確かめた。
王と王妃は涙を流し
金持ち、貴婦人、家来たちも
身分の違いなく悲しんでいる。
皆あれほど美しく
また腕もたつ姫を惜しんでいるのだ。
口々に言い合う。姫は不運だ、
大変なことになったと。
大きな支えを失った、
味方の力は半減したと。
トゥルヌスは何度も気が遠くなり
自分のせいで姫が死んでしまうとは
これ以上生きようとは思わぬ、
何を言われ、何を聞こうが
決して慰められぬ、と言い
自暴自棄になった。

　エネアスはロラントの城外にいたが
城の攻略に
全力を尽くそう、
この戦が終わるまでは
どうあっても退きはしないと言った。
この国の騎士、
農民、陪臣、
諸侯の大半が
次々とエネアスの助勢にやってきた。
トゥルヌスが戦に勝てば
自分たちをどうするか分からないと
非常に恐れたからである。
国中が彼に味方し
大いに助勢しようと約束する。
夕闇が迫り
太陽が隠れ始めていた。
城方はエネアスに使者を送り
七日間の休戦に
同意してくれるよう求めた。
戦死者を葬り

馬を休ませ
疲れ果てた自分たちも休める、
トロイ方もそうするようにと言った。
エネアスは迷うことなく賛成した。
　ロラントの前には丘があり
そこにはかつて城があった。
少し手を入れれば
堀周りも充分使え
いくらか石積みも残っていた。
中の台地は
弩《おおゆみ》の四射程の広さがあった。
エネアスはそこで足を止める。
まだまだ守りの役に立ちそうだった。
エネアスはトロイの者たちを呼ぶと
ロラントから見えるよう
そこに我が幕を張れと命じた。
兵たちはその夜月明かりで作業をした。
エネアスが持っていた一枚の幕を
堀の周りに張り巡らさせたが、
それは縁飾りや縫い込みのある
色とりどりの布でできており
胸壁も物見台も付いていた。
それは城壁のように
たるみ無くぴんと張られていた。
遠くからは城のように見え
すばらしく美しかった。
それは守りを固めるためではなく
美しく、豪華に見えるように造られていた。
杭と綱、梁《はり》を使って
ぐるりと張り巡らされていた。
彼らは瞬く間に自分たちの城を組み上げた。
外側が完成すると
その内側にさまざまな
千五百もの幕を張った。
エネアスは真ん中に
ギリシア人から手に入れた幕を張らせた。
トロイのすぐ近くでその男を殺し
幕と武具を奪ったのである。
幕は百彩、
獣や花の模様、

垂飾りや格子柄、
縞《しま》目や碁盤目が施されていた。
大きいため、他のすべての幕より高くそびえ
天守のようだった。〔七三一〇〕
頂には金の鷲《わし》が置かれ
国中から見えた。
すべて整うまで
皆一晩中働いた。
幕は何列にも並べられ
綱がピンと張られた。
堀に沿って
城ができあがった。
瞬く間に城が造られた。
頑丈ではないがたいそう美しかった。〔七三二〇〕
翌日朝が来ると
塔やら城壁の狭間《はざま》に
登っているロラントの者は
城と宿営の幕を見て
この大きなものは
天守だと思い込んだ。

城内では皆が
トロイ人たちが大仕事をして
夜の内に城を造ったという話を聞いた。
こう聞いた者は皆走り
城壁の上から見ようした。〔七三四〇〕
そしてこれを
石と漆喰《しっくい》で造ってあると思い込んだ。
四倍の人手をかけても
造るのに三年はかかるようなものを
夏の短い夜の間に
造ってしまうとは
大した腕前よと口々に言った。
彼らに戦を仕掛けたのは失敗だ。
やすやすとは勝てないぞ。
彼らは苦難に耐える術《すべ》も身につけている。〔七三五〇〕
撤退する様子もない。
城内では皆たいそう怖がり
震え上がった。
トロイ人と和を結ばないとは王が悪いと
皆責めるが、今となってはどうしようもない。

トゥルヌスは朝早くから触れを出し
死者を弔うように言った
皆薪を用意し
死体を焼き、埋葬した。
トロイ人たちのほうも同様に
自軍の弔いの用意をし
トロイのしきたりにのっとり
死者を荼毘《だび》に付し、埋葬した。　〔七三六〇〕
トゥルヌスは城内にいたが
カミーユが死んだことで
ふさぎ込んでいた。
彼女のことでは心の底から悔やんでいた。
「ああ、何という定め。
運も尽きたか。　〔七三七〇〕
この戦を続けたとしても
得られる物は何もない。
あなたが報いを受けることはなかった。
気高き乙女よ、あなたにではなく
すべて私の身に降りかかればよかったのだ。
あれほど雅《みやび》で美しかったのに。
あなたは武勇を愛し
それゆえに人生を変えてしまった。
高貴な血筋に生まれた姫で
このようなことに手を出し
あれほどの腕前を示したものはいない。
あなたを手にかけた者はわたしに深手を負わせた。　〔七三八〇〕
あなたが死んだことで
わたしは永遠に喜びも慰めも失った。
あなたはわたしに手を貸し
すべてを投げ出してくれた。
なのにひどい報いを受けたものだ。
私が敵の騎士パラースを倒したせいで
ひどい仕返しを受けてしまった。
やつらはわたしに高い償いをさせた。
見事に仕返しをされたものだ。　〔七三九〇〕
あなたを殺され、わたしの心はずたずたになった。
もうこれでおしまいだ。
加勢してもらっていた我が軍は
力半減だ。
これから誰に助けてもらえばいいのか

窮地に陥ると、あなたはいつも
どこからでも駆けつけてくれた。
腕の立つのがあだとなった。
女のなかのまさに華。
神の手が最上の資質を二つとも
一人の中に合わせたことはなかったろう。
絶世の美と豪勇を。
ほんとうのことを言っても
作り話のように聞こえよう。
戦う技量はその若さからは信じられぬほど、
また激しい気性でありながら
思慮深かったのだから。
あなたはうら若き娘で
美しく、雅でたおやかながら
また豪胆、強力であった。
あなたを殺したあのげすも
あなたが向かってくるのを見れば
一人きりで見てはいられなかっただろう。
あやつはあなたの不意をついたのであり
真っ向から掛かって来はしなかった。
ああ、心が痛む。下手をした。
わたしはどこにいたんだ。その場にいなかったとは。
もっとあなたに目を配っていれば
こんな討たれ方はしなかっただろう。
わたしのそばにいれば死ぬことはなかった。
大切な人なのだから
誠意をもって守っただろう。
何と言っていいか分からない。
あなたの死がとにかく悲しい
気が晴れることはもうあるまい」
　トゥルヌスは嘆き悲しみ
何度も気が遠くなった。
そして娘の死を惜しむのであった。
それからカミーユの家来たちに声をかけ
娘たちを呼び
姫の鎧、着物を脱がせた。
姫は全身血まみれだった。
娘たちは姫の体をばら水で洗い
美しい髪を切り
それから香油とミルラ薬をたっぷり使い

亡骸《なきがら》を丹念に整え
体に芳香を染み込ませた。
姫はアルマリ産の
絹にくるまれたうえで
贅《ぜい》を尽くした豪奢《ごうしゃ》な作りの
柩《ひつぎ》に乗せられた。
桟と両の轅《ながえ》は
ある大魚の顎《あご》でできており
全体に金がかぶせられ
宝石もちりばめられていた。
下の編み床は
すべて絹紐でできていた。
寝座には綿が詰められ
柩全体を覆う敷き布が
上から掛けられていた。
柩には絹の布団が敷かれていたが
その絹地は
金糸で細かく刺繍がされていた。
これは非常に高価なカタブラティ布で
これ以上の絹織物はなかった。

〔七四四〇〕

〔七四五〇〕

布団は長く、また幅もあり
緋色のカファ絹で縁取りがされていた。
三色絹のクッションが
頭のところに置かれ、その上に
頭をもたげるように枕が置かれていた。
その枕の覆いも非常に高価な布で作られ
縁には襞襟《ひだえり》が縫いつけられていた。
中に詰められた羽毛は
天上の国に住む鳥のものである。
王はこの鳥を代々宮殿に飼っている。
この鳥はカラドといい
不思議な力を持っている。
病人が死ぬか治るかを
この鳥によって知ることができるのだ。
病人の前に連れていくと
その者がまだ生き長らえるなら
カラドは見て分かり
顔をまっすぐ見据える。
そして、その病人が病で死ぬのなら
鳥は死ぬことをしぐさで示すのだ。

〔七四六〇〕

〔七四七〇〕

鳥はそっぽを向き
病人を見ようとはしない。
柩に姫は横たわり
ジブリン織りの掛け布がかけられていたが
それはきれいに縁飾りがされ
皇帝紫の縁がぐるりに付けられていた。
柩の上には
日陰を作るために
緑と赤の紗《しゃ》の
日覆いが置かれていた。
すべてが整えられ
柩を無事に運ぶため
見事な騾《ら》馬を四頭つないだ。
道を行く準備ができると
葬列は広間から出た。
遺骸《がい》に付き添うトゥルヌスは
嘆き悲しみ
涙に暮れながら後を歩いていった。
　柩には王が付き添い、
騎士も市民も
貴婦人、町女、従僕たちも
大泣きしながら後をついて行った。
柩が通っていく道では
皆追いすがり、泣き叫ぶ。
市中は悲しみにあふれ
人々は半狂乱となっている。
亡骸は城外へ運び出され
別れの際には悲しみもさらに深くなる。
王は涙ながらに引き返し
トゥルヌスは皆が引き返してからも
城からだいぶ遠くまで
ずっと付き添った。
別れのとき、トゥルヌスは亡骸のおさめられた柩に
百回も口づけをした。
三十回も気が遠くなり
後ろ髪を引かれる思いで引き返した。
亡骸を運ぶ者たちは見えなくなった。
彼らは難渋しながら道を行き
彼女の国に入った。
この旅には十五日かかった。

一行は町に入ると
悲しみを新たにした。
姫の死を聞きつけ
町は大騒ぎとなる。
皆泣きながら彼女を迎えに走る。
誰もが泣き叫ぶ。
皆半狂乱だ。
〔七五二〇〕

姫を寺院へと運び
そこで三ヶ月の間守《も》りをする。
彼女に仕えた騎士も市民も
重臣も小姓も、
彼女の眠る墓が
用意できるまで。
まこと世にこれほど美しい墓はなかった。
　この世に百の不思議がある。
〔七五三〇〕

そのどれと比べても
これほど大きく
風変わりですばらしいものはない。
寺院の近くに平地があり
壁で丸く囲われていた。

その中は広く
敷石は大理石だった。
ライオンの姿に彫られた
四つの礎《いしずえ》が置かれていた。
それらは実に巧みに組まれていた。
上に二本のアーチが
十字に据えられ
〔七五四〇〕

その上が真ん丸なドームで覆われている。
真ん中で合わされているのだが
接ぎ方が巧みだった。
ちょうど接ぎ目の上に
七色に輝く大理石の
優美な柱が据えられていた。
その下の台座は
高さがたっぷり六トワーズあり
〔七五五〇〕

柱は一面
花や獣、鳥が刻まれ
柱頭まで同じ細工が施されていた。
軒蛇腹《じゃばら》の上方には
末広がりの細工がしてあった。

それは外に向けて
四方に丸く広がっていた。
周囲に均等に二十ピエ
きれいに広がっていた。
この朝顔型の上に
美しい笠石が載せてあった。
〔七五六〇〕

ここには壁が
まっすぐ立てられ
その内側は塗り固められて
窓も明かりとりもなかったが
外は十六本の支柱があり
周りにアーチが付けてあった。
まっすぐに立てられた壁は
十ピエほどで
〔七五七〇〕

外はぐるりとアーケードになっていた。
上には象牙の丸天井、
天頂には石片が張られ
非常に大きな朝顔型になっていたが
きれいに、一段目よりも
もっと外に広がっていた。

その上にも壁があったが
下の壁とはまったく違った
巧みな造りだった。
二十ピエもの高さで
何とも美しいアーチの付いた
三十本の柱を周りに配していた。
この上にさらにもう一つ丸天井があり
〔七五八〇〕

また石片が張られていた。
朝顔型がぐるりと外に広がり
一階よりも、また二階よりも
長く延びていた。
きれいに円く作られ
意匠が凝らされていた。
その上に三階が据えられていたが
高さが三十ピエあり
〔七五九〇〕

ぐるりに柱が立てられていた。
三階のその上に
丸いドーム型の覆いがあった。
それはこの台造りに
見事に接ぎ合わされていた。

上の屋根は
百ピエ以上の急斜面で
屋根は磁石でできていたが
ひさし飾りとさまざまな飾り板で
鋸《のこ》刃模様になっていた。
そして天頂には周りに
三つの金色の玉を配した鷲が据えてあった。〔七六〇〇〕
その上には鏡が取り付けられ
海からであろうが陸からであろうが
敵が攻め寄せてきたときには
鏡に映ってよく見える。
これで戦に負けることはない。
塔の上に据えられた鏡で
寄せてくる敵が
よく見えた。〔七六一〇〕
そこで敵に対して守りを固め
迎え撃つ用意ができたのだ。
やすやすとは不意をつけなかった。
こんな大きなものを支えている
か細い二つのアーチ、
この建物を支え
天頂に見えている柱より
すごいものなど探しても無駄だ。
そんなものはどこにもない。
この建物は外へぐんと張り出し
もっと大きなものが
もう一つその上にあり
またその上にもっと大きなものがあるのだ。〔七六二〇〕
上の部分は下の
三倍大きかった。
この建物は上に上がるほど
大きく広がっていた。
下より上が大きいことが
誰にも不思議に思えた。〔七六三〇〕
また多くの者がその鏡を
驚きの目で見た。
最上階の丸天井の下、
一番の高み、
さまざまな色で塗られ
金やリボンで飾られたところ、

そこに墓がしつらえられた。
カミーユには肌着と
上質のバルカサン地のチュニックが着せられた。
彼女は頭に純金の冠をかぶり
右手には笏《しゃく》、
左手は胸に置いていた。
丸天井の真ん中に
カミーユの安置された墓は据えられた。
石棺は全体が琥珀《こはく》だった。
その下にはこれを四隅で支える
四体の黄金の像があった。
バルサムやさまざまな芳香酒で満たされた
鉢が遺骸の傍らに据えられ
その香りで腐臭を消していた。
棺には蓋《ふた》がされており
すき間なくぴったりと据えられていた。
それはどこも玉髄《ずい》、
ヒアシンス石、瑪瑙《めのう》がはめられていた。
石棺を封印し、一体とするように
使われているモルタルは
細かく砕かれた宝石が
蛇の血で練られたものだった。
墓には金の板がはめられ
その文字は黒く琺瑯《ほうろう》が施され
墓碑銘が刻まれていた。
碑銘は響きよく、文言は次のように読めた。
「ここに乙女カミーユ眠る。
豪胆にして、麗しく
こよなく武道を愛し
生涯これに生きた。
懸命に剣を振るい
それがためロラントの城外で討たれる」
墓の上、ちょうど真ん中に
金の鎖がぶら下がっていた。
それは工夫を凝らし
上で滑車を通して垂らされていた。
鎖の端には
明るく照らすよう
高価な灯油で満たした
ランプが掛けられていた。

火は消えることなく
いつまでも燃え続ける。
このランプは火がともされると
たたき落としたりしないかぎり
永遠に燃え続けるのだ。
ガーネット色のヒアシンス石でできており
世界中どこを探しても
これほど大きく高価で、美しい器はない。
ランプの高さを整える
鎖のもう一端は
目で追ってみると、斜めに柱に達している。
この鎖の端を金の鳩が嘴《くちばし》にくわえている。
墓のすぐ横の柱の軒蛇腹に
鳩は取り付けられていた。
鳩が鎖をくわえているかぎり
ランプは落ちない。
ただ一つあることが起こらなければ
鳩はいつまでもくわえている。
反対側には弓を構えた射手がいる。
これはほんとうに巧みに鋳《い》出されており
鳩の正面、
灰色大理石の塊の上に据えられていた。
弓を十分引き絞り
まっすぐ鳩を狙っていた。
射手は矢をつがえ
用意ができていた。
矢が放たれれば
たちまち鳩を射るのだ。
射手はずっと弓を引き絞り
いつまでも狙い続けるが
矢が放たれるのは
弓を引き絞ったままにするよう
その上から付けられた
止め紐の結び目を
まずその弓がゆるませてからだ。
息を一吹きしただけですべてが失われただろう。
誰か止め紐に息を吹きかければ
それはすぐにゆるみ
射手が矢を鳩に命中させ
これを射落とす。

すると鎖がちぎれ
ランプは落ち、砕け散るのだ。
カミーユが墓に安置されると
入り口は封じられた。
カミーユが運ばれた
上まで通じる足場は
すべて外された。 〔七七二〇〕
人々はこの墓所を去った。
　このようなことが行われている間
ラティヌス王はトロイ人に
和平の申し出をしようとした。
トゥルヌスはこれを知ると、王のもとにやって来た。
すると、宮廷には大勢が集まっていた。
そこで王に意見を述べ 〔七七三〇〕
他の皆たちに向かっても同様に
思いのたけを語った。
彼は言った。「皆様方、私にはよく分かっております。
あなた方は皆私の味方ではない。
大多数の方が私を欺き続けていらっしゃる。
今日から先
あなた方の誰にも手を借りようとは思わない。
過日、話し合われた
決闘をいたす覚悟でおります。
私のほうに異存はない。 〔七七四〇〕
エネアスと戦います。
日を決めていただこう。私が約束を違え
決闘の支度ができなかったり
その場に行けなかったりすれば
私の完全な負けということであり
ずっと私を敗残者と扱っていただこう。
以後エネアスに盾ついたりはしない。
イタリアの地と王国、
ラヴィーヌも、よこせと言ったりはしない。
姫は最愛の人ですが、 〔七七五〇〕
私が約束を違えたなら、あきらめましょう。
すべてをエネアスが取ればいい。
彼が私に挑んできたことこそ不当であった。
彼と一騎打ちをしよう。
私が彼を殺すか、彼が私を殺すか。
それぞれ自分の身は自分で守るのです。

このことで他の者が死ぬことは望まない。
平和は二人のどちらかによってもたらされましょう。
どちらかが死なねばならない。
場合によっては二人とも。
さあ、見ていただこう。二人のどちらが強いか
どちらが正しく、どちらが間違っているか。〔七七六〇〕
もし、私がこの決闘で倒されれば
私の手に入らないものはエネアスがつかめばいい。
もし、この決闘を生き延びれば
私を友と思ってくれた者には
友のままだ。
だから、王よ」今度は王に向かって
「決闘の期日をお決めください。
私が逃げるとはお考えにならぬよう。〔七七七〇〕
この国を手に入れようとしている
あの卑劣な男にもそれを知らされよ。
あやつの手からこの国を守りたいのです。
これ以上ぐずぐずしてはおれません。
今夜、あるいは明日の朝にでも
決着をつけることができます。
休戦期限は昨日の夜切れました。
あの男は間近に迫り包囲しております。
この戦は私の手で終わらせましょう。
もし、私が一人で戦に勝てば
トロイの寄せ手に〔七七八〇〕
嘆かない者はいないでしょう。
やつらはそれからひどい目にあわせましょう。
我らからイタリアを奪おうとしたのが間違いのもと」
戦おうと言うトゥルヌスの
言葉を王は聞いたが
王にはそうする気などなかった。
王は重臣皆の前でトゥルヌスに言った。
「友よ、私の言うことを聞きなさい。
かつてお前に約束をした、
娘はお前に添わせ〔七七九〇〕
国土はお前に継がせると。
もう七年以上も前のことだ。
だが、すべてお決めになる神々に逆らってまで
この約束を守ることはできないのだ。
神々はこの国をエネアスにお与えになる。

エネアスに刃向かってはことは収まるまい。
我らのすべての神々が仰せになる。
エネアスをこの地に連れてきたのは神々であり
あの者にイタリアを継がせたのだと。
エネアスがイタリアを得ることを神々がお望みなのに
エネアスと戦おうとするお前は
大それたことを企てていることになる。
そんなことをすれば天罰が下るに違いない。
お前のことはほんとうに気の毒だと思うが
私の言うことを信じて、そんな考えは捨てるがいい。
お前はほかで
より取り見取りで妻を選べるではないか。
黙って娘はエネアスに譲れ。
私の財産の半分はやろう。
愚かな考えは捨てるのだ。
お前のことはほんとうに気の毒だと思うが」
　トゥルヌスは答えた。「子供じみたことをおっしゃる。
私のことはお気遣いなさるな。
私がどうなろうと
あなた様には何でもありますまい。
私のことは気にしていただかなくて結構。
私には何一つ正しきことをなさらないのに。
私の妻となるべき者を奪い
他から選べとおっしゃる。
私との約束を反古《ほご》にしようとは。
これを認めては私はとんだ臆病者です。
エネアスにお知らせください。
決闘を望むなら
私のほうは明日でもいいと。
これでどちらが死のうと、決着がつく。
相手を倒したほうがすべてを手にすればいいのです。
誰でもいいから向こうに使者を送りなされ」
　王は、トゥルヌスが
どうしても決闘をするつもりで
決闘の期日を間近にし
ぐずぐず先へ延ばしたくないと言うのを聞いた。
トゥルヌスが決闘を望んでいることが王にはつらかった。
王は翻意させることができないと分かると
使いの者を立て
トロイ人のもとへやった。

そして、エネアスに八日後
塔の下の小島で
彼ら二人の決闘を行いたい旨知らせた。
トゥルヌスはエネアスとの一騎打ちを望み
勝った者がすべてを手にして決着がつくと。〔七八四〇〕
使者は朝になると城を発ち
エネアスのもとへ行き
天幕の外でエネアスに対面した。
使者たちはトゥルヌスの意向を伝えた。
一対一で他の者の手を借りず
この戦争にけりをつけようと。
「八日後の早朝
トゥルヌスは決闘の支度ができておりますから」
するとエネアスが言った。〔七八五〇〕
申し出の日にトゥルヌスと必ず戦い
勝ったほうがこの国を手に入れようと。
決闘の期日が決まり
双方の同意が得られた。
その間休戦とし
八日間の和平を取り決めた。

王妃は自室にいたが
その日ラヴィーヌに話しかけた。
王妃は言った。「姫、よく分かっているわ。
この度の不幸はお前ゆえに起こったのです。〔七八六〇〕
この国は荒れ果て
多くの人々が殺されました。
トゥルヌスは愛しているから、お前を望んだのです。
エネアスはトゥルヌスを差し置いてお前を求め
力ずくでお前を手に入れようとしたのです。
でも、そうするのはお前が欲しくてというより
領土を得ようとしてなのです。
あの男はお前を愛したりしないわ。
とにかく分かるのよ。
お前を愛する気などあの男には毛頭ないのよ。〔七八七〇〕
あの男を愛してはいけないわ。
心を他に向けて。
トゥルヌスがお前を得るように願うのよ。
お前一人を手に入れたくて
愛のためには国をあきらめる人なのよ。
ありがたいと思わねば。

お前も心の中では愛しているのじゃないかい。
もう大人なんだし
分かるだろう。
甘い言葉に甘い誘い、
恋する者のあの手この手。
自然とひかれるはずだよ、
お前に焦がれている男のほうに。
力ずくでお前をよこせと言う男なんかは
心底憎く思って当然でしょう。
夫となる人からお前を奪おうというのだから。
トゥルヌスは立派な方よ。愛さなくては」
「どうしていいか分からないわ」
「覚えればいいのよ」「ねえお母さま
恋って何なの。分からないわ」
「説明なんてできないわ」
「教えてもらわないと何も分からないじゃないの」
「恋の先生はあなたの心よ」
「もっと他の言い方をしてくれなくちゃ」
「いくら言ったって分りはしないわ」
「それじゃいつまでも分からないままじゃない」
「そのうちすぐ分かるわよ」
「始めてもいないのに、どうやって」
「飛び込むのよ。そうすれば分かるわ」
「どうやって飛び込むの。
恋がどんなものか教えてくれる人もいないのに」
「わたしの経験から、どんなふうになるか
どんなに苦しいかは言ってあげるわ。
恋した時のことはよく覚えているわ。
恋をしたこともなく、心がうずいたこともない人には
言えるものじゃないわ。
お前だって病気にかかってみれば
どんなつらさを味わうか
どんなに苦しいものか
ほんとうのことがよく分かるのよ。
お前がかかった病気のことを聞かれれば
もっとうまく言えるんじゃないの。
その病気を知らない私より
よく分かっているんじゃないかい」
「ええ、もっとうまく言えるわ。
でも、恋は病気なの」

「そうじゃないわ。でも似ているの。
四日熱みたい。
突発熱よりひどいわ。
汗はかくし、治らないの。
恋をすると、汗が出たり
寒気がして震えたり
口が緩んで、ため息が出たり
何も喉を通らなくなるし
身をよじり、身震いがしたり
赤くなったり、血の気が引いたり
考え込んで青ざめたり、こぼしたり、うめいたり
涙が出たり、眠れなかったり、すすり泣いたり
恋をして誰かを愛する者は
そんなことを何度も繰り返すのよ。
恋をした者の心と有り様はそんなものよ。
恋をする気なら
今聞いたようなこと、それ以上のことに
何度も耐えなければ
いけなくなるわ」「どうしていいか分からない」
「どうして」「そんな気持ちになれないわ」
「この病はすてきよ。避けてはだめ」
「すてきな病なんて聞いたことがないわ」
「恋はね、他の病気とは
違うの」「そんな気にならないの」
「でも、ほんとうにいいものなのよ」
「どうでもいいったら」「落ちつきなさい。
そう言ってても恋をすると思うわ。
しろと言ったからするのじゃないのよ。
わたしの目はごまかせないわよ。
お前があのトロイの卑劣漢に
恋をしたと
気づいたり、知ったりすれば
この拳《こぶし》でお前を殴り殺さなければならない。
そんなこと耐えられないわ。
トゥルヌスはお前を愛して、妻にと望んでいる。
愛は彼に向けなければ。
彼を愛しなさい、姫」「できないわ」
「教えてあげたじゃない」「でも、こわい」
「何が」「恋に付き物の
胸の痛みや苦しみが」

「すぐ楽しみになるわ。
慣れた者には痛みも心地いいものよ。
少し痛みがあったとしても
その分だけ後がよくなるのよ。〔七九六〇〕
涙の後には喜びと笑みが、
気が遠くなった後には何度も大きな快楽が、
吐息の後には激しい口づけが、
眠れぬ夜の後には熱い抱擁が、
ため息の後には歓喜が、
青ざめた顔の後には生き生きした顔が現れるのよ。
体に心地よさが染み渡り
愛の痛みをすぐにいやしてくれるわ。
薬草や薬根を飲まなくても
どんな苦しみにも愛は薬よ。〔七九七〇〕
香油もバルサムも要らないわ。
愛がつけた傷は愛が治すの。
愛が少々傷つけるといっても
後でちゃんといやしてくれるわ。
神殿に行って見てごらん、
愛の神がどんなふうに描かれているか。

右手に投げ矢を二本持ち
左手には箱を持っているわ。
一本は金の矢で、恋をさせるもの、
もう一本は鉛で出来ていて〔七九八〇〕
憎しみを持たせるものよ。
愛の神はよく矢を突き立てて傷つけるの。
この神がこのような姿に描かれたのは
何をする神であるかをよく示すためよ。
投げ矢はこの神が傷つけることを、
箱はこの神が傷をいやすことを示しているのよ。
この神がいれば、医者に来てもらうことはないわ。
傷はこの神が治してくれるのだから。
愛の神には死も回復も思うまま。
傷つけてはいやすの。〔七九九〇〕
みんな喜んで愛の神のなすがままになるの。
傷つけてもその日のうちに治してくれるから。
あなたもお仕えするのよ。
おそばに寄れば
お仕えすることが好きになるわ。
わたしから教わりたがらないことも

たちまち仕込んでくださるでしょう。
つらい思いをしたり、嘆いたりしても
結局は喜ばせてくれるの。
嫌なことがあっても、気に入るわよ。
まだその気にならないかい」
〔八〇〇〇〕

「経験がないのだから、どうしていいか分からないわ」

「恋がどんなものか言ってあげたでしょ」

「厳しくてつらそうだわ」

「後で大きな幸せが来るのよ。

その前にちょっと苦しい思いをするだけ。

愛は傷つけてからいやしてくれるのだから」

「代償が大きすぎるわ」

「何のこと」「つらい思いをすること」

「いいものは手に入れる前に
それだけのことはしていなければならないものよ」

〔八〇一〇〕

「さんざんひどい目にあうと分かっているのに
自分から向かっていくなんて馬鹿よ。
わたしはそんなもの知りたいと思いませんからね。
今静かで平穏だし
無茶よ。そんなひどい境遇に
飛び込んだりしないわ。そんな気にはなりません。
悪いことが多すぎるわ。
まだ恋はしません。
心を痛めたり苦しんだりするのだもの」
〔八〇二〇〕

娘がたいそう憤慨するので
王妃はあきらめた。
何を言っても無駄と見て
それ以上無理強いはしなかった。
　城の者たちと
相手方、城外の者たちとの間では
休戦が守られ、皆安堵《あんど》していた。
決闘の日まで
敵が攻めかかってくるとは
両軍の誰も思っていなかった。
〔八〇三〇〕

エネアスは天幕から出ると
ロラントの城をうかがいに行った。
供を大勢連れ、武具は着けていなかった。
エネアスは馬に乗って
塔の下に広がる野原にいた。
城の者たちの大多数が

城の胸壁に登り
トロイ人を見に来た。
皆が口をそろえて言った。
天の下これほど美しい者たちはいないと。
皆美しく着飾っていた。
しかし、この者たちの主人である
エネアスは誰よりも美しかった。
エネアスを見た者は皆称賛し、
何と美しく高貴な者だろうと言った。
皆胸壁越しに感嘆の声を上げた。
ラヴィーヌは塔の上にいた。
窓から見下ろすと
そこにエネアスが見えた。
そして他の誰よりも彼を、まじまじと見つめた。
エネアスは気高く颯爽《さっそう》としており
城内の者が皆
勇ましく美しい者よと
讃える声も聞こえた。
ラヴィーヌは自室にいたそのとき
エネアスの名を心に刻んだ。
愛の神がその投げ矢を彼女に命中させたのだ。
ラヴィーヌはそこを離れる前に
百度も顔色が変わった。
愛の神のわなにはまり
いやおうなくエネアスを愛さなくてはならない。
逃れることができないと分かると
いちずにエネアスを思い
彼のことばかり考える。
愛の神はエネアスへの愛を打ち込んだのだ。
矢は乳房の下から
心臓に深々と刺さっている。
娘は一人きりだった。
部屋の戸を閉めに行くと
息が止まるほどの一撃を受けた。
また窓辺に立ち
そこから若武者を見つめた。
娘はたちまち汗ばみ
寒気を感じ、震えが来た。
がたがた震え、何度も気が遠くなる。
嗚咽《おえつ》を漏らし、ぶるぶる震え、心臓が止まりかける。

身悶《もだ》えし、あえぎ、ぼんやり口を開ける。
愛の神は娘を支配下に入れた。
娘は悲鳴を上げ、泣き叫ぶ。
しかし、何がこうさせるのか、
何が心を揺さぶるのかまだ分かってはいない。
〔八〇八〇〕
口が利けるようになると、身を起こし
娘は言う。「ああ、一体どうしたの。
何が起こったのかしら。これは何。
これまで病気などしたことはなかったのに
今は血の気が引き、体の力が抜けている。
体の中に何か熱いものを感じるし
分からないわ。何が取りついたの。
何が私の心を突き動かすの。
どうしてこんなに頭が混乱するのかしら。
〔八〇九〇〕
死にそうになるほど苦しいのはどうして。
お母さまが私に教えようと
昨日話してくれた
あのとんでもない病気じゃないかしら。
愛の神だか何だか知らないけど
私を苦しめるだけじゃないの。
そうよ、きっと恋をしているのよ。
これからはお呼びがかかれば飛んでいくんだわ。
〔八一〇〇〕
愛の神のことでお母さまが言っていた
痛みと苦しみを感じるわ。
痛み止めはどこ、
薬油を入れた箱は。
昨日お母さまが言っていたわね。
愛の神は薬も持っているし
すぐ傷をいやしてくれるって。
でも、助けてもらえるなんて思えない。
薬は届いていないし
ああ、誰が私を助けてくれるというの。
〔八一一〇〕
きっと薬箱がなくなったか
薬をこぼしてしまったのよ。
この感じからして
ひどい傷を負ったに違いないわ。
この傷をすぐ治せないというのは
要するに腕が悪いのよ。
ああ、近づいたのがうかつだった。
愛の神には無縁でいたのに。

その仕返しをしたのね。
私を震え上がらせて。
お仕えしなければいけないのね。
ここ、トロイ人を見ていた窓辺で
私は捕まってしまった。
あのとき、彼を愛してしまうなんて
用心していなかった。〔八一二〇〕
お陰でもう体はめちゃめちゃ。
息は苦しいし、震えが来る。
寒気がしたかと思うと体がほてる。
あのトロイ人を愛していかなければならないのだわ。
でもお母さまに知られぬよう
これは隠さなくては。
お母さまは無理強いして、苦しめるのだもの。〔八一三〇〕
あの人のほうを愛することはお望みじゃない。
ああ、泣いてみたってしょうがない。
愛してしまっている。今日まではどうでもよかったのに
「おかしなラヴィーヌ。何を言ってるの」
「愛の神が彼を愛するようにと苦しめるのよ」
「じゃあ抜け出すのよ。逃げれば」
「そんなつもりには全然ならない」
「だって昨日はこんなに荒れていなかったわ」
「今や愛の神に飼いならされてしまった」
「守りが甘かったのよ」
「今朝は愛なんてどうでもよかったのに
今はそのために死んでしまいそう。〔八一四〇〕
これでは長くもたないわ」
「どうしてここで立ち止まったのよ」
「あのトロイ人を見るため」
「あなただったら我慢できたでしょうに」
「どういうこと」「賢明じゃなかったのよ、
彼を見にここに来るなんて」
「ここからいろんなものを見たけれど
何か感じるようなことはなかった。
見たものを何でも好きになる人間はいない。〔八一五〇〕
男を見て
必ず好きになるようじゃ
困ったことになるじゃない。
誰も彼も好きになるか
ほとんど誰も見ないようにするしかないわ。

あの人を見たのが間違いだったのかしら。
愛の神は私をあわれんでくださらないの。
一目見ただけで愛の神にやられてしまった。
投げ矢を、恋をさせる金の投げ矢を
私の目に命中させた。〔八一六〇〕

ぐさりと心臓にまで届いたわ。
でも、傷ついたのは私だけみたい。
愛の神ったらさんざんな目にあわせてくれたわね。
あのトロイ人はそんなもの感じていない。
私の命などどうでもいいのよ。
こっちを向こうともしないのだから。
愛の神は彼のほうには
鉛でできた、人を憎ませる投げ矢を当てたのね。
お陰で私は悶《もだ》え死ぬのよ。〔八一七〇〕

何てこと。どうやって愛すればいいの。
同じだけ愛してもらえないのに。
愛そうとしているのに、愛してもらえないのだったら
馬鹿みたい。
恋をするのは二人でなくちゃ。
お互い相手の言うことを聞いて
望みどおりにするのよ。
もう愛のことはよく分かっているわ。
お母さまの教えてくださったとおりだわ。
他の誰かに聞くのじゃなく
自分で知るのが一番。〔八一八〇〕

もう一人前よ。よく分かるわ。
愛の神は私を学校に入れて
あっと言う間に仕込んでくれたのね。
愛の神よ、それがわたしの勉強だったのね。
悪いところしか教えてくれなかったけど
今度はいいことも教えてくれなくては。
傷つけたのだから、治してほしいわ。
愛の神よ、傷をいやして。
やり方がひどいじゃない。
どれだけお願いすればいいの、〔八一九〇〕

助ける気になっていただくには。
あなたが私をめちゃくちゃにしたのだから
文句を言って当然でしょう。
文句はどこにもっていけばいいの。
誰が私の恋をちゃんと裁けるの。

その方は誰に仕え、どんな掟《おきて》に従っていらっしゃるの。
どこにいらっしゃるか知らないわ。
その方は誰にも仕えず
やすやすと領地を手に入れていらっしゃる。
気の向くままいじめるくせに
もう一人には何もしないのだから。　〔八二〇〇〕
愛の神よ、よくも奈落《ならく》の底に突き落としてくれたわね。
愛の神よ、どうかこの苦しみを和らげてちょうだい。
愛の神よ、これが初めてなのに
ひどい目にあわせるのね。
愛の神よ、私の体に火をつけたけど
少しでいいから苦しみを和らげて。
自分を取り戻せるように。
そうしてくれれば、まだ苦しみに耐えられるでしょう。
私は何も知らない小娘なのよ。
あなたの学校には入れてもらったばかりなのに
一日もしないうちにすべて習ってしまった。
痛みも苦しみも、悪いところはね。
悔しいったらないわ。ほんとうにつらい。
愛の神よ、さあページをめくって。

もう半分を見せて。
今度は甘いところ、おいしいところを
味わわせてよ。
苦い思いを私にさせて
煤《すす》や胆汁よりひどい味だった。　〔八二一〇〕
愛の神よ、今度は蜂蜜をちょうだい。
何かおいしいもので
この苦しみを軽くして。
あなたのできることでひどいほうはよく分かったわ。
でも、あなたのいいところは全然味わっていない。
そんなものまだ全然見せてくれていないわ。
薬油はどうしたの。
前はいつも持っていたのでしょ、
あなたが与える苦しみをいやすために。　〔八二二〇〕
愛の神よ、私の心をかき乱してくれたわね。
少しでいいから楽にして。
私はまったく変わってしまったみたい。
血の気が失せて青白いわ。
お母さまはこんなことはよくご存じ。
だからすぐ気がつくでしょう。

顔色、顔つきから
私が恋をしているって。
どうかしたの、恋をしているの、と
お母さまに聞かれたら何て言おう。
どうすれば隠していられるかしら。
ご覧になるわ、私が顔色を変え
ぶるぶる震えたり、ぼうっとし
また、ため息をつき、うめいては青くなるのを。
隠しても、すぐ分かるわ、
こんな様子を目にすれば。
恋をしていると打ち明けず
嘘をついたりはすまい。
誰が好きかと聞かれたら
誰だと答えようか。
あの人は絶対だめだとおっしゃった。
ほんとうのことを知ったら
私殺されるわ。でも、どうでもいい。
死の他に効く薬があるかしら。
慰めが得られるとは思えない、
この苦しさだけは。死ぬしかないわ。

ほんとうに恋の仕方が下手だった。
他のやり方があったじゃない。
心をこれほどいちずにエネアス様に
向けてはいけなかった。
トゥルヌスにも同じだけの愛を向けていればよかった。
どちらにも差がつかないように
一人を余計に愛するのじゃなく
どちらにも気のある素振りをするのだった。
そうしていれば、成り行きしだいで
どちらが私を勝ち取った場合でも
私がその者を愛さなかったことで
恨みに思ったりしないでしょう」
「二人が同じだけ得られるように
愛を分け与えねばならないとしたら
どうなるか分からないわよ」
「そうしていれば、大丈夫だったのに。
両方の気を引くのだった。
そうすれば、うまく行っていたのに。
二人とも同じように愛していれば
一人は失わないでいられるのよ。

どちらが負けて、殺されても
一人は恋人が残るわ」
「馬鹿ね、ラヴィーヌ。何てこと言うの。
愛ってものが全然分かっていないのね。
愛をそんなふうに分けたりできるの。
いいかげんなものと思っているのね。
ほんとうに恋をしている者はだましたりできないのよ。
誠実な人なら、心変わりなんかしないわ。
ほんとうの愛はただ一人から
ただ一人にまっすぐ伝わるのよ。
もう一人に誘いを掛けるのなら
愛なんかじゃないわ。
いちずに愛そうとする者は
恋人、夫を一人だけもつべきよ。
もう一人の恋人なんて、どういうことなの。
そんなことをしたらまるで商売みたい。
ほほ笑むぐらいなら何人にでもできるだろうけど
二人、三人に愛想を振りまく愛なんて
本物じゃない。
二人以上愛そうとする人は
愛の理《ことわり》、掟を守っていないわ。
二またかけるなんて愛は望まない。
誓って、私はそんな愛し方をしていないわ。
エネアスを恋人と思っている。
あの人が好き。そんなこと絶対しないわ。
私の愛を二つに割るなんて。
愛のことであの人を裏切ったりしない。
私の愛をあの人と分けるお相手なんていないわ。
どんなことがあろうと
あの人の愛を誰かと分けるなんて考えられない。
私は心変わりなんかしない。
昨日は恋なんて他人事だった。
でも今はどんなものかよく分かっている。
心すべてをこの恋に注ぐの。
やはりすてきなものだわ。恋をしていたい。
でもやはりつらく、苦しい。
胸がドキドキする。でも愛していたい。
話したいことがいっぱいある。
今聞いてくれる人がいて
打ち明けたことを誰にも内緒にしてくれるなら

一気に洗いざらい言ってしまえるでしょうに。
恋は私を悲しませ、鬱《うつ》々とさせても
またすぐ気持ちよくしてくれる。
今まで涙を流したことはあったけど
すぐ埋め合わせがあったわ。〔八三二〇〕
私は愛から喜びとほほ笑み、楽しみをもらうの。
死にたくなるほど苦しかったけど
後でそれと同じだけ
心地よさと幸せがもらえるわ。
最後には満足いくでしょう。
ああ、でもどうなるのかしら。
二人は決闘ということになった。勝ったほうが
挑戦者がいないということで、私を手に入れるのね。
でも一つだけはっきりしている。〔八三三〇〕
トゥルヌスは勝ったとしても、私を手に入れられないわ。
エネアスが討たれて
トゥルヌスを恋人にするくらいなら
いっそ死んでしまいたい」
娘はこれほど
初めての恋を思いつめていたが

エネアスはくるりと向こうをむいた。
そして、娘に声を掛けることもなく、行ってしまった。
すると、娘は悲しみのあまり死にそうに感じ
一つ大きくため息をついた。〔八三四〇〕
そして、後ろに倒れ、気を失ったが
我に返るとこう言った。
「ああ、狂おしい。あの方はどうされたの。
行ってしまわれる。きっと、そうだわ。
なのに、声を掛けてくださらない。
そんなこと気にかけていらっしゃらないのね。
あの方が行ってしまうなんて考えられない」
「お馬鹿さんね。どうだって言うの」
「気にするわよ。私の命を奪ったんですもの」
「どうやって」「私の心を持っていったわ。〔八三五〇〕
私の体からえぐり取ったのよ」
「守りが弱かったのね」
「私の心は彼の心と行ってしまう。
脇の下からひっこ抜いたのよ。
いとしい方。戻ってきてくださらないの。
恋人のことなんてどうでもいいのね。

笑顔とか温かいまなざしを
いただけないのかしら。
私の命はあなたの手に握られている。
心の底から愛していると分かってくださらないなら
命なんてどうなってもいい。　〔八三六〇〕
私の心はあなたのものだと
知らせるにしても
使いを頼りにできないわ。
でも見つけよう、
伝えてくれる人を。でも怖い。
ふしだらな女と思われないかしら、
私のほうから恋を打ち明けると。
難なく私を手に入れれば
すぐにでも
おっしゃるのでしょうね、　〔八三七〇〕
あなたに言い寄ったように
他の男にも言い寄っているに違いないとか
私が飽きっぽいって。
いとしい方。そんなふうにはお考えにならないで。
私はいつまでもあなたのもの。
心変わりなどいたしません。
ご安心を。あなたがわたしのものになってくだされば
あなた以外に誰も愛したりいたしません。
妬《や》かないでくださいね」　〔八三八〇〕

　娘は窓辺にいた。
が、自分がどうなってしまっているか、
いとしい人をどう思っているか声にすることはできない。
男が行ってしまうのを見ると
その姿をできるだけ目で追い
それから身じろぎもせず
男が見えなくなるまで見守っている。
その日は夜までずっと
そこから動かず
男が去ったほうを眺めていた。　〔八三九〇〕
娘の目にその道は美しく映った。
娘はただただ
エネアスを見守り、嘆き悲しむ。
涙を流し、悲しみに耐え
見えなくなるまで
そこから離れようとしない。

後ろ髪を引かれる思いで、窓に背を向けたが
つらく悲しく、沈んでいた。
　床につくにはついたがそれも無駄だった。
一晩中目がさえて眠れず
身をよじっては身震いし
布団を跳ねのけては、掛け直す。
床の中で寝返りを打ち〔八四〇〇〕
うつ伏せになったかと思うとあおむけになる。
そして頭を足のほうに向けたりする。
その夜は安らぎなどほとんど得られず、
髪を引っ張り、胸をたたき
娘は苦しみ続ける。
ひどく寝苦しいのだが
起きていて楽なわけでもない。
涙に潤んだ目を〔八四一〇〕
ぎゅっと閉じると
エネアスに抱かれているような気がした。
男からもらう喜びに
あらがいながらも身をくねらせ
布団を抱きしめる。
そして男がいないと
気がつき、気が遠くなった。
体は火がついたようで、その火が彼女の身を焦がす。
体の向きを変え〔八四二〇〕
また身を起こし、座り直すが
また横になり身を伸ばした。
そして人に聞こえぬよう
そっとトロイの男の名を呼んだ。
娘は甘い声でつぶやく。
「愛の神は私をひどい目にあわせるのね。
昼は昼の苦しみ、夜はさらなる苦しみ。
愛の神は
身を守ることもできない
かよわい娘を殺すことなど平気なのね。〔八四三〇〕
いい教訓を下さったわ、
苦しまずして詩は生まれないと。
あなたの薬で私を楽にしてください」
「お休みなさい、かわいそうなラヴィーヌ。
この教訓はしっかり覚えておくのよ」
「ちゃんと暗唱できるわ」

「肝に銘じて、忘れないのよ」
「ひどいことは全部、でも、いいことはほとんど知らないわ。
愛の神は無理強いなんてしようとしないけど
どんどん私を引きずっていく。
大きな重荷を背負わされているから
下ろさなければ、くたくたになるわ。
こんなものに手を伸ばし
持ち上げて、担いでいるなんて、恐ろしい」
その夜、娘は悶《もん》々と過ごした。
そして翌日、王妃が娘に会うと
血の気をなくし
人相、顔色が変わっていたので
どうしたことかと娘に尋ねた。
すると、娘は熱があると答えた。
母親は娘が嘘をついている、
ほんとうは言っていることと違うと分かった。
見ると、まず震えているかと思うと
すぐ汗が吹き出し
また、ため息をついて、あんぐり口を開ける。
顔色も失せ、かげりを帯び、青ざめている。

恋が彼女をとらえ
支配しているのだとすぐ分かった。
王妃は娘に恋をしているのかと尋ねる。
すると娘は、恋とは何、
恋をするとどうなるのか知らないと答える。
王妃は、娘が恋などしていないと言っても
その言葉をそのまま受け取らず
こう言った。「よく知っているのよ。
こんなに続くため息や泣き言のことはね。
恋をすると心の底からわいてくるのよ。
恋をすると出るため息や泣き言はね
ずっと止まないし、胸を締めつけるのよ。
お前、恋をしているんだよ。そう思うよ」
「恋なんかしていません」
「お前が感じている苦しみは恋に特有のものよ」
「いったい何のこと。そんなもの知らないわ」
「望もうが望むまいが
そのせいでお前の顔は血の気が失せて、真っ青だよ。
お前、恋をしているのよ。一目で分かるよ。
隠そうとするけど、どうしてなの。

お前が恋をしてくれれば私は嬉しいんだよ。

何も隠すことはないじゃないか。

ずっと前からトゥルヌスはお前を愛しているのだし。

お前のほうだって彼を愛していいじゃないか。〔八四八〇〕

心から愛するのだよ、
敬い愛してくれるのだから。

私は何もお前を悪く思ってはいないのよ。

もう十分言ったし、
ちゃんと手ほどきもしたしね。

お前が誰かに心を引かれているのは嬉しいのよ。

さあ、愛していることを知ってもらうようにおし」

「あの男が私の愛を得ることなどありませんように。

あってなるものですか」

「何だって。愛していないのかい」「いません」〔八四九〇〕

「でもそうして欲しいのよ」「お母様が愛しているんだわ」

「いいえ、お前だよ」「私にはどうでもいい人よ」

「でも顔立ちが良くて、高貴で勇敢な方よ」

「そんなことで私の心は動かないわ」

「あの人を愛していれば間違いないのよ」

「愛することは決してないわ」

「それじゃ誰を愛してるって言うの」
「最初にお母様は私に
愛する人がいるかどうか尋ねたのに
忘れてしまっているわ」〔八五〇〇〕
「よく分かってるわ。確かめたのだから」
「私が知らないことまで分かるのね」
「知らないだって。もう愛の苦しみは感じてるわ」
「それじゃ人は愛から苦しみしか得られないの」
「そうよ、それもたっぷりと。でも、
お前がどこも悪くないのに死にそうなほど
青ざめて弱々しいのだもの、
人を愛していることは
ちゃんと分かるの。他の病気なんかではないわ。
死んだりはしないけれどね。〔八五一〇〕
苦しみや痛みを感じたりはするけれど、
人は愛のお陰で生きるのよ。
お前が愛に燃えてることはよく分かるわ」
「その証拠を見せて」
「他に証拠は要らないわ。
もうはっきりと見えているのだから」

「私が苦しんでいるからそう言うの。
人は愛によってこんな苦しみを味わうの」
「そうよ、しかももっとひどいのをね」
「何のことか分からないけれど、
ひどい痛みと苦しみを感じているの」
「誰かを求めているの」　〔八五二〇〕
「いいえ。でも一人だけ。他の人はどうでもいいわ。
その人がずっと遠くにいるのがひどくつらいの」
「どうして欲しいの。その人とどうしたいの」
「いつも二人で居たいのよ。
その人に会えなかったり、
話をしてもらえないととてもつらいわ。
会えないと苦しいのよ」
「きっと心からその人を愛しているのよ」　〔八五三〇〕
「何ですって。それじゃ愛するってこんなことなの」
「そうよ」「それなら確かに愛しているんだわ。
でも今朝は
自分の気持が分からなかったのよ。
お母様、私は愛しているわ。間違いなく。
力になってちょうだい」

「私を信じるなら、そうしてあげましょう。
今お前の心がそれほど苦しめられているのなら、
誰のせいなのかちゃんと言ってくれなくては」
「言いたくないわ、お母様、　〔八五四〇〕
私をとても恨むでしょうから。
お母様はその人をひどくけなしたし、
私をひどく叱ったわ。
それでなおさら心を寄せるようになったの。
愛していれば叱られたって平気。
愛する人の名前を言えば、
お母様のお気に召さないと思うわ」
「ほんとうに人を愛したことのある者なら、
愛に悩む者を叱ろうとはしないものよ」
「私は愛しています。もう間違いないわ」　〔八五五〇〕
「それじゃ、恋人の名はトゥルヌスではないのね」
「はい、お母様。それは確かよ」
「では、誰なの」「その人の名前はエ…」
それから彼女はため息をつき、再び口を開いて「ネ…」
そしてちょっと間をおき、身を震わせながら、
小さな声で「アス」と名前を言った。

王妃はちょっと考えて、
音をつないでみた。
「エそれからネそしてアスと言ったわね。
これを合わせるとエネアスとなるわ」
「そのとおりよ、お母様、あの人なの」
「トゥルヌスじゃないのね」「違うわ。
あの男を夫になんかしません。
愛を許すのはエネアスよ」
「何を言ってるの、気でも狂ったの。
誰を選んだか分かっているの。
あんな卑劣なやつは女のことなど
決して気にかけたりしないわ。
げすな事をするのが好きなのよ。
あいつは雌の鳩肉を食べたがらず、
雄の肉のほうが好きなのよ。
お前であれ誰であれ、女より
男を抱くほうが好きなの。
女と楽しむこともできず、
女の表門を拝んだりもせず、
小姓の裏門が大好きなんだわ。
トロイ人はそんなふうに育てられているのよ。
お前はほんとうに軽はずみに選んでしまったのよ。
やつがディドーをどんなひどい目にあわせたか
聞いていないのかい。
女がやつからいい目を見たことなど一度もないのよ。
お前もげすの男色者からは
何も得ることはないでしょう。
すぐお前を捨てるわ。
誰かかわいい男ができたら、
やりたいように楽しませるのが
やつには一番なのよ。
お前を使ってその男を引き寄せることができるなら、
男がお前を思いどおりにしても、
自分のためにそうさせているのだから
やつはそれほど嫌なこととは思わないでしょう。
だからそんな交換だってできるのよ。
かわいい男にまたがることができさえすれば、
男がお前に乗っても放っておくでしょう。
やつは女の茂みは好きじゃないのよ。
この世のすべての男が

どこでもこんなふうなら
この世もおしまいでしょう。
女が子を宿せなくなるのだから、
人の数がどんどん減るでしょう。
人がまったく子供を作らなくなれば、
百年も経たないうちにこの世は無くなるわ。
お前、まったく分別を失ってしまったのね。
お前のことを全然気にかけず、
自然に逆らい、
男を好んで、女を嫌い、
自然の結び付きを壊すような男を
恋人にしたのだから。
もうあの男のことは言わないで。
あの男色の臆病者への愛情など
捨ててしまいなさい。
心を別のほうへ向けるのよ。
七年も前からお前を愛し、
思いのすべてをお前に寄せ、
これからも愛してくれるあの人を愛しなさい。
後悔させないようにね。

私の愛情が欲しければ、
あんな裏切り者は放っておいて、
私が薦める人に愛を向けるのよ。

あんな男はやめなさい。

お前にはいつまでたってもよそ者なのよ」

「そんな心変わりはできないわ」

「私が言う人を愛すべきよ」

「私の心にあの男を入れる余地はないわ」

「あの人がお前に何をしたと言うの」「別に何も」

「ならあの人を愛し、あの人のことだけを考えなさい」

「他の人を選んだのよ。そんなことできないわ」

「それじゃ今の気持から後戻りはできないのね」

「できません。誓って、冗談じゃないのよ。

私を虜《とりこ》にした愛の神、
クピドーはエネアスと兄弟じゃないかしら。

エネアスのほうへ私を燃えたたせたんだわ。

愛に対して身を守るどんな手だてがあるかしら。

城も、櫓《やぐら》も、
高い柵も、深い堀も何の役にも立たない。

この空の下

愛の神に対して持ちこたえ、
長く攻撃に耐えられるような砦は無いわ。
愛の神が放った矢は七重の壁を貫き、
反対側まで達するでしょう。〔八六四〇〕
愛の神から身を守ることはできないのよ。
私にあのトロイ人を愛させ、
あの人のことで私をとても苦しめてるわ。
お母様は、それが私にとって心地よく、
私が好んでそうしていると思うの。
私の意志とは逆のことなのに。
私は愛の神の支配下に置かれ、
愛の神が苦痛や脅しで
私にさせようとしていることに
どう抵抗していいか分からない。〔八六五〇〕
突き棒にあらがうものは
二度突かれる、とよく聞くわ。
愛の神を怒らせたくはないのよ。
だって私はすっかりその意のままですもの。
愛の神よ、私はあなたの思いのまま。
あなたの言いなり。

愛の神よ、今からあなたに訴えます。
愛の神よ、こんなひどいことしないで。
愛の神よ、もう少しやさしく扱って」
そう言うと彼女は息を詰まらせ、
気が遠くなった。王妃は娘を一人そこに残し〔八六六〇〕
立ち去った。
　ラヴィーヌは別の部屋へ移った。
七度気が遠くなり、そのまま
じっとしていることも安らぐこともできなかった。
彼女は窓辺に寄った。
そこは愛の神が彼女をとらえた所だった。
そこからエネアスの天幕を見つけると
まっすぐ顔を向け、
嬉しくなって見つめた。〔八六七〇〕
目をそらすことができなかった。
飛んでいけるものなら、すぐにでも
天幕の中にいる彼のそばへ行きたかった。
彼のことしか考えることができず、
結局また口を開いた。
「私の愛を愚かなほうに向けてしまったわ。

そんな気持などなかったのに。
悔い改めて、賢明に振る舞いなさい」
「愚かなラヴィーヌよ、節度を保つのよ。
こんなことに夢中になってはだめ。
悔い改めたいと思ったそのときには
愛を捨てられなくなるから」〔八六八〇〕

「こんなに愛していて
後戻りするなんて誰ができるかしら。
私をとらえ、
意のままにできる
愛の神は決して逃しはせず、
私の望みどおり離れさせてもくれないでしょう。
愛の神はほんとうに悪い性根を持っていて
とらえた者をなかなか手放さないのよ。〔八六九〇〕
なすがままにされすぎて、
私はもう逃れられないのだわ。
愛の神は私を意のままにできるのよ。
私はその誘惑にまったく用心しなかった。
でも今度は、私の苦しみを和らげ、
私をこんなに苦しめている

高慢な男を少しやっつけてくれる番よ。
私は嘆いているのに、あの人は笑っている。
私は死にそうなのに、あの人は平気なのだから、
愛の神は私には全然公平ではないわ。
でも、あの人の考えを私は知っているかしら。〔八七〇〇〕
思いをすぐには表に出していなくても、
気持は私と同じかもしれないし、
それ以上かもしれない。
賢明な方だし、適当な時と場所が来るまで
待つつもりかもしれない。
ああ不幸な私、どうしたらいいのかしら。
待つことはつらいわ。
こんなに思い悩んだり、
苦しむことはもうできない。〔八七一〇〕
いつまでもつらい思いをしたくないわ」
「それではどうしたいの」
「すぐに知らせたいのよ」
「誰を使者に送るというの」
「私の他には誰もいないわ」
「あなたが行くの」「そのとおりよ」

「大恥をさらすことになるわね」
「構やしないわ。もし思いどおりになるなら、
人が何と言おうとどうでもいいことよ」
「お黙り。そんなあさましいことを言ってはだめ。
お前ほどの家柄の女が
異国の男のところに話しに行き、
身を差し出すような
卑しい行いをしようとするなんて。
少しお待ち、あの人のほうがお前を欲しがるから。
そんなことをしてめとってもらったら、
いつまでもさげすまれ、
尻軽女と思われるわよ」
「それじゃどうすればいいの」「気持を隠すのよ。
そんなふうに知らせるのはよくないわ」　〔八七三〇〕
「それじゃどうやって」「少し待つのよ。
決闘の時が
迫っているわ。
もしあの人が勝てば、お前を妻にするわ。
そうなれば、いつでもあの人のところへ行けるのよ。
少し我慢しなさい。それが賢明よ。

そしてあの人が敗れて死ねば、
トゥルヌスがお前を
妻にすることになるわ。
そのときお前がエネアスを愛していたと
耳にしたり、気づくようなことがあれば、
トゥルヌスはお前をずっとさげすむことになるのよ」　〔八七四〇〕
「そんなことちっとも怖くはないわ。
あんな男を夫になんかするものですか。
もしエネアスが敗れ、
運悪く殺されたら、
私も死ぬわ。外にどうしようもないもの。
トゥルヌスの妻になってまで生き長らえるものですか。
エネアスが恋人だということを
あの男に隠すつもりはないわ。　〔八七五〇〕
あの方なの、私が選び、一緒になりたいのは。
いつまでも愛し続けるわ。
でもどうすればいいのでしょう、
あの人への愛のためにとても苦しんでいることを
どうやって知らせればいいのでしょう。
決闘が始まる前に

まずあの方に知らせたいわ。
それでももっと勇猛になっていただきたい。
私の愛を確信なされれば、
トゥルヌスにはさらに手ごわい相手となるはず。
もし愛を少しでもお知りになれば、
大きな勇気がわくことでしょう。
お母様が責めた
あのひどい趣味を持っていなければ、
私のことをとても喜んでくれるはずだわ。
それがほんとうなら、なるようにしかならないわ。
愛すれば、愛されるということを
知らなければいけないわ。
すべてを手紙に書こう。
私の気持、思いのたけを
一葉の紙にしたため知らせるのよ。〔八七七〇〕
何とか使いをしてくれる者を探して
あの人に手紙を届けさせよう。
ほどなく、明日の晩までには
私の気持を知っていただけるでしょう」
そこで彼女は窓辺を離れ、

すぐにインクと羊皮紙を探すと、
すべてラテン語でつづった。
手紙には次のように書かれていた。
いとしい恋人エネアスに
まず挨拶を述べた。〔八七八〇〕
それから、彼のこと以外はどうでもいいほど
愛していますと書いた。
また、すぐにでも自分ことを考えてくれなければ、
安らぎも喜びも決してもてないと知らせた。
思いをすべて打ち明け、
彼への愛が自分を締めつけ、苦しめ、
死にそうだと
羊皮紙に書き記した。
自分を不憫《ふびん》に思ってくれるよう
甘い言葉で懇願し、〔八七九〇〕
彼への愛を誓った。
書きたいことを書き終えると
その手紙をしっかりと折った。
それから、誰が信頼できるか、
誰に託したものか、

考え始めたが、
まったく決心できず、
再び窓辺に寄ると
身を乗り出して、陣のほうを眺めた。
すると、エネアスがいつものように
城塞のほうへやって来るのが見えたので、
彼女はとても喜んだ。
彼は向い側の櫓《やぐら》の近く
弓の一射程のところに立ち止まった。
休戦中のため警戒はしていなかった。
娘は手紙を取ると、
矢じりに逆刺《かえり》のある矢に
文字の書いてある側を内側にして、
手紙を巻き、
紐で固く結びつけた。
彼女は王の弓兵を呼んだ。
「そなた、すぐにこの矢を
あの櫓の下にいる
敵陣の者たちに向けて射ておくれ。
あの者たちは一日中あそこで見張っています。
敵の斥候《せっこう》でしょう。
休戦が破られた場合のために、
どこの備えが手薄か、
どこに守りの弱みがあるか
よく調べたはず。
そこから攻撃しようと考えているのです」
「姫様、現在休戦が結ばれております。
それを破るものは殺されます。
敵方も我々も何の警戒もしておりません。
諸侯方がきちんとお約束なさったのですから」
「お前はちゃんと射ることができるはずです。
私は敵方の誰かを傷つけるためにではなく、
あの者たちを追い払うために、
弓を射るように頼んでいるのです。
矢が見えるようにあの者たちの前に射てちょうだい。
誰にも当たらなければ、
あの者たちが怖がっても、何でもないでしょう。
下手な矢を射たことにはなるでしょうが」
その弓兵はエニシダの弓を引き絞り、
塔から矢を放った。

その矢は陣の者たちが立っている
堀の縁に落ちた。
落ちたのは彼らのすぐそばだったが、
人も馬も傷つけることはなかった。〔八八四〇〕
彼らは後ずさりし、
固く約束された休戦を
トゥルヌスが破ったと
口々に言った。
エネアスは家来たちに言った。
「皆の者、我々は
安全の保障を得て、
誠実に休戦協定を結んだはずだ。
急いで城へ使者を遣わしたい。
トゥルヌスが休戦を破ったのだから、〔八八五〇〕
今後やつらの誰に対しても休戦、講和は
守らないと言ってやる。
もしやつらが、最初に取り決めに背いたのは
自分たちではなく、休戦が破られたのは
我々のせいだと主張するなら、
我々に向かって射られた矢を見せてやる。
それで証《あかし》を立てられるだろう。
裏切りを否定すれば、
間違っていることをきちんと教えてやるのだ。
さあ誰か一人行って、あの矢を持って来い」〔八八六〇〕
一人の家来が走っていき、矢を取って来て
エネアスに手渡した。
彼は手紙に気づくと紐をほどいた。
ラヴィーヌはそれをじっと見つめていた。
エネアスは手紙を見て、
書かれていることすべてを読んだ。
娘が心の底から彼を愛していることや
彼以外は決して夫にせず
自分の愛を信じてほしがっていることが
その手紙から分かった。〔八八七〇〕
彼女の思いすべてが分かると
とても喜んだが、顔には出さなかった。
家来たちに知られたり、
誰かに気づかれたくなかったのである。
彼は塔のほうに向いた。
ラヴィーヌは彼が自分のほうを見ていると分かると、

指に口づけして、彼のほうに差し伸べた。
エネアスは彼女が自分に
口づけを送ってくれたのはよく分かったが、
その感触も、その口づけがどんな味なのかも
分からなかった。〔八八八〇〕
その味を是非とも知りたかったことだろう。
その日ラヴィーヌは塔の上から、
エネアスに百回も口づけを送ったが、
彼のところまで届かず、
彼はそれがどんな味か知ることはなかった。
彼女を優しく見つめたが、
人がいたのでその場に長居はできなかった。
彼女をまっすぐに見なかったので、
彼女はそれを傲慢と感じて、
自分を愛する気などないのではと思った。〔八八九〇〕
エネアスが彼女を見ようとするときには、
彼女のほうとは反対側を向き、
それから彼女が正面に見えるまで、
視線を動かした。
彼はその一点に目を据えて、
できるかぎり動かさず、
顔を回しながら見つめ続けた。
二人はそこで何度も愛の合図を送り合った。
日が暮れかかると、
エネアスは立ち去った。〔八九〇〇〕
ゆっくりと陣の方へ馬を進め、
何度も城のほうを眺めては、
家来たちに
あの塔はほんとうに美しい、と繰り返した。
そう言ったのはその石壁のためではなく
娘のためだった。
彼は陣幕へ戻ると、
自分の幕屋の前で馬を降りた。
しかし、心はそっくりロラントにあった。
王女のことが恋しくて〔八九一〇〕
たちまち心は千々に乱れた。
食事などとる気にならず、
日が暮れるとすぐに床についた。
娘のことを考え、
自分に口づけを送った彼女が

どのように自分を見ていたか
思い出すととても心地よかった。
エネアスは心に
彼女の姿も顔もすべて刻んでいた。
切なさが心に込み上げた。
愛の神であり、
血を分けた兄弟であるクピドーが
彼を支配していた。
その夜はエネアスを眠らせず、
何度もため息をつかせた。
エネアスは身をよじり、伸ばし、
何度も寝返りを打ち、
その夜一睡もしなかった。
愛の神のせいで心が乱れ、
もの思いにふけり、
汗をかいて、
寒気を感じたり、気が遠くなったり、
ため息をついたり、胸がどきどきしたりした。
気持ちが高ぶり、動揺し、
動悸《どうき》がして心が静まらなかった。
エネアスは上半身を起こして座り、
気持ちを抑えきれずもの思いにふけり、
何度も心の中で言った。
「私をこんな目にあわせるとは、
愛の神はひどい仕打ちをするものだ。
この世のどんな卑しい小間使いでも、
私以上に愛の神にもてあそばれ
痛めつけられた者はいない。
私と愛の神は兄弟だというのに。
愛の神は幸いをもたらすはずなのに
私を苦しめ、打ちのめすばかり。
身内の仲が高い買物につくとはまさにこのこと。
愛の神よ、お前は助けも
安らぎも与えてくれない。
どんな他人でも、私以上に
ひどい仕打ちを受けてはいまい。
お前は金の矢で私を傷つけた。
矢に巻きつけられた手紙が
ひどく私を毒している。
読んだのが愚かなら受け取ったのも不幸。

矢が射かけられ
休戦が破られたと
城の者たちに訴え、
非難すべきだった」
「黙れ、エネアス、それは間違いだ」〔八九六〇〕
「何だと。私は死ぬほど傷ついているのだぞ。
どうして黙っておられようか。傷を負わされて、
どうして文句を言わずに済まされようか。
射られた矢は私に
深く突き刺さったのだぞ」
「嘘をつけ。矢はお前からはるか遠くに落ちた」
「その矢が私をひどく傷つけ、
死ぬほどの苦しみをもたらしたのだ」
「わけの分からぬことを言うな。矢は当ってはいない」
「確かにそうだ。傷も跡もついてはいないが、
巻きつけてあった手紙は
体の奥をひどく傷つけたのだ」
「皮膚はまったく無傷なのに、
どうやって傷つけたのか」「ラヴィーヌの
思いのたけが書かれていたからだ」
「では、ラヴィーヌがお前に恋しているのを
知らせる手紙でなければ
傷つかなかったのか」「そうだとも」
「それなら文句を言うべきではない。
誰が手紙一枚の償いをしてくれようか。〔八九八〇〕
放っておけ。関わり合わぬことだ。
決闘のことを考えろ。
こんな愛にどんな値打ちがあるというのだ。
お前が勝てば、
彼女を妻にできるが、
負ければ彼女を失い、
他の者が妻にするだけではないか」
「まったくそのとおりだ。しかし、
この愛は私に大きな勇気を与えてくれた。〔八九九〇〕
いかなる騎士といえども私を相手に
腕ずくで彼女を奪うことができるとは思えない。
彼女が先に気持を伝えてくれたことに
心から感謝しなくてはなるまい。
彼女を失ったり、あきらめるくらいなら
どんな苦労もいとわない」

「しかしながら、女というものは心の中で
悪だくみをすることにとても長けている。
トゥルヌスも負けず劣らず彼女の愛を受け、
彼女もやつを当てにしていることだって
十分ありうる。

〔九〇〇〇〕

二人は一緒に話もできる。
彼女は私と同様やつにも愛を
打ち明けたかもしれない。
どちらが彼女を妻にすることになっても、
彼女は自分が先に愛していたと
そのことだけを我々に言うのだ。
どちらのものになろうとよく思われたいのだ。
女はほんとうにずる賢い」

〔九〇一〇〕

「私は何とひどいことを考えたのか。
彼女はひそかに手紙をよこして
思いのたけを知らせ、
愛ゆえに被った
苦しみを打ち明けたのだ。
そのようなつらさを感じていなければ、
決してあのようなことを告げたりはすまい。
人を愛していない者や愛を感じない者は
愛について何も語ることはできない。
巧妙に届けられた手紙によって
彼女が苦しみ、嘆いていることが
よく分かった。

〔九〇二〇〕

私を愛していないとは考えられない。
確かに愛しているのだ」「しかし私には
確信がない。というのも、毎日会える者のほうを
彼女は愛さないだろうか。
そして、その者に感じている愛を
私に対するものだと私に言っているのだ」
「そんなことをするだろうか。そんなはずはない。
私を愛していなければ
それを告げるとは思えない。

〔九〇三〇〕

この間初めてあの塔の下に立った日に、
彼女が私を愛していることは
よく分かったはずだ。
あれほど優しいまなざしで見つめていたのだから。
もし私が色恋に野暮《やぼ》でなければ
あのときから気づいていただろう。

愛するとはどういうことか知らなかった。
これまでこのように苦しんだことはなかった。
自らの命を絶つほどに私を愛してくれた
カルタゴの女王に対して
このような気持を持っていたなら、
心が女王から離れることもなかったろう。
昨日の朝になって分かったように
愛について知っていたら、
一生女王を捨てはしなかっただろう。〔九〇四〇〕

この国はさらに美しく、
私はこの地がとても気に入っている。
昨日はこの上なく素晴らしい一日だった。
あの塔の下に立ち止まり、
この愛をもらったのだから。〔九〇五〇〕

以前にも増して私は強く雄々しくなった。
それゆえ喜んで決闘もしよう。
彼女が愛という贈り物をくれたのだから、
生きるにせよ死ぬにせよ、
思い切り戦おう。
恋人が勇気を与えてくれたのだ。

トゥルヌスが腕ずくで彼女を奪おうとするなら、
やつと激しく張り合い、
死力を尽くして戦おう。
愛の神は私に四つの手を与えてくれた。〔九〇六〇〕

愛の神は人を勇敢にし、
愛の神はすぐさま奮い立たせる。
愛の神よ、お前は雄々しさを与える。
愛の神よ、お前は勇気を増大させる。
愛の神よ、お前は揺るぎなく強い。
愛の神よ、お前は絶大な力を持っている。
愛の神よ、お前はたちまち私を征服した。
一瞬のうちに襲われたので、
私は平静ではいられない。
私が愛も誠も、〔九〇七〇〕

すべてをささげたことを
彼女はどうやって知ることができようか。
彼女に知らせようか」「黙れ、愚か者、やめろ。
お前から彼女の気を引いたり、
愛している素振りを見せるべきではない。
いつの日か悔やむことになるぞ」

「私は悔やんだりするとは思わない」
「男は気持を上手に包み隠すべきだ。
女を愛したいと思っても、
気持を女に見せるべきではない。
男は愛の主導権をもてるように
女に対して少し威厳を保つべきだ。
女が主導権をもてば、
男はそれを嘆くことになる。
女に不安を抱かせはしても、
女のためにどれほど傷ついているか
すっかり見せるべきではない。
そのほうが女はいっそう愛するのだから」
「まったくそのとおりだ。しかし、
彼女が私の気持を、
私がこれほど愛していることを知らなければ、
心変わりするのではなかろうか。
私の過ちで彼女の愛を失えば、
私は死んでしまうだろう。
いとしい人よ、美しい人よ、
あなたへの愛が私を際限なく傷つける。

〔九〇八〇〕

〔九〇九〇〕

それゆえ私は嘆き、苦しんでいる。
昨日あなたが心臓を貫くような目で
私を見つめたからだ」
それを思い出すと、エネアスは気を失い、
その場であおむけに倒れてしまった。
一晩中安らぎも休息も得られず、
眠ろうにも目を閉じられない、
そんな状態だった。
その晩中苦悶《もん》し続け、
朝になっても具合は良くならなかった。
前の晩にさんざん苦しんだあげく
翌日にはもっと悪くなった。
馬に乗ることもできず、
家来には具合が悪いと言った。
周りの者たちは皆涙を流し、
その日陣中には喜びもなく、
笑いも活気もなかった。
皆ひどく怯えていた。
決闘の日も間近となり、
エネアスの体力が落ちて、

〔九一〇〇〕

〔九一一〇〕

いざというとき
大丈夫かと皆心配したのである。
　ラヴィーヌは塔の上にいた。
朝早く、日の出とともに
窓辺に戻り、
恋人が見えるかと
陣のほうを探し始めた。
彼がいつもの所に
自分を見に来きてくれるかと
長い間待った。
来ないと分かると、
深く悲しみ、どうしていいか分からず、
自分の愛が拒まれたのではないかと思った。
「お母様があの方について
言ったことはほんとうだわ。
女のことなんかどうでもいいのよ。
若い男と遊びたいんだわ。
汚らわしい男しか好きじゃないのよ。
自分のガニメデス*をそばに置いて、
私のことなどどうでもいいのよ。
ずっと盛りがついたまま
若い男と楽しんでいるのよ。
彼らと楽しんでいるときは
どんな女も眼中にないんだわ。
この世にあんな男と結婚する女がいれば、
おめでたいことだわ。
彼からさぞ良い慰めや
結構な愛、悦楽をもらうことでしょう。
あの男はその女をずっと大事にとっておき、
なかなか求めたりしないでしょうからね。
あの男は女など気にかけていないんだわ。
そんな喜びは必要じゃないのよ。
私が恋していると知ってから、
こちらを見ようともしてくれない。
窓辺にいる私を見つけたあの人に
気持を知らせてから、
あそこに立ち止まってくれない。
私を見て吐き気がしたんだわ。
私が切れ目の入った服を着、
ズボンをはき、

革紐をきつく締めていれば、
もっと気に入ってくれたでしょう。
あの人は傍らに若い男を何人もはべらせ、
最も劣った者でも私より愛し、　〔九一六〇〕
シャツの切れ目に目をやるのよ。
何人もの男が仕えていて、
何度もズボンを下ろしているんだわ。
そうして彼らは給金を稼ぐのよ。
女に関心のない
あんな男など今すぐのろわれてしまえ。
あの男はそんな習慣がすっかり身についているのよ。
そんな行いは悪習の最たるもの。
女に目もくれず男をとるような者は
頭がどうかしてるんだわ。　〔九一七〇〕
私はあの人が望めば愛するでしょうし、
それが気に入ってくれればとても嬉しいわ。
でも、気に入らないのなら忘れよう。
そして、心底あの人を憎むことができるなら、
そうしよう。
でも、後でいやでも愛することになるでしょう。
人は自分を深く悲しませる者を
愛することがよくあるのだから。
私を愛するつもりはなくても、
私が愛しているということは　〔九一八〇〕
気づいて、分かるはずよ。
不幸で哀れね、それを受け入れてもらえないなんて。
領地を共有しようとせず、
私が愛していることすら我慢できないのよ。
ああ、ほんとうにつらい。
こんなことは考えないようにしよう。
あの人が愛してくれていると思える分だけ
愛することにしよう」
ラヴィーヌは彼への愛のために
一日中つらい思いをした。　〔九一九〇〕
彼女はエネアスがどうしているか知らなかった。
彼女への愛で苦しみ、
青ざめ、血の気が失せて、
すっかり変わり果て、ひどく傷ついて、
飲むことも食べることもできなくなっていたのだ。
しかし、エネアスは少しでも家来たちを元気づけるため、

九時課が過ぎると起き上がり、
灰色の馬に乗ると、
大勢の家来を引き連れて、
再び堀端へ出かけた。〔九二〇〇〕
城に向かってまっすぐ馬を進め、
いつものところで立ち止まった。
それは塔のちょうど真下、
彼が愛を受け取った所である。
　娘は彼がやって来るのを見て、
彼を責めたことを
後悔し始めた。
「私はひどいことをしてしまったわ。
取り乱して言いすぎてしまった。
あの人をあんなにあしざまに言ったので〔九二一〇〕
愛の神が私をとがめたんだわ。
今は後悔しているわ。ひどいことを言ってしまって。
いとしい方、私の愛の証《あかし》を受け取って下さい。
あなたをひどく侮辱しました。
非を認め、お心のままにいたします。
あのように非難を浴びせたりして、
深く悔いるべきでしょう。
ああ、じれったい。
私から奪うべきものを早く奪ってほしいのに。〔九二二〇〕
いとしい方、お気に召すなら、
はだしであなたの幕屋へ参りましょう。
痛くてもつらくても、
私にとっては心地よいでしょう。
私は愚かしくも悪口を言いました。
あの人を非難したのは大きな誤りでした。
いとしい方、私など死んで当然です。
私を生かすも殺すも
あなたしだいです」
そこで彼女はまたエネアスを優しいまなざしで見た。〔九二三〇〕
彼もそちらを見て、
彼女が自分を見つめていることに気がついた。
彼はなすすべもなくため息をついた。
家来たちは皆彼を見て、
すぐにそれと気づき、
多くの者たちがささやき合った。
「あの塔には最適の見張りがいる。

その意見が聞き入れられれば、
我々はすぐにでも入城できようし、
もし敵が皆その言葉を信じれば、
すぐさま降参するだろう」
彼らは主人に言った。
「殿、ご覧ください。あの塔はまことに美しい。
上の柱の一本が
下にいるあなたのほうへ少し傾いております。
ご覧ください。石積がいかに滑らかであるかを。
柱もまっすぐ、細工も見事です。
あの柱の横、右手の
窓はとても美しい。
しかし、あそこには弓兵が立っており、
いつでもこちらへ矢を射ることができます。
ですから、殿、その弓兵に射かけられないように
お下がりください」
からかわれているのがよく分かった
エネアスはにやりとした。
しかし、彼らの前では
そちらに目を向けないように気をつけた。

しかし、進みながら、
家来たちが彼に注意を向けていないときは、
自分も愛しているというしぐさを返した。
そして、二人は互いに見つめ合い、
合図を送り合った。
エネアスは引き返す段になると
ため息をつき、
彼女のほうは震えた。
別れがとてもつらかったのである。
エネアスは何度も彼女を見つめ、
彼女も彼のほうに手を差し伸べた。
このように二人は合図を送り合った。
互いに相手を忘れられず、
相手のことを思わずには
離れることができなかったのである。
二人は互いに
愛し合っていることを
いささかも疑わなかった。
　さて、休戦が終わり、
城の中は大騒ぎになった。

人々はもはやじっとしておられず、
二万の者が武具を取りに走り、
鎖かたびらや槍、盾を手にする。
ラティヌス王は城を出て、
すべての神々の像を運んで来させた。〔九二八〇〕
これから戦う者は、
取り決めどおり、
エネアスとトゥルヌス以外には
もはや誰も戦わないと
その神々にかけて宣誓しなければならない。
すなわち、どちらが勝つか見るだけで
誰も手を貸してはならない。
トゥルヌスはまだ武具を着けておらず、
ロラントの下に広がる草原にいた。〔九二九〇〕
彼は馬を引いて来させ、
武具、装備を運ばせた。
反対側からエネアスがやって来た。
勝つか負けるか
一刻も早く片をつけたい様子であった。
トロイ人たちもやって来た。

彼らの身につけた武具で
丘は輝いていた。
ラティヌス王は決闘場を準備させ、
皆を後ろに下がらせ、
囲みの輪をしかるべく広げた。〔九三〇〇〕
そして、形勢が良かろうと悪かろうと
何が起こっても、
決して動かぬよう触れを出した。
草原に絹織物が広げられ、
彼らの信仰する
神々の像が持って来られた。
トゥルヌスとエネアスの二人は
それらにかけて誓わなければならない。
王と諸侯たちは
最初に宣誓する者に合わせて
誓いの言葉を唱えた。〔九三一〇〕
ラヴィーヌは塔の上から、
目の前でまさに戦わんとしている
恋人を思い、
悲しみに暮れていた。

彼がどうなるか分からず、
苦悩し、不安であった。
しかし、もしエネアスが敵によって
殺されるか、負かされるかすれば、
彼への愛のために
塔から身を投げ、
彼の亡き後ひとときたりとも生き長らえまいと
心の中で
固く決めていた。
彼女はひどく悲しみ、涙を流し、
愛する人をお守りくださいと
あらゆる神に加護を祈った。
「なんて馬鹿だったのかしら。
ほんとうに思慮が足りないわ。
愛する人が私の袖を身に着けていないなんて。
袖を持っていれば、槍さばきも格別でしょうに。
それとも私のヴェールをお贈りしていたら、
よく効き目があって、
今日の剣の切れ味ははるかに良くなり、
トゥルヌスはその一撃を食らうでしょうに。
今考えても後の祭り。
大事の時だから
私から合図を送らなくては。
私のことを気にかけていらしたら、
この窓辺にいる私をご覧になって
いっそう勇敢になられることでしょう」
　二人が武具を着け
宣誓を行う前に、
エネアスは自分の立場を述べる。
王と諸侯たちは黙って聞いた。
「おのおの方、力ずくで
他人の領土や国を勝ち取ろうするのを
私の思い上がりとお思いにならぬよう
わけをお話しいたそう。
我が先祖はこの地に生まれた。
名をダルダヌスといい、
この地を出て、
我らの地に居を定めた。
まことに剛の者であり、長生きだった。
その血筋からトロスが生まれ、

トロイの城と町を築き、
自分の名を町に付けた。
我が父はその血を引く者。
トロイはギリシア人に征服されるまで　〔九三六〇〕
威を誇っていた。
神々はそこから私を連れだし、
先祖が生まれた
この国に遣わし、
祖父や曾祖父のものであった
イタリア全土を授けてくれた。
この国に着いたとき、
私は王に使者を送った。
私のほうから戦を起こさぬ代わりに
この地にとどまることを認めてもらうためだった。
王は私が安心できるようにと、
この土地のみならず
姫を下さると
ご親切にもおっしゃった。
それを得ようと、このように戦支度をして、
ここにやって参った。

トゥルヌスもそれを求めているからだ。
何が起ころうとも保証していただきたい。
もし私が敗れ、死んだ場合、
息子アスカニウスが軍を引き連れ　〔九三八〇〕
安全に撤退することができ、
一切危害を被らず、
我が仲間すべてが何の懸念もなく
引き返せるように。
もしこの国を私から力ずくで奪おうとする
あの者に私が勝てば、
二言なく約束する」今度は王に向かって言った。
「生きておられるかぎり、
陛下から何も奪いはいたしません。
この国をしっかりとお治めください。　〔九三九〇〕
ただ、姫と
町を築くことのできる場所をどこかに
お与えくださるようご配慮を。
陛下の後を継承したく存じます」
　王とそこにいた人々は
それを保証し、さらに

もしその日彼が決闘で死ねば、
アスカニウスが軍を引き連れ
モントーバンまで安全に、
自由に戻れるようにすると約束した。
ただし、望むなら一ヶ月はとどまってもよいが、　〔九四〇〇〕
それ以上はとどまらないこととした。
彼らが話し合い、
このように取り決めをしている間に、
城側の一人の騎士が
その話を聞き、
仲間の者たちのところへ行き、言った。
「トゥルヌス一人が我々皆の代わりをするとは
あまりにふがいないと思わないか。
我々は向こうと比べ　〔九四一〇〕
同じかそれ以上の数がいる。
これはとても割りに合わない話だ。
一人の男に賭けているのだから。
もしトゥルヌスが負け、死ねば、
我々も全員負けたことになり、
恥辱を被るのだ。

トゥルヌスが負け、
エネアスが勝てば、
我々はたちの悪いやつらと関わり合うことになり、
この先ずっと年貢を納めることになろう。　〔九四二〇〕
気高き騎士たちよ、手遅れになってはならない。
やつらと戦おうではないか。
運任せでたった一人の男に
賭けたりはすまい」
と言うなり彼は突進し、一人のトロイ人に
打ちかかり、斬り倒して殺したが、
すぐにその仇を討たれた。
戦闘が再び始まり、
たちまち多くの者が倒れた。
両陣から攻めかかり、　〔九四三〇〕
槍先に身をさらし、
幾百、幾千の者が死んだ。
その名をすべて挙げることはできない。
誰が戦い、誰が倒れ、
誰が死に、誰が打ち倒したのか
述べるのも難しいであろう。

しかし、彼らは激しくぶつかり合い、
双方いささかも容赦しなかった。
　王は事がもつれたのを見て、
期待した決着を
ついにあきらめねばならず、
逃げ出した。
神々の像を抱いてはいたが、
それらを少しでも価値があり、
何か加護が得られるものとは
信じておらず、
抱えている神々より
逃げるが勝ちと確信していた。
武具をまったく着けていなかったエネアスは、
事がもつれてしまったのを見て、
つらく、悲しかった。
彼は首に盾をかけ、
すばやく駆けつけると、
全員後ろに退き、
これ以上戦うなと
家来たちに大声で訴える。
また彼らを罵って、
王が決定した約束を
台なしにする者は
決闘の機会を奪ったのだから、
自分から領地を奪おうとする者だと言った。
しかし、いくら叫んでも、効き目はほとんどなかった。
エネアスはじっとしていられなかった。
皆後ろに退き、
これ以上手出しするなと
手で家来たちに合図した。
彼は耐え難いほどつらかった。
そのとき、一人の弓兵がでたらめに
狙いもつけず弓を引くと、
思いがけず、矢はエネアスが振った腕に当たり、
骨まで達した。
腕はたちまちはれ上がった。
エネアスはもう一方の手で
荒々しく矢を引き抜いたが、矢じりが腕に残った。
傷は激しく痛んだ。
アスカニウスと諸侯たちは

急いで彼を連れ帰り、
幕屋の中に寝かせ、
すぐに陣中の腕利きの医者を
呼びにやった。
　トゥルヌスはこれに気づき、
エネアスが傷ついたのを見て、
大喜びした。
彼は素早く武具を身につけると、
馬に乗り、旗印を翻し、
ためらわずトロイ人たちを攻めるよう
家来たちに命令した。
自らも敵の隊列に突進し、
槍で巧みに、剣ではさらに巧みに打ちかかり、
多くの者を鞍から打ち落とした。
対抗できる者は誰もいなかった。
鞍から落とされた者、落とした者、
死んだ者すべての名を挙げれば、
うんざりすることだろう。
トゥルヌスは容赦なく殺しまくった。
ナプタナブスというトロイ人は
少しばかり威厳を見せ、
勇敢さを示そうとして言った。
「若造、下がっておれ。
そんなまねはやめろ。
お前は、エネアスがここにいないので、
我々を奇襲し、完全に打ち負かし、
我々すべてを殺したと思っている。
お前を前にして逃げ出さず
立ち止まる者がいるとは考えておるまい。
我々が相手になるぞ。
たとえエネアスが死んでも、
我々は戦いをあきらめはしない。
こちらに私一人しか
指揮官がいなくとも、
お前から女も領地も
すべて勝ち取ってくれる。
たとえエネアスが来なくても、
安心してはおられぬぞ。
武器を振るうことができるかぎり、
高価な犠牲を払わせてやる。

もしお前が手だれでなく、
ちゃんと身を守ることができねば、
お前が殺した我らの仲間の仇は
すぐにでも討たれよう」
ナプタナブスは話すのをやめると、
馬に拍車をかけ、トゥルヌス目がけて突進し、
激しい怒りを込めて攻めかかり、
金の盾を突いた。〔九五二〇〕
しかし、槍は滑り、
盾を割ることも、貫くこともなかった。
槍の刃は何も傷つけず、
トゥルヌスは鞍から動かなかった。
今度はトゥルヌスがナプタナブスの
盾を突くと、盾は粉々になり、
鎖かたびらを断ち切り、〔九五三〇〕
旗印のついた槍を体の中に
三角旗のところまで突き通し、
鞍から落として殺した。
トゥルヌスは落馬して冷たくなった彼を見て
言った。「もうお前と戦うこともなく、
負かされることもない。
お前は私に国をそっくり残し、
お前が横たわる場所以外、
一ピエ、いや半ピエさえ得ることはない。
お前にふさわしい食い扶持《ぶち》をやったのだ。
けちくさいかもしれないが」〔九五四〇〕
　敵味方が戦い、
殺し合い、倒し合っている間、
エネアスは天幕の中にいた。
アスカニウスと諸侯たちは
彼の周りでさめざめと涙を流し、
一族のこと、
それ以上に彼ら自身のことを心配した。
幕屋の中で嘆き悲しみ、
自分たちは皆捕まって死ぬのだと言った。
イアピスという名医が〔九五五〇〕
やって来て、傷を見ると、
矢じりが残っていることが分かり、
摘出できないものかとあれこれ試した。
しかし、やっとこや鉄ばさみでは

どうしても取り出せず、
エネアスは大きな叫び声をあげた。
医者は行李《こうり》のところまで行き、
箱を取り出し、そこから白アザミを出すと
それを薄めて
彼に飲ませた。飲み干すと、
矢じりはひとりでに抜けて、
肩はすぐに治り、
エネアスはたちまち元気になった。
白アザミにはそのような効き目があるので、
のろ鹿は傷つくとまっすぐ
薬となる白アザミのある所へ
走る習性がある。
葉であろうと根であろうと
それを飲めば、
傷はすっかり治るのである。
矢じりが残ったときにも、
この薬草を飲むと自然に外へ出てゆく。
エネアスはまた元どおり元気になると、
大急ぎで武具をつけ、
全員すぐに集まるよう
陣中に触れを出させた。
従僕であれ盾持ちであれ、皆やって来て
弓や槍で戦うよう命じた。
味方はエネアスの救援を
今か今かと待ち望んでいた。
トゥルヌスが圧倒し続けていたからである。
もう少しで全員が降参しそうだった。
トゥルヌスは敵を敗走させ、
完全に奇襲が成功したと信じていた。
実際彼はすぐにもそうしそうであった。
そのとき、エネアスが大軍を率いやって来て、
味方を救い出した。
トロイ人らはたちまち千人を殺し、
逆に敵を敗走させた。
そこでエネアスが叫んだ。
「さあ、掛かれ、気高き騎士たちよ。
これから十分恨みを晴らせるぞ。
敵は総崩れで敗走している。
容赦は無用」

そこでトロイ人たちはすぐさま
打ってかかり、敵は逃げ続ける。
身を守ることができないからである。
エネアスは逃げる者に
追い打ちをかけようとはせず、
仇《きゅう》敵を求めて
激戦の中を探し続ける。
しかし、トゥルヌスは向きを変え、
エネアスに出会いそうな所へは
行こうとしなかった。
明らかに、すべてが
うまく行かず、幸運が
背を向けていると思えたからである。
トゥルヌスはどうしていいか分からなかった。
逃げるのは嫌だが、
さりとてまだ死にたくもなかった。
エネアスはトゥルヌスと戦いたがったが、
出会うことができなかった。
そうと分かると、
大軍を連れてそこから移動し、
城へと馬を駆る。
全員が戦場に出払い、
城にはほとんど誰も残っていないと分かった。
残っていたのは三百人で、
他の者は皆戦いに出ていた。
エネアスが攻撃する前に、
中の者の一部は降伏を望み、
それ以外の者は立てこもろうとした。
彼らは城門を閉めに走り、
城壁に駆け上がって、
トロイ人を中へ入れまいとした。
そこで、エネアスは攻撃させた。
弓を引かせ、槍を投げさせ、
はしごを城壁に掛けさせた。
それから火を運ばせ、
防御柵全体に放たせた。
　トロイ人が火を放つと、
たちまち城塞全体が炎に包まれた。
すると、人々は戦ったり、
城を守るより、

火を消すことに気をとられる。
行く手を阻み
入城を妨げる炎さえなければ、
トロイ人は中に入っていたであろう。
もはや妨害するものはなかった。
防いでも無駄だった。
トゥルヌスが城に目をやると、
燃えているのが見えた。
エネアスが勝利し、
間もなく城を占領するのは
目に見えていた。
エネアスが町を火の海にしていたからである。
トゥルヌスは手勢を離れた所に退かせ、
どうするつもりか
手短に話しかけた。
「戦士の息子たちよ、
命運の許すかぎり、
皆それぞれよく私を助けてくれた。
できることなら、まだ喜んで
助けてくれることだろう。
しかし、神々は私が国を得ることを
お望みではないようだ。
あのトロイ人にすべてを与えてしまわれ、
お前たちはそれを奪われるだろう。
私のために多くの者が死んだ。
神々はお前たちがこれ以上戦うことを
望んでおられないようだ。
だから、皆後ろに下がっておれ。
エネアスとは私が戦い、
運命に身を委ねるつもりだ。
生きたまましっぽを巻いて逃げ出すよりは
戦って死ぬほうがいいからな」
トゥルヌスがこのように言うのを聞くと、
皆泣き始めたが、
もはや彼を手助けすることはできない。
トゥルヌスは馬に拍車をかけ、
トロイ人に攻撃され、燃え上っている
ロラントへ引き返した。
彼は叫んだ。町は引き渡すから、
破壊したり、

火をつけたりせず、遠くでじっと
見ているようにと。
敵方は皆後ろへ下がるよう切望する。
自分は戦う準備ができており、
エネアスに戦う気持があるなら、
進み出よ、逃げ隠れはしないからと。〔九六八〇〕
　トゥルヌスの言葉を聞くと、
エネアスは大変喜び、
戦闘も突撃も
攻撃は一切やめさせた。
トゥルヌスは自分が戦う以上、
味方も敵も、
誰一人死んでほしくなかった。
自分一人で片をつけたかった。〔九六九〇〕
そこで家来たちを全員退かせ、
場所を広く空けさせると、
武器をすべて納めさせた。
二人の外に誰かが決闘に加わる
心配は無用となり、
二人のいずれかにより平和がもたらされるだろう。
皆遠巻きに見ていた。
それ以上話し合いもなく、宣誓もなく
威嚇もなく、挑戦の言葉もなく、
二人は槍を構えて掛かっていった。〔九七〇〇〕
トゥルヌスは駿馬に拍車をかけ、
盾の革紐の上を狙い
エネアスの胸を正面から突いた。
丈夫な鎖かたびらは持ちこたえ、
環一つ破れなかった。
そこでエネアスは態勢を立て直し、
トゥルヌスの盾の下を突いた。
二人とも馬から落ちた。
二人はすぐさま立ち上がり
鋼の剣を抜いて、〔九七一〇〕
互いに荒々しく打ちかかった。
まずトゥルヌスがエネアスを
盾の上から打ったが、それはヴルカンが
入念に作り上げたものであり、
そんな一撃ではびくともせず、
割れも裂けもしなかった。

エネアスも研ぎ澄まされた剣で
トゥルヌスの兜を上から打ち、
その一画を切り落とした。
一撃は盾まで届き、
その一部を削ぎ取った。
トゥルヌスはこれに動揺した。
エネアスが態勢を整え
会心の一撃を放てば、
もう駄目だとよく分かり、
肝を冷やさずにはおれなかった。
二人は再びしのぎを削ったが、
命運とは力を味方に戦うもの。
刃と刃がぶつかり合い、
千もの火花が散った。
トゥルヌスは真正面を狙って、
エネアスの兜を上から打ったが、
兜はまったく傷つかなかった。
逆に剣が真ん中で折れ、
先の半分が地面に落ちた。
トゥルヌスはたじろいだ。
剣の先がないのを見ると
残った半分も投げ捨て、
決闘場を突っ切り、逃げ出した。
しかし、行く手はすっかりふさがり、
周囲も人垣に囲まれていたので、
どうしていいか分からず、
囲みに沿って逃げ、
友人たちの名を呼び、
助けを求める。
しかし、動く者はおらず、
二人に決着を委ねた。
エネアスは相手が逃げるのを見ると、
後を追いかけ、
次のように言った。
「逃げていては勝てないぞ。
掛かって来て戦わなければな。
戻れ、こっちへ来い」
エネアスは立ち止まり、
落ちていた自分の槍を拾い上げた。
トゥルヌスは自分の前にある

境界のしるしとして置かれた
大きな岩が目に入ると
両手で持ち上げ、
エネアスに襲いかかった。
渾《こん》身の力を込めて投げつけると
岩は盾のこぶに当たり、
跳ね返った。
盾は砕けも割れもしなかった。
そんな一撃では盾はびくともせず、
エネアスは一ピエも動かなかった。
今度は彼が槍を投げた。
強烈な力で放つや
槍はトゥルヌスの盾を突き破り、
腿《もも》の真ん中に突き刺さった。
彼はたまらず膝をついた。
それを見て彼の家来や諸侯たちが
大きな叫び声を上げ、
それは森中に響き渡った。
　エネアスはトゥルヌスがひざまずいたのを見て、
大股で進み寄る。
トゥルヌスは彼を見て怯え、
これ以上何もできないと分かると、
エネアスに両手を差し出し、
慈悲を請うた。
「あなたの臣下や兵の前で
降参いたします。
あなたが私を負かし、すべてを勝ち取ったことは
皆よく分かっています。
あなたには何も逆らいません。
ラヴィーヌはあなたのものです。
領土もすべてお渡しします。
私をこのまま見逃がしても、
私のほうから戦いを仕掛けることはありません。
これ以上何も求めません。
あなたに降参し、臣下になります」
トゥルヌスは兜を取り、差し出す。
エネアスは哀れに思った。
トゥルヌスは兜を手渡した。
兜を差し出したとき
エネアスは彼の指にパラースの指輪を見た。

トゥルヌスがパラースを殺して奪ったものである。
エネアスはパラースのことを思い出し、
深い悲しみを新たにした。
怒りで顔色を変え、ため息をついて
言った。「そなたは私にあわれみを請い、
何もかも放棄して私に委ねた、
王の娘もこの王国も。
本来ならそなたを許し、
命どころか手足の一本も奪わないところだが、
その指輪を見て私は
そなたが殺したパラースのことを思い出した。
そなたは私の心に深い悲しみを植えつけた。
エネアスがそなたを殺すのではない。
パラースが恨みを晴らすのだ」
こう言うとエネアスは前に踏み出し、
ヴルカンの鍛えた剣で
即座にトゥルヌスを一突きにし、
首をはねてパラースの仇を討った。
トゥルヌスが死に、エネアスが勝ったのを
居合わせた者皆が見届け、
その場は騒然となった。
トロイの者は喜び、
敵方は悲しんだ。
しかしながら、こうなってしまった以上、
彼らとて一刻も早く、
エネアスを受け入れようと思った。
ほんとうは悲しいのだが、
喜ぶ振りをしていた。
諸侯たちはエネアスに降伏し、
ラティヌス王はその場で彼に
諸侯たちの臣下の誓いを受け入れてもらい、
城を引き渡した。
その日は大勢の者が彼を取り巻き、
全員が領主として迎えた。
エネアスはロラントへは行かず、
自分の幕屋へ戻った。
ラティヌス王は彼に同道した。
王との別れ際にエネアスは
ラヴィーヌをめとる日、すなわち、
彼が王、彼女が王妃になる日を定めた。

二人の考えで、
その日は一週間後と定められた。
ラヴィーヌはエネアスが勝ったと
聞き、自分の目でも確かめた。
ところが、見ると彼は引き返していく。
そこで、エネアスが話しに来ないのは
自分をいとおしく思っていないからだと考えた。
エネアスが去るのを見て悲しみ、
涙を流し、嘆き、叫び、こう言った。〔九八四〇〕
「あの方には私のことなどささいなこと。
私は愚かなことに関わり合ってしまった。
私のことなどちっとも気にかけてくださらない。
これから私にかこつけて
領地や王国を手に入れるつもりだわ。〔九八五〇〕
もし領土をすべて手に入れれば、
私の愛など取るに足らないことでしょう。
相続をしてしまえば、
後は私をひどい目にあわせ、
奈落の底に突き落とし、
すべての城を我がものにするでしょう。
私には身を守るすべもなく、
あの方は隷属を強いるでしょう。
たとえ私を多少愛しているとしても、
常にひどい傲慢さと冷酷さを
見せることでしょう。〔九八六〇〕
私が先に気を引いたと
度々責められるでしょうし、
尻軽女と思われるでしょう。
私は愛の支配を受け、
結局あの方が勝利を得るのよ」
「愚かなラヴィーヌ、あの方が昼間勝っても、
お前が夜勝つのなら、怒ってはいけないわ」
「怒るなですって。怒るわよ。
私が支配を受けるなんて。〔九八七〇〕
あの方が私に愛を請い求め、
おもねり、気遣うべきなのに」
「やめて。お黙り。節度をわきまえなさい。
つらさに耐えることについては、
女は生まれつき男よりも弱いわ。
心の中にしまっておけないのよ。

愛し方が露骨なのね。
男のほうが上手に心を隠せるわ」
「確かにあの方はとても上手に隠しているわ。
私のことなど何も気にかけていないのよ」　〔九八八〇〕
「気にかけていようといまいと、
何か素振りは見せるでしょう」
「立ち去るとき、こちらに来てはくれなかったし、
目を向けてもくれなかったわ。
目はいつも愛のために、
手は痛みのためにあるのに。
痛むところには手を置き、
愛を求めるところには目を向けるもの。
だから言うのよ。もし私を愛しているなら
立ち去るときに目を向けたはずだわ。　〔九八九〇〕
それなのにあの方は立ち去るほうを選んだわ。
きっと私をいとしく思っていないのよ。
今やあの方は勝負に勝ったので、
すべてを手に入れ、私がいなくても
領地を得られると考えて、
自ら王と称するつもりなのよ。
私との言い争いなど恐れていないし、
何が起ころうと平気なんだわ。
うまく戦いを切り抜けたので、
私を追い出そうと思っているのよ」　〔九九〇〇〕
「何を言うの。悪く考えすぎよ。
私を妻としなければ、
この国の諸侯たちが
あの方を王として受け入れることなど
あり得ないでしょう。
私が相続権を奪われる前に
千人もの騎士が死ぬでしょう。
愛をえさに私をだまし、
ついには相続権を奪おうというのなら
愛をささげた相手が悪かったのよ。　〔九九一〇〕
でも、相続権を奪われても嘆いたりはしないわ。
なくて寂しいのはあの方の愛だけ。
あの方が今すぐ私を安心させてくれないなら、
私の命なんかもうどうなってもいい」
　娘は激しく泣いた。
恋人が自分を愛してくれないのではと

不安に思ったからである。
しかし、エネアスが彼女と離れてどれほど寂しく思い、
彼女ゆえにどれほど苦しんだか
よく分かっていれば、
そんなことを恐れる必要はなかった。〔九九二〇〕
エネアスはその日一度も心安らぐことなく、
夜も眠れず、涙を流し、
愛の神の名を呼び、
自分をこんなにつらい目にあわせないよう
謙虚に懇願していた。
身を震わせ、嘆き、
口の中でつぶやいた。
「何ということをしたのだ、不幸で哀れなこの私は。
恋人を得て、めとるのに、〔九九三〇〕
日取りをなぜあれほど先にしてしまったのか。
そんなには待てない。
日取りをずっと早くしなくては。
待つことは楽ではない。
今は一日が一年以上にも感じられる。
苦しみや病気、痛みのある者は
心から健康を望むもの。
私はひどく傷つき、
私の病気には一つの薬しか
効かないというのに、
それを飲むのを遅らせてしまったのだ。〔九九四〇〕
愛は毎日私をひどく苦しめ、
休ませてくれない。
先日燃えていた愛を
今もなお彼女がいちずに抱いているか
はっきりと知りたい。
私がどれほど愛しているか彼女にも知ってほしい。
愛の神は釣り針で私を釣った。
あの娘をえさにしたのだ。
初めてあの娘を見て以来、
彼女を思う気持を振り払えなかった。〔九九五〇〕
愛することでこれほど苦しんだことはなかった。
ほんとうに不思議なことだが、
深く愛する者は安らぐことがないのだ。
愛によって待ち望んでいたすべての喜びは
高くついてしまった。

あの美しい人に救ってもらうのが
待ち遠しくてたまらない。
今頃、彼女は後悔していよう。
女心はすぐに変わるから。〔九九六〇〕
しかし、私を愛することをためらっているとしても、
非難することはできない。
彼女がどれほど大切か
その素振りをほとんど見せていないのだから。
決闘の後すぐに
彼女のところへ行かなかったのだから、
確かに私はひどいことをした。
ひどいことをしたのだから許しを請おう。
彼女とて私に恨みや
怒り、いらだちをいつまでも持つはずがない。〔九九七〇〕
愛の神は長いいさかいには関わり合わないが、
ひどいことをした者は慈悲を請わねばならない。
もし男が女に少しつれなくし、
女がなかなか許そうとしないときでも、
男が慈悲を請うのを聞けば、
女は男を許してやらねばならない。

いさかいがあったとき、
和解することはとても大切だが、
一方で、わずかないさかいは
大事な恋の駆け引きでもある。
あまり長引かない怒りは
恋の妙薬であり、〔九九八〇〕
刺激剤、興奮剤になる。
恋人たちの一方が腹を立てたとき、
後の和解はいっそう価値がある。
それは一つの再生だ。
けんかの後のたった一度の口づけは
その前の九度の口づけよりも価値がある。
もし腹立ちや怒りがなければ、
恋はそれほど心地良くも大切でもないだろう。
海で嵐に出会った者は
何事もなく安全に
海を渡った者より
岸に着いたとき嬉しいものだ。
死ぬほど恐ろしい目にあった後には
港に戻ると喜びが大きい。

愛もまたしかり。わずかないらだちは
後でとても好ましいものになる。
私の恋人が少しばかり腹を立てても、
それは当然だと思う。
〔一〇〇〇〇〕

戦いが終わった後、
すぐに会いに行かないという
ほんとうにひどいことをしたのだから。
愛の表し方が下手だった。
過ちはちゃんと認めよう。
〔一〇〇一〇〕

また、よりによってさらにひどい不手際をし、
婚礼の日取りをあんなに先にしてしまった。
つらい思いをし、嘆くのも自業自得。
婚礼を一週間後にするという
過ちを犯したのだから。
〔一〇〇一〇〕

明日まで待つだけでも
長すぎると感じるのに。
私が後悔するのも、またその痛みを
さらに強く感じるのも至極当然だ。
このように定めた日取りを
後になって悔やんだことは、
一度しかない。その一度の後悔が
ずっと続き、私を苦しめる。
『彼女の愛を手に入れるのは
今日ではない』と毎日考え、
とても憂鬱《うつ》になる。
〔一〇〇二〇〕

そのため、涙をこらえることができない。
彼女がいないのは何ともつらい。
約束の日が来て、
彼女を我がものにするまで、
さらに待ち焦がれ続けなければならない。
しかし、このような日々は驚くほど長く続き、
かつて一日がこれほど長かったことはない。
一日が三日にも感じられる。
この七日間は三か月にも相当する。
〔一〇〇三〇〕

天空は回らず、
夕暮れはなかなか来ない。
日は沈まず、
いつまでも夜にならない。
そして、今度は夜が
嫌になるほど続くのだ。

いったん太陽が隠れると、
再び昇るまで、
太陽が無くなってしまったのではと千度も考え、
もう二度と見られないのではと心配する。 〔一〇〇四〇〕
それほど遅く、ぐずぐずしている。
太陽がまた昇る時を
もう見ることはないのではと考える。
また昇ると、一日中動揺して、
太陽が動いているかどうか
眼を凝らして眺める。
ほとんど動いていないように見えるのだ。
このような猶予を認めるとは、
思慮が足らず、愚かだった。
今こうなっているのは当然だが、 〔一〇〇五〇〕
もっとひどいことになるやも知れぬ。
雲行きが一気に変わってしまうのも見てきた。
愛する者を手に入れることができたのに、
なぜ先へ延ばしたのか。すぐ手に入れなかったとは。
彼女は私を遠ざけてしまうかもしれない。
事の準備ができているのに、

先へ延ばすと、事を損なうことがよくある。
事態は一瞬にして変わるからだ。
人は今できる事はしなければならぬ。
先へ延ばせばたちまちうまく行かなくなる。
すべて成し遂げることができたのに、
無用に先へ延ばしてしまった。
もしあのとき確信があれば、
望みを果たし、
今無用にこれほどつらい思いはせず、
甘い喜びを感じていたであろう。
いいものを手に入れられるのに、取り落す者が
赤恥をかくのは当然。
我がものにできたのを
なおも待ち、そのことで悲嘆に暮れ、 〔一〇〇七〇〕
このようにひどく心配しているのだ。
つかもうとするとすぐに消えうせるものに
安心感を抱いてしまった。
今は我慢し、待たねばならないが、
いろいろな事があり、もう精根尽き果てている。
今ごろは心安らかでいることもできたのに。

往々にして人は自分の利益を逃すもの。
今の私もそれと同じで、ほんとうに悔やんでいる」
エネアスはひどく不安になり、
愛する人をめとる日を
待ち望んだ。　〔一〇〇八〇〕
彼にとって待つことは何よりつらく、
彼女にとっても時が過ぎるのは遅かった。
愛する二人はお互い相手を欲し、
その間ずっと心を傷めていた。
もし二人の婚礼の日取りが
もう七日延びていたら、
どちらか一方がその代償を払うことになるか、
あるいはどうかすると二人とも
たちまち不幸に見舞われたであろう。　〔一〇〇九〇〕
　取り決められた日、
二人が耐えに耐えて待った日が来ると、
王は友人たちを招き、
諸侯たちすべてを呼び集めた。
王はエネアスを迎えに出かけた。
大喜びで迎えると
ロラントに連れて行き、
皆の前で王国、領地を
相続させた。
その日、王はエネアスにすべてを与え、　〔一〇一〇〇〕
エネアスは王の娘と結婚した。
皆大変な喜びようで、
さまざまな楽器が鳴り響き、
数々の催し物が繰り広げられた。
エネアスは王位につき、
歓喜のなか戴冠し、
ラヴィーヌも戴冠した。
二人はイタリアの王と王妃になった。
パリスがトロイでヘレナを手に入れたときの喜びでさえ、
ロラントで愛する人を手に入れた　〔一〇一一〇〕
エネアスが得た喜びに比べれば、
及ばなかった。
彼は世界でこれほどの幸福を
得た者は誰もいないと思った。
また、ラヴィーヌのほうも
自分以外に

これほど幸せな女はいないと思った。
彼女は口にしたことは
すべてやり遂げたのだから。
王がエネアスにラヴィーヌを委ね、
ラヴィーヌにエネアスを委ねると、彼女は大変喜んだ。
祝宴が盛大に執り行われ、
婚礼は一ヶ月続いた。〔一〇一二〇〕
王は自分の領地の最高のもののうち、
エネアスが選んだところに、
非常に広大な土地を選び、
自分の存命中は彼に譲与した。
王はすべての土地を彼に与え
自分の死後、エネアスがその主となり、
誰も異議を申し立てないようにした。〔一〇一三〇〕
　エネアスはイタリアの最高の地を得て、
町の建設に着手し、
立派な城壁と堅固な天守を築いた。
アルブと名付けたその町は
非常に豊かで、大きく、
その支配力は長い年月続いた。

エネアスはその都市を長く治め、
その後ラティヌス王の全領地が
彼のものとなった。
エネアスが亡くなると、
アスカニウスが後を治めた。〔一〇一四〇〕
さらに、父アンキセスがエネアスに
地獄で語り、
エネアスの後に続く王たちを
生まれる順に示したように
事は運んだ。
アンキセスが息子に語ったように
王たちが次々と生まれた。
王たちは皆大きな権力をもち、
その血筋からレムス
そしてロムルスが生まれるまで〔一〇一五〇〕
代々受け継がれた。
この二人は兄弟で、大変な権力者であった。
彼らはローマの町を建設したが、
その名はロムルスが自分の名を付けたもので、
その町に初めて付けられた名前であった。

七〇六行 **九時課** 聖務日課に由来する時刻の一つで、日の出から九時間目の午後三時ころ。季節によってかなり差がある。昼夜の時間を十二等分した古来からの伝統に従い、その区切りの三時間ごとに教会や修道院では聖務の日課が行われた。この日課の時刻を鐘を鳴らして知らせたため、一般でも時刻を表すのに、この日課の用語が用いられた。朝課（真夜中）、讃課（午前三時ころ）、一時課（同六時ころ、夜明け）、三時課（同九時ころ）、六時課（正午ころ）、九時課、晩課（午後六時ころ、日没）、終課（同九時ころ）。

一一三六行 **ピエ** 長さの単位。約三〇センチくらい。「足（ピエ）」に由来。

一一四八行 **ヴィエル** 弦楽器の一種。

一四九九行 **フェブス** 光の神アポロンの別名。

二五五五行 **その重みで船は浸水し** 肉体をもった生身の人間（エネアス）が乗り込んだので。

二五六七行 **グリフォン** 鷲の上半身とライオンの下半身をもった、ギリシア神話に出てくる動物。

二九四〇行 **シルヴィウス** ラテン語でシルヴァは「森」という意味。

三九五〇行 **クラウドゥス** 四六三八行の注参照。

四〇三八行 **トワーズ** 長さの単位。約二メートル。

四二八六行 **モントーバン** 「白い山」という意味。

四五一一行 **ディアプル** 高価な絹製品。

四六三八行 **カルス** ウエルギリウスの『アエネーイス』では「カクス」の名で出てくる。『エネアス物語』の他の写本も「カクス」を用いているものが多い。ちなみに、「クラウドゥス」（三九五〇行）と「ダウムス」（五八四〇行）

も、『アエネーイス』ではそれぞれ「クラウスス」と「ダウヌス」の名で出てくる。

四九一〇行　**ニススとエウリアルス**　友情厚い二人のことは、修道僧ラウル・レ・トゥルティエの、友情を称える書簡詩「ベルナルドゥスに宛てて」の中で、ダモンとピュティアス、アミクスとアメリウス（中世フランスでは「アミとアミル」）と並んで語られている。

五三四六行　**ギリシア焔硝**　硫黄と硝石などを混ぜ合わせた一種の火薬で、発火する投擲弾。

五四四六行　**三時課**　七〇六行の注参照。

五六五四行　**ミュイ**　容量の単位。大樽一杯分。

五八四〇行　**ダウムス**　四六三八行の注参照。

六四七一行　**スティエ**　容量の単位。ミュイ（大樽一杯分）の十二分の一。

九一三五行　**ガニメデス**　トロイの王子。父親はトロス王。美少年として有名。さらわれてオリュンポスに連れて来られ、ヘラの娘ヘベに代わってゼウスの酌人となり、神々の寵愛を受けた。

あとがき

フランス文学史に最初に登場するのは『聖アレクシの生涯』に代表されるような聖人伝である。次いで『ロランの歌』を初めとする武勲詩（シャンソン・ド・ジェスト）が現れる。それはジョングルールと呼ばれる人たちによって、歌って聞かされた叙事詩である。

十二世紀になると、フランス中世を代表する作家とも呼べるクレチヤン・ド・トロワが現れ、『エレックとエニッド』『クリジェス』『ランスロ、または荷車の騎士』『イヴァン、またはライオンの騎士』『ペルスヴァル、または聖杯物語』などの作品が書かれ、いわゆる宮廷風騎士道物語（ロマン・クルトワ）全盛の時代となる。それらにおいては愛のテーマが大きな要素となっている。

その物語（ロマン）というジャンルの先がけとして、「古代もの」と呼ばれる一連の作品群がある。その一つがここに訳出した『エネアス物語』であり、そのほかに『アレクサンドル大王物語』『テーベ物語』『トロイ物語』などがある。これらはいずれも古代ギリシアの神話・伝説やローマの作者から題材を借りて、それを当時のフランスの新しい要求に応じて、中世風に書き直したものである。別の言い方をすれば、叙事詩の題材を物語風に翻案したと言ってもよかろう。

フランス中世作品の翻訳も近頃だいぶ増えてきたが、まだまだ十分とは言えず、日本語で手軽に接することができるようになることが望まれる作品は多い。物語の原点としての古代ものもその一つであろう。そこで手始めとして『エネアス物語』を取り上げた次第である。

『エネアス物語』を、そのもとになっているウェルギリウスの『アエネーイス』と比べてみると、ディドーやラヴィーヌのエネアスに対する恋愛の要素が多分に膨らまされている。その他、舞台や人物は古代のままでありながら、その行動様式や感情は中世人のものであり、城の造りや身につけている鎧兜も、戦闘の仕方も中世の騎士のそれである。

形式面で言えば、それ以前の武勲詩に見られる詩節分けがなく、脚韻も平韻と呼ばれる二行ずつの押韻で、物語の最初から最後まで区切りがない。古代ものは長さも一万行から三万行あり、武勲詩に比べると相当長い。これらの特徴はいずれも、作品の伝播や享受のされかたが変化したことと関係があると考えられる。すなわち、暗唱して歌って聞かされた武勲詩に対し、物語は宮廷などで複数の人を前に、読んで聞かされたとされている。その意味でこの平韻という形式は、実質的な散文作品出現以前の「中世の散文」と呼ばれることがある。

本書においては以上の点を考慮し、文体と頁のレイアウトを決めた。すなわち基本的に散文訳とするが、韻文の雰囲気を保つため行変え印刷とし、それをできるだけ原文の各行に対応させるように努めた。さらに原文の一行八音節に近づけるため、無駄な説明を省き、リズム感を考慮した簡潔な表現を目指した。また原典と対照することができるように、十行ごとに行番号を付した。

『エネアス物語』は十二世紀の半ば、一一五〇〜一一五五年ころに書かれた作者不詳の作品であり、現存九種の写本によって伝えられている。本訳書に使用したテクストは、*Eneas*, **roman du XIIe siècle, édité par J.-J. SALVERDA DE GRAVE, Paris, Champion** (CFMA, 44 et 62), tome I (1973 réimp.), tome II (1968) である。さらに、*Le roman d'Éneas*, édition critique **d'après le manuscrit B.N. 60, traduction** および、*Le roman d'Éneas*, **traduit en français moderne par Martine Thiry STASSIN, Champion, 1985** も参考にした。原題に忠実に従えば書名を『エネアス』とすべきであろうが、フランス文学に馴染みのうすい読者をも考慮に入れて『エネアス物語』とした。

翻訳にあたっては、まず六人の訳者が分担して一次訳稿を作成し、それを全員で検討し修正を加え、文体と用語の統一を図った。しかし未だ不統一の箇所が残っているかも知れない。大方のご叱正を賜りたい。

出版にあたっては、広島で地道な出版活動を長年続けている溪水社の社長であり友人の木村逸司氏に、この度もすっかりお世話になった。

二〇〇〇年八月

原　野　昇

固有名詞一覧

(1) 下記の固有名詞のリストは〔人名〕と〔地名〕に分かれており，それぞれ五十音順になっている．古フランス語のテキストにおいて名詞形が現れるものを対象とし，民族名など形容詞形しか表れないものについては省いてある．
(2) 語形の横の対応は，左から日本語，ラテン語，古フランス語，現代フランス語の順 になっており，語形にゆれの見られるものについては，複数の語形が挙げられている．
(3) 日本語のカタカナ名の直後に* のついているものは，その語形が Vergilius の *Aenēis* に現れていないことを示す．
(4) ラテン語の語形については，主として
①Virgile (1970): *Enéide*, tomes I-II, Les Belles Lettres.
②田中秀央(1999)：『羅和辞典』，研究社.
③Gaffiot, Félix (1980): *Dictionnaire illustré latin français*, Hachette.
を参照し，母音の長短については，さらに①のテキストにおいて当該語形が出現する行のスカンションも利用した．
(5) 現代フランス語の語形については，主として
Eneas, édité par J.-J. Salverda de Grave, tomes I-II (I:1973, II:1983), CFMA, Honoré Champion.
の巻末の「固有名詞索引」および(4)の①の現代フランス語訳を参照した．
(6) ラテン語および現代フランス語の欄で——となっている箇所は，該当する語形が上述 の参考文献で同定できなかったことを示す．

〔人名〕

日本語	**ラテン語**	**古フランス語**	**現代フランス語**
アイアウス	Ājāx	Aiaus,　Aïaus	Ajax
愛の神	Amor	Amor	Amour
アヴェンティヌス	Aventīnus	Aventinus	Aventinus
アウグストゥス皇帝	Caesar Augustus	Cesar Augustus	César Auguste
アカート	Achātēs	Achates	Achate
アガメムノン	Agamemnō(n)	Agamenon	Agamemnon
アキレス	Achillēs	Achillés	Achille
アスカニウス	Ascanius	Ascanïus	Ascagne
アセスト	Acestēs	Aceste	Aceste
アドゥラストゥス	Adrastus	Adrastus	Adraste
アラクネ*	Arachnē	Aranne	Arachné
アランス	Arruns	Arranz	Arruns
アンキセス	Anchīsēs	Anchisés	Anchise

アンナ	Anna	Anna	Anna
アンフィアラス*	Amphiaraus	Amphiaras	Amphiaraüs
イアピス	Iāpyx	Iapis	Iapyx
イポメドン*	Hippomedōn	Ipomedon	Hippomédon
イリオネス	Īlioneus	Ilionés, Ilioneus	Ilionée
ヴェヌス	Venus	Venus	Vénus
ヴォルケンス	Volcens	Volcens	Volcens
ウリクセス	Ulixēs, Ulyssēs	Ulixés	Ulysse
ヴルカン	Volcānus, Vulcānus	Vulcan	Vulcain
運命の女神	Fortūna	Fortune	Fortune
エウアンデル	Euander, Euandrus, Evander	Euander	Evandre
エウリアルス	Euryalus	Eüriale, Eurialus	Euryale
エクバ	Hecuba	Ecuba	Hécube
エネアス	Aenēās	Eneas, Enee	Enée
エレノール	Helēnor	Elenor	Hélénor
オルシレウス	Orsilochus ?	Orsileüs	——
オルフェウス	Orpheus	Orfeüs	Orphée
オレウス	Aeolus	Oleüs	Eole
ガニメデス	Ganymēdēs	Ganimede	Ganymède
カパネウス*	Capaneus	Capaneus	Capanée
神	Deus	Deus	Dieu
カミーユ	Camilla	Camile, Camille	Camille
カルカス	Calchās	Calcas	Calchas
カルス	Cācus	Carus	Cacus
ガレスス	Galaesus	Galesus	Galésus, Galoesus
カロ	Charōn	Caro	Charon
クピドー	Cupīdō	Cupido	Cupidon
クラウドゥス	Clausus	Claudus	Clausus
クレウサ	Creūsa	Creüsa	Créuse, Créüse
クロレウス	Chlōreus	Cloreüs	Chlorée
シケウス	Sychaeus	Sicheüs	Sychée
シノン	Sinōn	Sinon, Synon	Sinon
シビーユ	Sibylla	Sebilla, Sebille, Sibilla, Sibille	la Sibylle
ジュノー	Jūnō	Juno	Junon
ジュピテル	Jūpiter, Juppiter	Jupiter	Jupiter

シルヴィア	Silvia	Silvia	Silvia
シルヴィウス	Silvius	Silvïus	Silvius
シルヴィウス・エネアス	Silvius Aenēās	Silvïus Eneas	Sylvius Aeneas
セルベルス	Cerberus	Cerberus	Cerbère
ソロモン*	Salomōn	Salemon	Salomon
ダウムス	Daunus	Daumus	Daunus
タルコン	Tarchō(n)	Tarcon	Tarchon
ダルダヌス	Dardanus	Dardanus	Dardanus
タルページュ	Tarpēia	Tarpege	Tarpeia
タンタルス*	Tantalus	Tantalus	Tantale
ディアーヌ	Diāna	Diane, Dïene	Diane
ディオメデス	Diomēdēs	Diomedés	Diomède
ティシウス	Tityos	Ticïus	Tityos
ティデウス	Tȳdeus	Tydeüs	Tydée
ティティデス (=ティデウスの息子) (=ディオメデス)	Tȳdīdēs	Titidés	fils de Tydée (= Diomède)
ディドー	Dīdō	Dido	Didon
デイフェブス	Dēiphobus	Deyphebus	Déiphobe
ティルス	Tyrrhus	Tirus	Tyrrhus
テシフォーヌ	Tīsiphonē	Thesifone	Tisiphone
テセウス	Thēseus	Teseüs, Theseüs	Thésée
トゥルヌス	Turnus	Turnus	Turnus
ドランセス	Drancēs	Drancés	Drancès
トロス*	Trōs	Tros	——
ナプタナブス*	——	Naptanabus	——
ニスス	Nīsus	Nisus	Nisus
ネプチューン	Neptūnus	Neptunus	Neptune
パラス (=ミネルヴァ)	Pallas	Pallas	Pallas (= Minerve)
パラース	Pallās	Pallas, Paulas	Pallas
パリス	Paris	Paris	Pâris
パルトノペウス	Parthenopaeus	Partonopeus	Parthénopée, Parthenopoeus
パンダルス	Pandarus	Pandarus	Pandarus
ビシアス	Bitiās	Bicias	Bitias
ピリトウス	Pīrithous	Piritoüs	Pirithous
フェブス	Phoebus	Febus	Phébus

（＝アポロン）			(= Apollon)
復讐の女神	Furia	Fuire	Furie
プリアムス	Priamus	Priamus, Priant	Priam
プルート	Plutō(n)	Pluto	Pluton
プロセルピーヌ	Prōserpina	Proserpine	Proserpine
プロテセラウス*	Prōtesilāus	Proteselaus, Protheselaus	Protesilaus
不和の女神	Discordia	Discorde	Discorde
ヘクトル	Hector	Hector	Hector
ヘラクレス	Herculēs	Herculés	Hercule
ヘレナ	Helena	Heloine	Hélène
ポリニセス*	Polynīcēs	Polinices	Polynice
マルス	Mars	Mars	Mars
ミノス	Mīnōs	Minos	Minos
メサプス	Messāpus	Mesapus	Messape, Messapus
メセンシウス	Mezentius	Mecencïus, Mesencïus	Mézence
メネラウス	Menelāus	Menalaus, Menelaus	Ménélas
ユールス	Iūlus	Julïus	Iule
（＝アスカニウス）			(= Ascagne)
ユリウス・カエサル	Jūlius Caesar	Julïus Cesar	Jules César
ラヴィーヌ	Lāvīnia	Lavine, Lavinia	Lavinie
ラウスス	Lausus	Lausus	Lausus
ラダマントゥス	Rhadamanthus	Radamantus	Rhadamante, Rhadamanthe
ラティヌス	Latīnus	Latin, Latinus	Latinus
ラムネス	Rhamnēs	Rannes	Rhamnès, Rhamnes
ラリーヌ	Lārīna	Larine	Larina
リクス	Lycus	Licuz	Lycus
レムス	Remus	Remus	Rémus
レムルス	Remulus	Remullus	Rémulus
ロムルス	Rōmulus	Romulus	Romulus

〔地名〕

	ラテン語	古フランス語	現代フランス語
アスファルト湖*	Asphaltītēs	Alfalte	le lac Asphaltite
アルカディア	Arcadia	Arcaide	Arcadie

アルブ	Alba	Albe	Albe
アルマリア*	——	Almarie	Almeria
イタリア	Italia, Ītalia	Itaille, Itaire	Italie
ヴォルカニア*	——	Vulcane	pays des Volsques
ヴォルテルヌ	Volturnus, Vulturnus	Volterne	Vulturne
カッパドキア*	Cappadocia	Capadoce	Cappadoce
カピトール	Capitōlium	Capitoille	le Capitole
カルタゴ	Carthāgō, Karthāgō	Cartage	Carthage
ギリシア	Graecia	Grece	Grèce
クマエ	Cūmae	Cumes	Cumes
サレルノ*	Salernum	Salerne	Salerne
シカニア	Sīcania	Sicane	Sicanie,
ティベル河	Tiberis, Thȳbris	Teivre, Toivre	Tibre
ティール	Tyros, Tyrus	Tire	Tyr
テッサリア	Thessalia	Tessaille	Thessalie
トスカナ*	——	Toscane	Toscane
トロイ	Trōia, Trōja	Troie	Troie
ナポリ*	——	Naples	Naples
パラディウム	Palladium	Pallade	le Palladium
パランテ	Pallantēum	Palantee	Pallantée
パレスチナ*	Palaestīna, Palaestīnē	Palestine	Palestine
フレジェトン	Phlegethōn	Flegeton	Phlégéton
プレネスティーヌ	Praeneste	Prenestine	Préneste
モントーバン	Mons Albānus	Montalban, Montauban	le mont Albain
リビア	Libya	Libe	Libya, Libye
レテ*	Lēthē	Lethes	Léthé
ローマ	Rōma	Rome	Rome
ロラント*	Laurentum	Laurente	Laurente
ロンバルディア*	——	Lombardie, Lonbardie	Lombardie

訳者略歴

原野　昇（はらの　のぼる）1943年生

広島大学大学院文学研究科博士課程中途退学，パリ大学文学博士（DL）
広島大学文学部教授

村上勝也（むらかみ　かつや）1945年生

広島大学大学院文学研究科博士課程単位取得退学
広島文教女子大学文学部教授

太古隆治（たいこ　りゅうじ）1950年生

広島大学大学院文学研究科博士課程後期単位取得退学
和歌山工業高等専門学校助教授

中川正弘（なかがわ　まさひろ）1953年生

広島大学大学院文学研究科博士課程後期単位取得退学
広島大学留学生センター助教授

前田弘隆（まえだ　ひろたか）1955年生

広島大学大学院文学研究科博士課程後期単位取得退学
広島商船高等専門学校助教授

今田良信（いまだ　よしのぶ）1956年生

広島大学大学院文学研究科博士課程後期単位取得退学
広島大学文学部助教授

エネアス物語

原野　昇・村上勝也・太古隆治
中川正弘・前田弘隆・今田良信
訳

平成12年10月１日

発行所
株式会社溪水社

広島市中区小町1-4（〒730-0041）
ＴＥＬ（082）246-7909
ＦＡＸ（082）246-7876
E-mail: info@ keisui. co.jp

ISBN4-87440-611-4　C0098